世界文化名人经典文库

萧红：怎样爱，怎样活

萧红◎著

哈尔滨出版社
HARBIN PUBLISHING HOUSE

图书在版编目（CIP）数据

萧红：怎样爱，怎样活 / 萧红著 . -- 哈尔滨：哈尔滨出版社，2021.3
ISBN 978-7-5484-5769-5

Ⅰ . ①萧… Ⅱ . ①萧… Ⅲ . ①中国文学 - 现代文学 - 作品综合集 Ⅳ . ① I216.2

中国版本图书馆 CIP 数据核字（2020）第 241425 号

书　　名：萧红：怎样爱，怎样活
XIAO HONG：ZENYANG AI，ZENYANG HUO

作　　者：萧　红　著
责任编辑：孙　迪　李维娜
责任审校：李　战
特约编辑：李　路　唐婷婷
装帧设计：秦　强

出版发行：哈尔滨出版社（Harbin Publishing House）
社　　址：哈尔滨市香坊区泰山路 82-9 号　邮编：150090
经　　销：全国新华书店
印　　刷：三河市华晨印务有限公司
网　　址：www.hrbcbs.com　www.mifengniao.com
E-mail：hrbcbs@yeah.net
编辑版权热线：（0451）87900271　87900272
销售热线：（0451）87900202　87900203

开　　本：660mm × 960mm　1/16　印张：16.25　字数：200 千字
版　　次：2021 年 3 月第 1 版
印　　次：2021 年 3 月第 1 次印刷
书　　号：ISBN 978-7-5484-5769-5
定　　价：59.80 元

凡购本社图书发现印装错误，请与本社印制部联系调换。
服务热线：（0451）87900278

目录

▲作品·散文

他的上唇挂霜了 / 003

当铺 / 006

春意挂上了树梢 / 008

长安寺 / 011

《大地的女儿》与《动乱时代》/ 014

三个无聊人 / 019

天空的点缀 / 022

永久的憧憬和追求 / 024

记鹿地夫妇 / 026

门前的黑影 / 035

欧罗巴旅馆 / 038

患病 / 042

十三天 / 045

▲作品·小说

旷野的呼喊 / 049

山下 / 074

牛车上 / 098

手 / 108

看风筝 / 123

弃儿 / 129

夜风 / 145

生死场 / 154

▲后记 · 关于萧红

生平：颠沛流离，一生都在路上 / 245

创作：苦难荆棘上开出的花朵 / 251

艺术成就：人性挣扎和社会底层的另一种表达 / 253

作品·散文

他的上唇挂霜了

他夜夜出去在寒月的清光下。他到五里路远一条僻街上去教两个人读中学国文课本。这是新找到的职业，不能说是职业，只能说新找到十五元钱。

秃着耳朵，夹外套的领子还不能遮住下巴，就这样夜夜出去，一夜比一夜冷了！听得见人们踏着雪地的响声也更大。他带着雪花回来，裤子下口全是白色，鞋也被雪浸了一半。

“又下雪吗？”

他一直没有回答，好像是同我生气。把袜子脱下来，雪积满他的袜口，我拿他的袜子在门扇上打着，只有一小部分雪星是震落下来，袜子的大部分全是潮湿了的。等我在火炉上烘袜子的时候，一种很难忍的气味满屋散布着。

“明天早晨晚些吃饭，南岗有一个要学武术的。等我回来吃。”他说这话，完全没有声色，把声音弄得很低很低……或者他想要严肃一点，也或者他把这事故意看作平凡的事。总之，我不能猜到了！

他赤了脚，穿上傻鞋，去到对门上武术课。

“你等一等，袜子就要烘干的。”

“我不穿。”

“怎么不穿，汪家有小姐的。”

“有小姐，管什么？”

“不是不好看吗！”

“什么好看不好看！”他光着脚去，也不怕小姐们看，汪家有两个很漂亮的小姐。他很忙，早晨起来，就跑到南岗去，吃过饭，又要给他的小徒弟上国文课。一切忙完了，又跑出去借钱。晚饭后，又是教武术，又是去教中学课本。

夜间，他睡觉醒也不醒转来，我感到非常孤独了！白昼使我对着一些家具默坐，我虽生着嘴，也不能语；我虽生着腿，也不能走动；我虽生着手，而也没有什么做，和一个废人一般，有多么寂寞！连视线都被墙壁截止住，连看一看窗前的麻雀也不能够，什么也不能够，玻璃生满厚的和绒毛一般的霜雪。这就是“家”，没有阳光，没有暖，没有声，没有色，寂寞的家，穷的家，不生毛草荒凉的广场。

我站在小过道窗口等郎华，我的肚子很饿。

铁门扇响了一下，我的神经便要震荡一下，铁门响了无数次，来来往往都是和我无关的人。汪林她很大的皮领子和她很响的高跟鞋相配称，她摇摇晃晃，满满足足，她的肚子想来很饱很饱，向我笑了笑，滑稽的样子用手指点我一下：

“啊！又在等你的郎华……”她快走到门前的木阶，还说着：“他出去，你天天等他，真是怪好的一对！”

她的声音在冷空气里来得很脆，也许是少女们特有的喉咙。对于她，我立刻把她忘记，也许原来就没把她看见，没把她听见。假若我是个男人，怕是也只有这样。肚子响叫起来。

汪家厨房传出来炒酱的气味，隔得很远我也会嗅到，他家吃炸酱面吧！炒酱的铁勺子一响，都像说：炸酱面，炸酱面……

在过道站着，脚冻得很痛，鼻子流着鼻涕。我回到屋里，关好二层门，不知是想什么，默坐了好久。

汪林的二姐到冷屋去取食物，我去倒脏水见她，平日不很说话，很生疏，今天她却说：

“没去看电影吗？这个片子不错，胡蝶主演。”她蓝色的大耳环永远吊荡着不能停止。

“没去看。”我的袍子冷透骨了！

“这个片很好，煞尾是结了婚，看这片子的人都猜想，假若再演下去，那是怎么美满的……”

她热心地来到门缝边，在门缝我也看到她大长的耳环在摆动。

“进来玩玩吧！”

“不进去，要吃饭啦！”

郎华回来了，他的上唇挂霜了！汪二小姐走得很远时，她的耳环和她的话声仍震荡着：“和你度蜜月的人回来啦，他来了。”

好寂寞的，好荒凉的家呀！他从口袋取出烧饼来给我吃。

他又走了，说有一家招请电影广告员，他要去试试。

“什么时候回来？什么时候回来？”我追赶到门外问他，好像很久捉不到的鸟儿，捉到又飞了！失望和寂寞，虽然吃着烧饼，也好像饿倒下来。

小姐们的耳环，对比着郎华的上唇挂着的霜。对门居着，他家的女儿看电影，戴耳环；我家呢？我家……

当铺 |

“你去当吧！你去当吧，我不去！”

“好，我去，我就愿意进当铺，进当铺我一点也不怕，理直气壮。”

新做起来的我的棉袍，一次还没有穿，就跟着我进当铺去了！在当铺门口稍微徘徊了一下，想起出门时郎华要的价目——非两元不当。

包袱送到柜台上，我是仰着脸，伸着腰，用脚尖站起来送上去的，真不晓得当铺为什么摆起这么高的柜台！

那戴帽头的人翻着衣裳看，还不等他问，我就说了：

“两块钱。”

他一定觉得我太不合理，不然怎么连看我一眼也没有看，就把东西卷起来，他把包袱仿佛要丢在我的头上，他十分不耐烦的样子。

“两块钱不行，那么，多少钱呢？”

“多少钱不要。”他摇摇像长西瓜形的脑袋，小帽头顶尖的红帽球，也跟着摇了摇。

我伸手去接包袱，我一点也不怕，我理直气壮，我明明知道他故意作难，正想把包袱接过来就走。猜得对对的，他并不把包袱真给我。

“五毛钱！这件衣服袖子太瘦，卖不出钱来……”

“不当。”我说。

“那么一块钱，……再可不能多了，就是这个数目。”他把腰微微向后弯一点，柜台太高，看不出他突出的肚囊……一只大手指，就比在和他太阳穴一般高低的地方。

带着一元票子和一张当票，我快快地走，走起路来感到很爽快，默认自己是很有钱的人。菜市、米店我都去过，臂上抱了很多东西，感到非常愿意抱这些东西，手冻得很痛，觉得这是应该，对于手一点也不感到可惜，本来手就应该给我服务，好像冻掉了也不可惜。走在一家包子铺门前，又买了十个包子，看一看自己带着这些东西，很骄傲，心血时时激动，至于手冻得怎样痛，一点也不可惜。路旁遇见一个老叫化子，又停下来给他一个大铜板，我想我有饭吃，他也是应该吃啊！然而没有多给，只给一个大铜板，那些我自己还要用呢！又摸一摸当票也没有丢，这才重新走，手痛得什么心思也没有了，快到家吧！快到家吧。但是，背上流了汗，腿觉得很软，眼睛有些刺痛，走到大门口，才想起来从搬家还没有出过一次街，走路腿也无力，太阳光也怕起来。

又摸一摸当票才走进院去。郎华仍躺在床上，和我出来的时候一样，他还不习惯于进当铺。他是在想什么。拿包子给他看，他跳起来了：

“我都饿啦，等你也不回来。”

十个包子吃去一大半，他才细问：“当多少钱？当铺没欺负你？”

把当票给他，他瞧着那样少的数目：

“才一元，太少。”

虽然说当得的钱少，可是又愿意吃包子，那么结果很满足。他在吃包子的嘴，看起来比包子还大，一个跟着一个，包子消失尽了。

春意挂上了树梢

三月花还没有开，人们嗅不到花香，只是马路上融化了积雪的泥泞干起来。天空打起朦胧的多有春意的云彩；暖风和轻纱一般浮动在街道上，院子里。春末了，关外的人们才知道春来。春是来了，街头的白杨树蹿着芽，拖马车的马冒着气，马车夫们的大毡靴也不见了，行人道上外国女人的脚又从长统套鞋里显现出来。笑声，见面打招呼声，又复活在行人道上。商店为着快快地传播春天的感觉，橱窗里的花已经开了，草也绿了，那是布置着公园的夏景。我看得很凝神的时候，有人撞了我一下，是汪林，她也戴着那样小沿的帽子。

“天真暖啦！走路都有点热。”

看着她转过“商市街”，我们才来到另一家店铺，并不是买什么，只是看看，同时晒晒太阳。这样好的行人道，有树，也有椅子，坐在椅子上，把眼睛闭起，一切春的梦，春的谜，春的暖力……这一切把自己完全陷进去。听着，听着吧！春在歌唱……

“大爷，大奶奶……帮帮吧！……”这是什么歌呢，从背后来的？这不是春天的歌吧！

那个叫化子嘴里吃着个烂梨，一条腿和一只脚肿得把另一只显得好像不存在似的。“我的腿冻坏啦！大爷，帮帮吧！唉唉……！”

有谁还记得冬天？阳光这样暖了！街树蹿着芽！

手风琴在隔道唱起来，这也不是春天的调，只要一看那个瞎人为着拉琴而扭歪的头，就觉得很残忍。瞎人他摸不到春天，他没有。坏了腿的人，他走不到春天，他有腿也等于无腿。

世界上这一些不幸的人，存在着也等于不存在，倒不如赶早把他们消灭掉，免得在春天他们会唱这样难听的歌。

汪林在院心吸着一支烟卷，她又换一套衣裳。那是淡绿色的，和树枝发出的芽一样的颜色。她腋下夹着一封信，看见我们赶忙把信送进衣袋去。

“大概又是情书吧！”郎华随便说着玩笑话。

她跑进屋去了。香烟的烟缕在门外打了一下旋卷才消灭。

夜，春夜，中央大街充满了音乐的夜。流浪人的音乐，日本舞场的音乐，外国饭店的音乐……七点钟以后。中央大街的中段，在一条横口，那个很响的扩音机哇哇地叫起来，这歌声差不多响彻全街。若站在商店的玻璃窗前，会疑心是从玻璃发着震响。一条完全在风雪里寂寞的大街，今天第一次又号叫起来。

外国人！绅士样的，流氓样的，老婆子，少女们，跑了满街……有的连起人排来封闭住商店的窗子，但这只限于年轻人。也有的同唱机一样唱起来，但这也只限于年轻人。这好像特有的年轻人的集会。他们和姑娘们一道说笑，和姑娘们连起排来走。中国人来混在这些卷发人中间，少得只有七分之一，或八分之一。但是汪林在其中，我们又遇到她。她和另一个也和她同样打扮漂亮的、白脸的女人同走……卷发的人用俄国话说她漂亮。她也用俄国话和他们笑了一阵。

中央大街的南端，人渐渐稀疏了。

墙根，转角，都发现着哀哭，老头子，孩子，母亲们……哀哭着的是永久被人间遗弃的人们！那边，还望得见那边快乐的人群。还听得见那边快乐的声音。

三月，花还没有，人们嗅不到花香。

夜的街，树枝上嫩绿的芽子看不见，是冬天吧？是秋天吧？但快乐的人们，不问四季总是快乐；哀哭的人们，不问四季也总是哀哭！

长安寺

接引殿里的佛前灯一排一排的，每个顶着一颗小灯花燃在案子上。敲钟的声音一到接近黄昏时候就稀少下来，并且渐渐地简直一声不响了。因为烧香拜佛的人都回家去吃着晚饭。

大雄宝殿里，也同样哑默默地，每个塑像都站在自己的地盘上忧郁起来，因为黑暗开始挂在他们的脸上。长眉大仙，伏虎大仙，赤脚大仙，达摩，他们分不出哪个是牵着虎的，哪个是赤着脚的。他们通通安安静静地同叫着别的名字的许多塑像分站在大雄宝殿的两壁。

只有大肚弥勒佛还在笑眯眯地看着打扫殿堂的人，因为打扫殿堂的人把小灯放在弥勒佛脚前的缘故。

厚沉沉的圆圆的蒲团，被打扫殿堂的人一个一个地拾起来，高高地把它们靠着墙堆了起来。香火着在释迦摩尼的脚前，就要熄灭的样子，昏昏暗暗地，若不去寻找，简直看不见了似的，只不过香火的气息缭绕在灰暗的微光里。

接引殿前，石桥下边池里的小龟，不再像日里那样把头探在水面上。用胡芝麻磨着香油的小石磨也停止了转动。磨香油的人也在收拾着家具。庙前喝茶的都戴起了帽子，打算回家去。冲茶的红脸的那个老头，在小桌上自己吃着一碗素面，大概那就是他的晚餐了。

过年的时候，这庙就更温暖而热气腾腾的了，烧香拜佛的人东看看，西望望。用着他们特有的悠闲，摸一摸石桥的栏杆的花纹，而后研究着想多发现几个桥下的乌龟。有一个老太婆背着一个黄口袋，在右边的跨骨上，那口袋上写着“进香”两个黑字，她已经跨出了当门的殿堂的后门，她又急急忙忙地从那后门转回去。我很奇怪地看着她，以为她掉了东西。大家想想看吧！她一翻身就跪下，迎着殿堂的后门向前磕了一个头。看她的年岁，有六十多岁，但那磕头的动作，来得非常灵活，我看她走在石桥上也照样的精神而庄严。为着过年才做起来的新缎子帽，闪亮地向着接引殿去朝拜了。佛前钟在一个老和尚手里拿着的钟锤下当当地响了三声，那老太婆就跪在蒲团上安详地磕了三个头。这次磕头却并不像方才在前面殿堂的后门磕得那样热情而慌张。我想了半天才明白，方才，就是前一刻，一定是她觉得自己太疏忽了，怕是那尊面向着后门口的佛见她怪，而急急忙忙地请他恕罪的意思。

卖花生糖的肩上挂着一个小箱子，里边装了三四样糖，花生糖，炒米糖，还有胡桃糖。卖瓜子的提着一个长条的小竹篮，篮子的一头是白瓜籽，一头是盐花生。而这里不大流行难民卖的一包一包的“瓜子大王”。青茶，素面，不加装饰的，一个铜板随手抓过一撮来就放在嘴上磕的白瓜子，就已经十足了。所以这庙里吃茶的人，都觉得别有风味。

耳朵听的是梵钟和诵经的声音；眼睛看的是些悠闲而且自得的游庙或烧香的人；鼻子所闻到的，不用说是檀香和别的香料的气息。所以这种吃茶的地方确实使人喜欢，又可以吃茶，又可以观风景看游人。比起重庆的所有的吃茶店来都好。尤其是那冲茶的红脸的老头，他总是高高兴兴的，走路时喜欢把身子向两边摆着，好像他故意把重心一会放在左腿上，一会放在右腿上。每当他掀起茶盅的盖子时，他的话就来了，一串一串的，他说：我们这四川没有啥好的，若不是打日本，先生们请也请不到这地方。他再说下去，就不懂了，他谈的和诗句一样。这时候他要冲在茶盅的开水，从壶嘴如同一条水落进茶盅来。他拿起盖子来把茶盅扣住了，那里边上下游着的小鱼似的茶叶也被盖子扣住了，反正这地方是安静得可喜的，一切都是太平无事。

× × 坊的水龙就在石桥的旁边和佛堂斜对着面。里边放置着什么，我没有机会去看，但有一次重庆的防空演习我是看过的，用人推着哇哇地山响的水龙，一个水龙大概可装两桶水的样子，可是非常沉重，四五个人连推带挽。若着起火来，我看那水龙到不了火已经落了。那仿佛就写着什么 × × 坊一类的字样。唯有这些东西，在庙里算是一个不调和的设备，而且也破坏了安静和统一。庙的墙壁上，不是大大地写着“观世音菩萨”吗？庄严静穆，这是一块没有受到外面侵扰的重庆的唯一的地方。他说，一花一世界，这是一个小世界，应作如是观。

但我突然神经过敏起来——可能有一天这上面会落下了敌人的一颗炸弹。而可能的那两条水龙也救不了这场大火。那时，那些喝茶的将没有着落了，假如他们不愿意茶摊埋在瓦砾场上。

我顿然地感到悲哀。

《大地的女儿》与《动乱时代》|

对于流血这件事我是憎恶的，断腿、断臂，还有因为流血过多而患着贫血症的蜡黄的脸孔们。我一看到，我必要想：丑恶，丑恶，丑恶的人类！

史沫特烈的《大地的女儿》和丽洛琳克的《动乱时代》，当我读完第一本的时候，我就想把这本书作一个介绍。可总是没有作，怕是自己心里所想的意思，因为说不好，就说错了。这种念头当我读着《动乱时代》的时候又来了，但也未能作，因为正是上海抗战的开始。我虽住在租界上，但高射炮的红绿灯在空中游着，就像在我的房顶上那么接近，并且每天夜里我总见过几次，有时候推开窗子，有时候也就躺在床上看。那个时候就只能够看高射炮和读读书了，要想谈论，是不可能的，一切刊物都停刊了。单就说读书这一层，也是糊里糊涂的读，《西洋文学史话》，荷马的《奥德赛》也是在那个时候读的。《西洋文学史话》上说，什么人发明了造纸，这“纸”对人类文化，有着多大的好处，后又经过某人发明了印刷机，这印刷机又对人类有多大的好处，于是也很用心读，感到人类生活的足迹是多么广泛啊！于是看着书中的插图和发明家们的画像，并且很吃力的想要记住那画像下面的人名。结果是越想求学问，学问越不得。也许就是现在学生们所要求的战时教育罢！不过在那时，我可没想到当游击队员。只是刚一开火，飞机、大炮、伤兵、流血，因为从前实在没有见过，无论如何我是吃不消的。

《动乱时代》的一开头就是：行李、箱子、盆子、罐子、老头、小孩、妇女和别的应该随身的家具。恶劣的空气，必要的哭闹外加打骂。买三等票的能坐到头等二等的车厢，买头等二等票的在三等车厢里得到一个位置就觉得满足。未满八岁的女孩——丽洛琳克——依着她母亲的膝头站在车厢的走廊上，从东普鲁士逃到柏林去。因为那时候，我也正要离开上海，所以合上了书本想了一想，火车上是不是也就这个样子呢？这书的一开头与我的生活就这样接近。她写的是，1914 年欧战一开始的情形，从逃难起，一直写下去，写到二十几岁。这位作者在书中常常提到她自己长得不漂亮。对这不漂亮，她随时感到一种怨恨自己的情绪。她有点蛮强，有点不讲理，她小的时候常常欺侮她的弟弟。弟弟的小糖人放在高处，大概是放在衣箱的一面并且弟弟每天登着板凳向后面看他的小糖人。可是丽洛琳克也到底偷着给他吃了一半，剩下那小糖人的上身仍旧好好地站在那里。对于她这种行为我总觉得有点不当。因为我的哲学是：“不受人家欺侮就得啦，为什么还去欺侮人呢？”仔细想一想，有道理。一个人要想站在边沿上，要想站得牢是不可能的。一定这边倒倒，那边倒倒，若不倒到别人那边去，就得常常倒到自己这边来——也就是常常要受人家欺侮的意思。所以“不受人家欺侮就得啦”这哲学是行不通的（将来的社会不在此例）。丽洛琳克的力量就绝不是从我的那哲学培养出来的，所以她张开了手臂接受 1914 年开始的战争，她勇敢的呼吸着那么痛苦的空气。她的父亲，她的母亲都很爱她，但都一点也不了解她。她差不多经过了十年政党斗争的生活，可是终归离开了把她当作唯一安慰的母亲，并且离开了德国。

书的最末页我翻完了的时候，我把它放在膝盖上，用手压着，静静地听着窗外树上的蝉叫。“很可以”“很可以”——我反复着这样的字句，感到了一种酸鼻的滋味。

史沫特烈我是见过的，是前年，在上海。她穿一件小皮上衣，有点胖，其实不是胖，只是很大的一个人，笑声很响亮，笑得过分的时候是会流着眼泪的。她是美国人。

男权中心社会下的女子，她从她父亲那里就见到了，那就是她的母亲。我恍恍惚惚地记得，她父亲赶着马车来了，带回一张花绸子。这张绸子指明是给她母亲做衣裳的，母亲接过来，因为没有说一声感谢的话，她父亲就指问着："你永远不会说一声好听的话吗？"男权社会中的女子就是这样的。她哭了，眼泪就落在那张花绸子上。女子连一点点东西都不能白得，哪管就不是自己所要的也得牺牲好话或眼泪。男子们要这眼泪一点用处也没有，但他们是要的。而流泪是痛苦的，因为泪腺的刺激，眼珠发胀，眼睑发酸发辣，可是非牺牲不可。

《大地的女儿》的全书是晴朗的，艺术的，有的地方会使人发抖那么真切。

前天是个愉快的早晨，我起得很早，生起火炉，室内的温度是摄氏表十五度，杯子是温暖的，桌面也是温暖的，凡是我的手所接触到的都是温暖的，虽然外边落着雨。间或落着雪花。昨天为着介绍这两本书而起的嘲笑的故事，我都要一笔一笔地记下来。当我借来了这两本书（要想重新翻一翻）被他们看见了。用那么苗细的手指彼此传过去，而后又怎样把它放在地板上：

"这就是你们女人的书吗？看一看！它在什么地方！"话也许不是这样说的，但就是这个意思。因为他们一边说着一边笑着，并且还唱着古乐谱："工车工车上……六工尺……"这唱古乐谱的手中还拿着中国毛笔杆，他脸用一本书遮上了上半段。他越反复越快，简直连成串了。

嗯！等他听到说道《大地的女儿》写得好，转了风头了。

他立刻停止了唱"工尺"，立刻笑着，叫着，并且用脚跺着地板，好像这样的喜事从前没有被他遇见过："是呵！不好，不好……"

另一个也发狂啦！他的很细的指尖在指点着书封面："这就是吗？《动乱时代》……这位女作家就是两匹马吗？"当然是笑得不亦乐乎："《大地的女儿》就这样，不穿衣裳，看唉！看唉！"

这样新的刺激我也受不住了，我的胸骨笑得发痛。《大地的女儿》的封面画一个裸体的女子。她的周围：一条红，一条黄，一条黑，大概那表现的是地面的气圈。她就在这气圈里边像是飞着。

这故事虽然想一想，但并没有记一笔，我就出去了，打算到菜市去买一点菜回来。回来的时候在一家门楼下面，我看见了一堆草在动着。因为是小巷，行人非常稀少，我忽然有一种害怕的感觉。这是人吗？人会在这个地方吗？坐起来了，是个老头，一件棉袄是披着，赤裸的胸口跳动在草堆外面。

我把菜放在家里，拿了钱又转回来的时候，他的胸膛还跳动在草堆的外面。

"你接着啊！我给你东西。"

稀疏的落着雪花的小巷里，我的雨伞上同时也有雨点在啪啪的跳着。

"给你，给你东西呀！"

这个我听到他说了：

"我是瞎子。"

"你伸出手来！"

他周遭的碎草苏嘎的响着，是一只黄色的好像生了锈的黄铜的手和小爪子似的向前翻着。我跑上台阶去，于是那老头的手心上印着一个圆圆的闪亮的和银片似的小东西。

我憎恶打仗，我憎恶断腿、断臂。等我看到了人和猪似的睡在墙根上，我就什么都不憎恶了，打吧！流血吧！不然，这样猪似的，不是活遭罪吗？

有几位女同学到我家里过，在这抗战时期她们都感苦闷。到前方去工作呢？而又哪里收留她们工作呢？这种苦闷会引起一时的觉醒来。不是这觉醒不好，一时的也是好的，但我觉得应该更长一点。比方那老头明明是人不是猪，而睡在墙根上，这该做何讲解呢？比方女人明明也是人，为什么当她得到一块衣料的时候，也要哭泣一场呢？理解是应该理解的，做不到不要紧，准备是必须的。所以我对她们说：“应该多读书。”尤其是这两本书，非读不可。我也体验得到她们那种心情，急于要找实际的工作，她们的心已经悬了起来。不然是落不下来的，就像小麻雀已经长好了翅子，脚是不会沾地的。

这种苦闷是热烈的，应该同情的。但是长久了是不行的，抗战没有到来的时候，脑子里头是个白丸。抗战到来了脑子里是个苦闷，抗战过去了，脑子里又是个白丸。这是不行的，抗战是要建设新中国，而不是中国塌台。

又想起来了：我敢相信，那天晚上的嘲笑决不是真的，因为他们是知识分子，并且是维新的而不是复古的。那么说，这些话也只不过是玩玩，根据年轻好动的心理，大家说说笑笑，但为什么常常要取着女子做题材呢？

读读这两本书就知道一点了。

不是我把女子看得过于了不起，不是我把女子看得过于卑下；只是在现社会中，以女子出现造成这种斗争的记录，在我觉得她们是勇敢的，是最强的，把一切都变成了痛苦出卖而后得来的。

三个无聊人

一个大胖子，戴着圆眼镜。另一个很高，肩头很狭。第三个弹着小四弦琴，同时读着李后主的词：

“四十年来家国，三千里地山河……”读到一句的末尾，琴弦没有节调的，重复地响了一下，这样就算他把词句配上了音乐。

“嘘！”胖子把被角撤了一下，接着唱道：“杨延辉，坐宫院……”他的嗓子像破了似的。

第三个也在作声：

“《小品文和漫画》哪里去了？”总是这人比其他两个好，他愿意读杂志和其他刊物。

“唉！无聊！”每次当他读完一本的时候，他就用力向桌面摔去。

晚间，狭肩头的人去读“世界语”了，临出门时，他的眼光很足，向着他的两个同伴说：

“你们这是干什么！没有纪律，一天哭哭叫叫的。”

“唉！无聊！”当他回来的时候，眼睛也无光了。

照例是这样，临出门时是兴奋的，回来时他就无聊了，和他的两个同伴同样没有纪律。从学“世界语” 起，这狭肩头的人差不多每天念起“爱丝迫乱多”，后来他渐渐骂起“爱丝迫乱多”来，这可不知因为什么？

他们住得很好，铁丝颤条床，淡蓝色的墙壁涂着金花，两只四十烛光灯泡，窗外有法国梧桐，楼下是外国菜馆，并且铁盒子里不断地放着饼干，还有罐头鱼。

“唉！真无聊！”高个狭肩头的说。

于是胖同伴提议去到法国公园，园中有流汗的园丁；园门口有流汗的洋车夫。巧得很，一个没有手脚的乞丐，滚叫在去公园的道旁被他们遇见。

“老黑，你还没起来吗？真够享福了。”狭肩头的人从公园回来，要把他的第三个同伴拖下来；“真够受的，你还在梦中……”

“不要闹，不要闹，我还困呢！”

“起来吧！去看看那滚号在公园门前的人，你就不困啦！”

那睡在床上的，没有相信他的话，并没起来。

狭肩头的人，愤愤懑懑地，整整一个早晨，他没说无聊，这是他看了一个无手无足的乞丐的结果。也许他看到这无手无足的东西就有聊了！

十二点钟要去午餐，这愤懑的人没有去。

“太浪费了，吃些面包不能过吗？”他去买面包，自己坐在房中吃。

“买一盒沙门鱼来拌着吃吧！”他又出去买沙门鱼。

等晚上有朋友来，他就告诉他无钱的朋友：

“你们真是不会俭省，买面包吃多么好！”

他的朋友吃了两天面包，把胃口吃得很酸。

狭肩头人又无聊了，因为他好几天没有看到无手无足的人，或是什么特别惨状的人。

他常常到街上去走，只要看到卖桃的小孩在街上被巡捕打翻了筐子，他也够有聊几个钟头。慢慢他这个无聊的病非到街头去治不可，后来这卖桃的小孩一类的事竟治不了他。那么就必须看报了，报纸上说：烟台煤矿又烧死多少人，或是压死多少人。

“啊呀！真不得了，这真是惨事。”这样大事能使他三两天反复着说，他的无聊像一种病症似的，又被这大事治住个三两天。他不无聊，很有聊的样子读小说，读杂志。

“四十年来家国，三千里地山河……”老黑无聊的时候就唱这调子，他不愿意看什么惨事，他也不愿意听什么伟大的话，他每天不用理智，就用感情来生活着，好像个真诗人似的。四弦琴在他的手下，不成曲调地“嗒啦啦嗒啦啦”……

“嗒啦，嗒啦，啦嗒嗒……”胖同伴的木鞋在地板上拍，手臂在飞着……

“你们这是在干什么？”读杂志的人说。

“我们这是在无聊？”三个无聊人听到这话都笑了。

胖同伴，有书也读书，有理论也读理论，有琴也弹琴，有人弹琴他就唱。但这在他都是无聊的事情，对于他实实在在有趣的，是“先施公司”：

“那些女人真可怜，有的连血色都没有了，可是还站在那里拉客……”他常常带着钱去可怜那些女人。

“最非人生活的就是这些女人，可是没有人知道更详细些。”他这态度是个学者的态度。说着他就搭电车，带着钱，热诚地去到那些女人身上去研究“社会科学”去了。

剩下两个无聊的，一个在看报，一个去到公园，拿着琴。去到公园的不知怎样？最大限度也不过“四十年来家国，三千里地山河……”

但是在看报的却发足火来，无论怎样看，报上也不过载着煤矿啦！或者是什么大河大川暴涨淹死多少人，电车轧死小孩，受经济压迫投黄浦自杀一类的。

无聊，无聊！

人间慢慢治不了他这个病了。

可惜没有比煤矿更惨的事。

天空的点缀

用了我有点苍白的手，卷起纱窗来，在那灰色的云的后面，我看不到我所要看的东西（这东西是常常见的，但它们真的载着炮弹飞起来的时候，这在我还是生疏的事情，也还是理想着的事情）。正在我踌躇的时候，我看见了，那飞机的翅子好像不是和平常的飞机的翅子一样——它们有大的也有小的——好像还带着轮子，飞得很慢，只在云彩的缝际出现了一下，云彩又赶上来把它遮没了。不，那不是一只，那是两只，以后又来了几只。它们都是银白色的，并且又都叫着呜呜的声音，它们每个都在叫着吗？这个，我分不清楚。或者它们每个在叫着的，节拍像唱歌的，是有一定的调子，也或者那在云幕当中撒下来的声音就是一片。好像在夜里听着海涛的声音似的，那就是一片了。

过去了！过去了！心也有点平静下来。午饭时用过的家具，我要去洗一洗。刚一经过走廊，又被我看见了，又是两只。这次是在南边，前面一个，后面一个，银白色的，远看有点发黑，于是我听到了我的邻家在说：

“这是去轰炸虹桥飞机场。”

我只知道这是下午两点钟，从昨夜就开始的这战争。至于飞机我就不能够分别了，日本的呢？还是中国的呢？大概是日本的吧！因为是从北边来的，到南边去的，战地是在北边中国虹桥飞机场是真的，于是我又起了很多想头：是日本打胜了吧！所以安闲地去炸中国的后方，是……一定是，那么这是很坏的事情，他们没止境的屠杀，一定要像大风里的火焰似的那么没有止境……

很快我批驳了我自己的这念头，很快我就被我这没有把握的不正确的热望压倒了，中国，一定是中国占着一点胜利，日本遭了些挫伤。假若是日本占着优势，他一定要冲过了中国的阵地而追上去，哪里有工夫用飞机来这边扩大战线呢？

风很大，在游廊上，我拿在手里的家具，感到了点沉重而动摇，一个小白铝锅的盖子，啪啦啪啦地掉下来了，并且在游廊上啪啦啪啦地跑着，我追住了它，就带着它到厨房去。

至于飞机上的炸弹，落了还是没落呢？我看不见，而且我也听不见，因为东北方面和西北方面炮弹都在开裂着。甚至于那炮弹真正从哪方面出发，因着回音的关系，我也说不定了。

但那飞机的奇怪的翅子，我是看见了的，我是含着眼泪而看着它们，不，我若真的含着眼泪而看着它们，那就相同遇到了魔鬼而想教导魔鬼那般没有道理。

但在我的窗外，飞着，飞着，飞去又飞来了的，飞得那么高，好像有一分钟那飞机也没离开我的窗口。因为灰色的云层的掠过，真切了，朦胧了，消失了，又出现了，一个来了，一个又来了。看着这些东西，实在的我的胸口有些疼痛。

一个钟头看着这样我从来没有看过的天空，看得疲乏了，于是，我看着桌上的台灯，台灯的绿色的伞罩上还画着菊花，又看到了箱子上散乱的衣裳，平日弹着的六条弦的大琴，依旧是站在墙角上。一样，什么都是和平常一样，只有窗外的云，和平日有点不一样，还有桌上的短刀和平日有点不一样，紫檀色的刀柄上镶着两块黄铜，而且不装在红牛皮色的套子里。对于它我看了又看，我相信我自己绝不是拿着这短刀而赴前线。

永久的憧憬和追求｜

一九一一年，在一个小县城里边，我生在一个小地主的家里。那县城差不多就是中国的最东最北部——黑龙江省——所以一年之中，倒有四个月飘着白雪。

父亲常常为着贪婪而失掉了人性。他对待仆人，对待自己的儿女，以及对待我的祖父都是同样的吝啬而疏远，甚至于无情。

有一次，为着房屋租金的事情，父亲把房客的全套的马车赶了过来。房客的家属们哭着诉说着，向我的祖父跪了下来，于是祖父把两匹棕色的马从车上解下来还了回去。

为着这匹马，父亲向祖父起着终夜的争吵。“两匹马，咱们是算不了什么的，穷人，这匹马就是命根。”祖父这样说着，而父亲还是争吵。九岁时，母亲死去。父亲也就更变了样，偶然打碎了一只杯子，他就要骂到使人发抖的程度。后来就连父亲的眼睛也转了弯，每从他的身边经过，我就像自己的身上生了针刺一样；他斜视着你，他那高傲的眼光从鼻梁经过嘴角而后往下流着。

所以每每在大雪中的黄昏里，围着暖炉，围着祖父，听着祖父读着诗篇，看着祖父读着诗篇时微红的嘴唇。

父亲打了我的时候，我就在祖父的房里，一直面向着窗子，从黄昏到深夜。窗外的白雪，好像白棉花一样飘着；而暖炉上水壶的盖子，则像伴奏的乐器似的振动着。

祖父时时把多纹的两手放在我的肩上，而后又放在我的头上，我的耳边便响着这样的声音：

“快快长吧！长大就好了。”

二十岁那年，我就逃出了父亲的家庭。直到现在还是过着流浪的生活。

“长大”是“长大”了，而没有“好”。

可是从祖父那里，知道了人生除掉了冰冷和憎恶而外，还有温暖和爱。

所以我就向这“温暖”和“爱”的方面，怀着永久的憧憬和追求。

记鹿地夫妇 |

池田在开仗的前夜，带着一匹小猫仔来到我家的门口，因为是夜静的时候，那鞋底拍着楼廊的声音非常响亮。

“谁呀！”

这声音并没有回答，我就看到是日本朋友池田，她的眼睛好像被水洗过的玻璃似的那么闪耀。

“她怎么这时候来的呢，她从北四川路来的……”这话在我的思想里边绕了一周。

“请进来呀！”

一时看不到她的全身，因为她只把门开了一个小缝。

“日本和中国要打仗。”

“什么时候？”

“今天夜里四点钟。”

“真的吗？”

“一定的。”

我看一看表，现在是十一点钟。“一、二、三、四、五——”我说还有五个钟头。

那夜我们又讲了些别的就睡了。军睡在外室的小床上，我和池田就睡在内室的大床上，这一夜没有睡好，好像很热，小猫仔又那么叫，从床上跳到地上，从地上又跳到椅子上，而后再去撕着窗帘。快到四点钟的时候，我好像听到了两下枪响。

“池田，是枪声吧！”

“大概是。”

“你想鹿地怎么样，若真的今开仗，明天他能跑出来不能？”

“大概能，那就不知道啦！”

夜里开枪并不是事实。第二天我们吃完饭，三个人坐在地板的凉席上乘凉。这时候鹿地来了，穿一条黄色的短裤，白衬衫，黑色的卷卷头发，日本式的走法。走到席子旁边，很习惯的就脱掉鞋子坐在席子上。看起来他很快活，日本话也说，中国字也有。他赶快地吸纸烟，池田给他做翻译。他一着急就又加几个中国字在里面。转过脸来向我们说：

“是的，叭叭开枪啦……”

“是什么地方开的？”我问他。

“在陆战队……边上。”

“你看见了吗？”

“看见的……”

他说话十分喜欢用手势：“我，我，我看见啦……完全死啦！”而后他用手巾揩着汗。但是他非常快活，笑着，全身在轻松里边打着转。我看他像洗过羽毛的雀子似的振奋，因为他的眼光和嘴唇都像讲着与他不相干的，同时非常感到兴味的人一样。

夜晚快要到来，第一发的炮声过去了。而我们四个人——池田、鹿地、萧军和我——正在吃晚饭，池田的大眼睛对着我，萧军的耳向旁边歪着，我则感到心脏似乎在移动。但是我们合起声音来：

“哼！”彼此点了点头。

鹿地有点像西洋人的嘴唇，扣得很紧。

第二发炮弹发过去了。

池田仍旧用日本女人的跪法跪在席子上，我们大概是用一种假象把自己平定下来，所以仍旧吃着饭。鹿地的脸色自然变得很不好看了。若是我，我一定想到这炮声就使我脱离了祖国。但是他的感情一会就恢复了。他说：

“日本这回坏啦，一定坏啦……”这话的意思是日本要打败的，日本的老百姓要倒霉的，他把这战争并不看得怎样可怕，他说日本军阀早一天破坏早一天好。

第二天他们到 S 家去住的。我们这里不大方便；邻居都知道他们是日本人，还有一个白俄在法国捕房当巡捕。街上打间谍，日本警察到他们从前住过的地方找过他们。在两国夹攻之下，他们开始被陷进去。

第二天我们到 S 家去看他们的时候，他们住在三层楼上，尤其是鹿地很开心，俨俨乎和主人一样。两张大写字台靠着窗子，写字台这边坐着一个，那边坐着一个，嘴上都叼着香烟，白金龙香烟四五罐，堆成个小塔形在桌子头上。他请我吃烟的时候，我看到他已经开始工作。很讲究的黑封面的大本子摊开在他的面前，他说他写日记了，当然他写的是日文，我看了一下也看不懂。一抬头看到池田在那边也张开了一个大本子。我想这真不得了，这种克制自己的力量，中国人很少能够做到。无论怎样说，这战争对于他们比对于我们，总是更痛苦的。又过了两天，大概他们已经写了一些日记了。他们开始劝我们，为什么不参加团体工作呢？鹿地说：

“你们不认识救亡团体吗？我给介绍！”这样好的中国话是池田给修改的。

“应该工作了，要快工作，快工作，日本军阀快完啦……”

他们说现在写文章，以后翻成别国文字，有机会他们要到各国去宣传。

我看他们好像变成了中国人一样。

三二日之后去看他们，他们没有了。说他们昨天下午一起出去就没有回来。临走时说吃饭不要等他们，至于哪里去了呢？S 说她也不知道。又过了几天，又问了好几次，仍旧不知道他们在哪里。

或者被日本警察捉去啦，送回国去啦！或者住在更安全的地方，大概不能有危险吧！

一个月以后的事：我拿刀子在桌子上切葱花，准备午饭，这时候，有人打门，走进来的人是认识的，可是他一向没有来过，这次的来不知有什么事。但很快就得到结果了：鹿地昨夜又来到 S 家。听到他们并没有出危险，很高兴。但他接着再说下去就是痛苦的了。他们躲在别人家里躲了一个月，那家非赶他们离开不可，因为住日本人，怕当汉奸看待。S 家很不便，当时 S 做救亡工作，怕是日本探子注意到。

“那么住到哪里去呢？”我问。

“就是这个问题呀！他们要求你去送一封信，我来就是找你去送信，你立刻到 S 家去。”

我送信的地方是个德国医生，池田一个月前在那里治过病，当上海战事开始的时候，医生太太向池田说过：假若在别的地方住不方便，可以搬到她家去暂住。有一次我陪池田去看医生，池田问他：

“你喜欢希特勒吗？”

医生说：“唔……不喜欢。”并且说他不能够回德国。

根据这点，池田以为医生是很好的人，同时又受希特勒的压迫。

我送完了信，又回到 S 家去，我上楼说：

“可以啦，大概是可以。”

回信，我并没拆开读，因为我的英文不好。他们两个从地板上坐起来。

打开这信：

“随时可来，我等候着……”池田说信上写着这样的话。

“我说对么！那医生当我临走的时候还说，把手伸给他，我知道他就了解了。”

这回鹿地并不怎样神气了，说话不敢大声，不敢站起来走动。晚饭就坐在地板的席子上吃的，台灯放在地上，灯头被蒙了一块黑纱布，就在这微黑的带着神秘的三层楼上，我也和他们一起吃的饭。我端碗来，再三的不能把饭咽下去，我看一看池田发亮的眼睛，好像她对她自己未知的命运还不如我对他们那样关心。

“吃鱼呀！”我记不得是他们谁把一段鱼尾摆在我的碗上来。

当着一个人，在他去试验他出险的道路前一刻，或者就正在出险之中，为什么还能够这样安宁呢！我实在对这晚餐不能够多吃。我为着我自己，我几次说着多余的闲余话：

“我们好像山寨们在树林里吃饭一样……”按着我还是说：“不是吗？看像不像？”

回答这话的没有人，我抬头看一看四壁，这是一间藏书房，四壁黑沉沉的站着书箱或书柜。

八点钟刚过，我就想去叫汽车，他们说，等一等，稍微晚一点更好。鹿地开始穿西装，白裤子，黑上衣，这是一个西洋朋友给他的旧衣裳（他自己的衣裳从北四路逃出来时丢掉了）。多么可笑啊！又像贾伯林又像日本人。

“这个不要紧！”指着他已经蔓延起来的胡子对我说：“像日本人不像？”

“不像。”但明明是像。

等汽车来了时，我告诉他：

“你绝对不能说话，中国话也不要说，不开口最好，若忘记了说出日本字来那是危险的。”

报纸上登载过法租界和英租界交界的地方，常常有小汽车被验查。假若没有人陪着他们，他们两个差不多就和哑子一样了。鹿地干脆就不能开口。至于池田一听就知道说的是日本的中国话。

那天晚上下着一点小雨，记得大概我是坐在他们两个人之间，有两小箱笼颠动在我们膝盖的前边。爱多亚路被指路灯所照，好像一条虹彩似的展开在我们的面前，柏油路被车轮所擦过的纹痕，在路警指管着的红绿灯下，变成一条红的，而后又变成一条绿的，我们都把眼睛看着这动乱交错的前方。同时司机人前面那块玻璃上有一根小棍来回地扫着那块扇形的地盘。

车子到了同孚路口了，我告诉车子左转，而后靠到马路的右边。

这座大楼本来是有电梯的，因为司机人不在，等不及了，就从扶梯跑上去。我们三个人都提着东西，而又都跑得快，好像这一路没有出险，多半是因为这最末的一跑才做到的。

医生在小客厅里接待着鹿地夫妇：

“弄错了啦，嗯！”

我所听到的，这是什么话呢？我看看鹿地，我看看池田，再看看胖医生。

“医生弄错啦，他以为是要来看病的人，所以随时可来。”

“那么房子呢？”

“房子他没有。”池田摆一摆手。

我想这回可成问题了，我知道 S 家绝对不能再回去。找房子立刻是可能的吗？而后我说到我家去可以吗？

池田说：“你们家那白俄呀！”

医生还不错，穿了雨衣去替他们找房子去了。在这中间，非常恐慌。他说房子就在旁边，可是他去了好多时候没有回来。

“箱子里边有写的文章啊！老医生不是去通知捕房？”池田的眼睛好像枭鸟的眼睛那么大。

过了半点钟的样子，医生回来了，医生又把我们送到那新房子。

走进去一看，就像个旅馆，茶房非常多，说中国话的，说法国话的，说俄国话的，说英国话的。

刚一开战，鹿地就说过要到国际上去宣传，我看那时候，他可差不多去到国际上了。

这地方危险是危险的，怎么办呢？只得住下了。

中国茶房问：“先生住几天呢？”

我说住一两天，但是鹿地说：“不！不！”只说了半截就回去了，大概是日本话又来到嘴边上。

池田有时说中国话，有时说英国话，茶房来了一个，去了，又来了一个。

鹿地静静地站在一边。

大床、大桌子、大沙发，棚顶垂着沉重的带着链锁的大灯头。并且还有一个外室，好像阳台一样。

茶房都去了，鹿地仍旧站着，地心有一块花地毯，他就站在地毯的边上。

我告诉他不要说日本话，因为隔壁的房子说不定住的是中国人。

“好好地休息吧！把被子摊在床上，衣箱就不要动了，三两天就要搬的。我把这情况通知别的朋友……”往下我还有话要说，中国茶房进来了，手里端着一个大白铜盘子，上面站着两个汽水瓶。我想这个五块钱一天的旅馆还给汽水喝！问那茶房，那茶房说是白开水，这开水怎样卫生，怎样经过过滤，怎样多喝了不会生病。正在这时候，他却来讲卫生了。

向中国政府办理证明书的人说，再有三五天大概就替他们领到，可是到第七天还没有消息。他们在那房子里边，简直和小鼠似的，地板或什么东西有时格格地作响，至于讲话的声音，外边绝对听不到。

每次我去的时候，鹿地好像还是照旧的样子，不然就是变了点，也究竟没变了多少，喜欢讲笑话。不知怎么想起来的，他又说他怕女人：

“女人我害怕，别的我不怕……女人我最怕。”

“帝国主义你不怕？”我说。

“我不怕，我打死他。”

“日本警察捉你也不怕？”我和池田是站在一面的。

池田听了也笑，我也笑，池田在这几天的不安中也破例了。

“那么你就不用这里逃到那里，让日本警察捉去好啦！其实不对的，你还是最怕日本警察。我看女人并不绝顶的厉害，还是日本警察绝顶的厉害。”

我们都笑了，但是都没有高声。

最显现在我面前的是他们两个有点憔悴的颜面。

有一天下午，我陪着他们谈了两个多钟头，对于这一点点时间，他们是怎样的感激呀！我临走时说：

“明天有工夫，我早点来看你们，或者是上午。”

尤其是池田立刻说谢谢，并且立刻和我握握手。

第二天我又来迟了，池田不在房里。鹿地一看到我，就从桌上摸到一块白纸条。他摇一摇手而后他在纸条上写着：

今天下午有巡捕在门外偷听了，一下午英国巡捕（即印度巡捕）、中国巡捕，从一点钟起停到五点钟才走。

但最感动我的是他在纸条上出现着这样的字：——今天我决心被捕。

“这被捕不被捕，怎能是你决心不决心的呢？”这话我不能对他说，因为我知道他用的是日本文法。

我又问他打算怎样呢？他说没有办法，池田去到 S 家里。

那个时候经济也没有了，证明书还没有消息。租界上日本有追捕日本人或韩国人的自由。想要脱离租界，而又一步不能脱离。到中国地去，要被中国人误认作间谍。

他们的生命，就像系在一根线上脆弱。

那天晚上，我把他们的日记、文章和诗，包集起来带着离开他们。我说：

“假使日本人把你们捉回去，说你们帮助中国，总是没有证据的呀！”

我想我还是赶快走的好，把这些致命的东西快些带开。

临走时我和他握握手，我说不怕。至于怕不怕，下一秒钟谁都没有把握。但我是说了，就像说给站在狼洞里边的孩子一样。

以后再去看他们，他们就搬了，我们也就离开上海。

门前的黑影

从昨夜，对于震响的铁门更怕起来，铁门扇一响就跑到过道去看，看过四五次都不是，但愿它不是。清早了，某个学校的学生，他是郎华的朋友，他戴着学生帽，进屋也没有脱，他连坐下也不坐下就说：

“风声很不好，关于你们，我们的同学弄去了一个。”

“什么时候？”

“昨天。学校已经放寒假了，他要回家还没有定。今天一早又来日本宪兵把全宿舍检查一遍，每个床铺都翻过，翻出一本《战争与和平》来……”

“《战争与和平》又怎么样？”

“你要小心一点，听说有人要给你放黑箭。”

“我又不反满，不抗日，怕什么？”

“别说这一套话，无缘无故就要拿人，你看，把《战争与和平》那本书就带了去，说是调查调查，也不知道调查什么？”

说完他就走了，问他想放黑箭的是什么人？他不说。过一会，又来一个人，同样是慌张，也许近些日子看人都是慌张的。

“你们应该躲躲，不好吧！外边都传说剧团不是个好剧团，那个团员出来了没有？”

我们送走了他，就到公园走走。冰池上小孩们在上面滑着冰，日本孩子，俄国孩子……中国孩子……

我们绕着冰池走了一周，心上载着不愉快……所以彼此不讲话，走得很沉闷。

“晚饭吃面吧！”他看到路北那个切面铺才说，我进去买了面条。

回到家里，书也不能看，俄语也不能读，开始慢慢预备晚饭吧！虽然在预备吃的东西也不高兴，好像不高兴吃什么东西。

木格上的盐罐装着满满的白盐，盐罐旁边摆着一包大海米，酱油瓶，醋瓶，香油瓶，还有一罐炸好的肉酱。墙角有米袋，面袋，柈子房满堆着木料……这一些并不感到满足，用肉酱拌面吃，倒不如去年米饭拌着盐吃舒服。

“商市街”口，我看到一个人影，那不是寻常的人影，那像日本宪兵。我继续前走，怕是郎华知道要害怕。

走了十步八步，可是不能再走了！那穿高筒皮靴的人在铁门外盘旋，我停止下，想要细看一看。郎华和我同样，他也早就注意上这人。我们想逃。他是在门口等我们吧！不用猜疑，路南就停着小“电驴子”，并且那日本人又走到路南来，他的姿式表示着他的耳朵也在倾听。

不要家了，我们想逃，但是逃向哪里呢？

那日本人连刀也没有佩，也没有别的武装，我们有点不相信他就会拿人。我们走进路南的洋酒面包店去，买了一块面包，我并不要买肠子，掌柜的就给切了肠子，因为我是聚精会神地在注意玻璃窗外的事情，那没有佩刀的日本人转着弯子慢慢走掉了。

这真是一场大笑话，我们就在铺子里消费了三角五分钱，……从玻璃门出来，带着三角五分钱的面包和肠子。假若是更多的钱在那当儿就丢在马路上，也不觉得可惜……

“要这东西做什么呢？明天袜子又不能买了。”事件已经过去，我懊悔地说。

“我也不知道，谁叫你进去买的？你想怨谁？”

郎华在前面哐哐地开着门，屋中的热气扑到脸上来。

欧罗巴旅馆

楼梯是那样长，好像让我顺着一条小道爬上天顶。其实只是三层楼，也实在无力了，手扶着楼栏，努力拔着两条颤颤的、不属于我的腿，升上几步，手也开始和腿一般颤。

等我走进那个房间的时候，和受辱的孩子似的偎上床去，用袖口慢慢擦着脸。他——郎华，我的情人，那时候他还是我的情人，他问我了：“你哭了吗？”

“为什么哭呢？我擦的是汗呀，不是眼泪呀！”

不知是几分钟过后，我才发现这个房间是如此的白，棚顶是斜坡的棚顶，除了一张床，地下有一张桌子，一围藤椅。离开床沿用不到两步可以摸到桌子和椅子。开门时，那更方便，一张门扇躺在床上可以打开。住在这白色的小室，我好像住在幔帐中一般。我口渴，我说：“我应该喝一点水吧！”

他要为我倒水时，他非常着慌，两条眉毛好像要连接起来，在鼻子的上端扭动了好几下：

“怎样喝呢？用什么喝？”

桌子上除了一块洁白的桌布，干净得连灰尘都不存在。

我有点昏迷，躺在床上听他和茶房在过道说了些时，又听到门响，他来到床边。我想他一定举着杯子在床边，却不，他的手两面却分张着：

“用什么喝？可以吧？用脸盆来喝吧！”

他去拿藤椅上放着才带来的脸盆时，手巾下面刷牙缸被他发现，于是拿着刷牙缸走去。

旅馆的过道是那样寂静，我听他踏着地板来了。

正在喝着水，一只手指抵在白床单上，我用发颤的手指抚来抚去。他说：

“你躺下吧！太累了。”

我躺下也是用手指抚来抚去，床单有突起的花纹，并且白得有些闪我的眼睛，心想：不错的，自己正是没有床单。我心想的话他却说出了！

“我想我们是要睡空床板的，现在连枕头都有。”

说着，他拍打我枕在头下的枕头。

“咯咯——”有人打门，进来一个高大的俄国女茶房，身后又进来一个中国茶房：

“也租铺盖吗？”

“租的。”

“五角钱一天。”

“不租。”“不租。”我也说不租，郎华也说不租。

那女人动手去收拾：软枕，床单，就连桌布她也从桌子扯下去。床单夹在她的腋下。一切都夹在她的腋下。一秒钟，这洁白的小室跟随她花色的包头巾一同消失去。

我虽然是腿颤，虽然肚子饿得那样空，我也要站起来，打开柳条箱去拿自己的被子。

小室被劫了一样，床上一张肿胀的草褥赤现在那里，破木桌一些黑点和白圈显露出来，大藤椅也好像跟着变了颜色。

晚饭以前，我们就在草褥上吻着抱着过的。

晚饭就在桌子上摆着黑“列巴”和白盐。

晚饭以后事件就开始了：

开门进来三四个人，黑衣裳，挂着枪，挂着刀。进来先拿住郎华的两臂，他正赤着胸膛在洗脸，两手还是湿着。他们那些人，把箱子弄开，翻扬了一阵：

“旅馆报告你带枪，没带吗？”那个挂刀的人问。随后那人在床下扒得了一个长纸卷，里面卷的是一支剑。他打开，抖着剑柄的红穗头：

“你哪里来的这个？”

停在门口那个去报告的俄国管事，挥着手，急得涨红了脸。

警察要带郎华到局子里去，他也预备跟他们去，嘴里不住说：“为什么单独用这种方式检查我？妨碍我？”

最后警察温和下来，他的两臂被放开，可是他忘记了穿衣裳，他湿水的手也干了。

原因日间那白俄来取房钱，一日两元，一月六十元。我们只有五元钱。马车钱来时去掉五角。那白俄说：

“你的房钱，给！”他好像知道我们没有钱似的，他好像是很着忙，怕是我们跑走一样。他拿到手中两元票子又说：“六十元一月，明天给！”原来包租一月三十元，为了松花江涨水才有这样的房价。如此，他摇手瞪眼地说：“你的明天搬走，你的明天走！”

郎华说：“不走，不走……”

“不走不行，我是经理。”

郎华从床下取出剑来，指着白俄：

“你快给我走开，不然，我宰了你。”

他慌张着跑出去了，去报告警察所，说我们带着凶器，其实剑裹在纸里，那人以为是大枪，而不知是一支剑。

结果警察带剑走了，他说：“日本宪兵若是发现你有剑，那你非吃亏不可，了不得的，说你是大刀会。我替你寄存一夜，明天你来取。”

警察走了以后，闭了灯，锁上门，街灯的光亮从小窗口跑下来，凄凄淡淡的，我们睡了。在睡中不住想：警察是中国人，倒比日本宪兵强得多啊！

天明了，是第二天，从朋友处被逐出来是第二天了。

患病

我在准备早饭，同时打开了窗子，春朝特有的气息充满了屋子。在大炉台上摆着已经去了皮的地豆，小洋刀在手中仍是不断地转着……浅黄色带着绵性似的地豆个个在大炉台上摆好，稀饭在旁边冒着泡，我一面切着地豆，一面想着：江上连一块冰也融尽了吧！公园的榆树怕是发了芽吧！已经三天不到公园去，吃过饭非去看看不可。

"郎华呀！你在外边尽做什么？也来帮我提一桶水去……"

"我不管，你自己去提吧。"他在院子来回走，他又是在想什么文章。于是我跑着，为着高兴。把水桶翻得很响，斜着身子从汪家厨房出来，差不多是横走，水桶在腿边左摇荡一下，右摇荡一下……

菜烧好，饭也烧好。吃过饭就要去江边，去公园。春天就要在头上飞，在心上过，然而我不能吃早饭了，肚子偶然疼起来。

我喊郎华进来，他很惊讶！但越痛越不可耐了。

他去请医生，请来一个治喉病的医生。

"你是患着盲肠炎吧？"医生问我。

我疼得那个样子，还晓得什么盲肠炎不盲肠炎的？眼睛发黑了，喉医生在我的臂上打了止痛药针。

"张医生，车费先请自备吧！过几天和药费一起送去。"郎华对医生说。

一角钱也没有了，我又不能说再请医生，白打了止痛药针，一点痛也不能止。

郎华又跑出去，我不知他跑出去做什么，我说不出怀着怎样的心情在等他回来。

一个星期过去，我还不能从床上坐起来。第九天，郎华从外面举着鲜花回来，插在瓶子里，摆在桌上。

“花开了？”

“不但花开，树还绿了呢！”

我听说树绿了！我对于“春”不知怀着多少意义。我想立刻起来去看看，但是什么也不能做，腿软得好像没有腿了，我还站不住。

肚痛减轻一些，夜里睡得很熟。有朋友告诉郎华：在什么地方有一个市立的公共医院，为贫民而设，不收药费。

当然我挣扎着也要去的，那天是晴天，换好干净衣服，一步一步走出大门，坐上了人力车，郎华在车旁走，起先他是扶着车走，后来他就走在行人道上去了。街树不是发着芽的时候，已长好绿叶了！

进了诊疗所，到挂号处挂了名，很长的堂屋，排着长椅子，那里已经开始诊断，穿白衣裳的俄国女人，跑来跑去唤着名字，六七个人一起闯进病室去，过一刻就放出来，第二批人再被呼进来。到这里来的病人，都是穷人，愁眉苦脸的一个，愁眉苦脸的一个，撑着木棍的跛子，脚上生疮缚着白布的肿脚人，肺痨病的女人，白布包住眼睛的盲人，包住眼睛的盲小孩，头上生疮的小孩。对面坐着老外国女人，闭着眼睛，把头靠住椅子，好似睡着，然而她的嘴不住地收缩，她的包头巾在下巴上慢慢的牵动……

小孩治疗室有孩子大大的哭叫，内科治疗室门口，外国女人又闯出来，又叫着外国名字，一会又有中国人从外科治疗室闯出来，又喊着中国名字……拐脚子和肿脸人都一起走进去……

因为我来得最晚。大概最后才能够叫到我，等得背痛，头痛。

“我们回去吧！明天再来。”坐在人力车上，我已无心再看街树，这样去投医，病象不但没有减轻，好像更加重了些。

不能不去，因为不要钱。第二次去，也被唤着名字走进妇科治疗室，虽等了两点钟，到底进了妇科治疗室。既然进了治疗室，那该说怎样治疗法。

把我引到一个屏风后面，那里摆着一张很宽、很高、很短的台子，台子的两边还立了两支叉形的东西，叫我爬上这台子去，当时我可有些害怕了，爬上去做什么呢？莫非是要用刀割吗？

我坚决地不爬上去，于是那肥的外国女人先上去了，没有什么，并不动刀，换着次序我也被治疗了一回，经过这样的治疗并不用吃药，只在肚子上按了按，或是一面按着，一面问两句，我的俄文又不好，所以医生问的，我并不全懂，马马虎虎地就走出治疗室。医生告诉我，明天再来一次，好把药给我。

以后我就没有再去，因为那天我出了诊疗所的时候，我是问过一个重病人的，他哼着，他的家属哭着。我以为病人是病到不可治的程度，“他们不给药吃，说药贵，让自己去买，哪里有钱买？”是这样说向我的。

去了两天诊疗所，等了几个钟头。怕是再去两天，再去等几个钟头，病人就会自然而然地好起来！可惜我没有那样的忍耐性。

十三天

“用不到一个月我们就要走的。你想想吧，去吧！不要闹孩子脾气，三两天我就去看你一次……”郎华说。

为着病，我要到朋友家去休养几天。我本不愿去，那是郎华的意思，非去不可，又因为病象又要重似的，全身失去了力量，骨节酸痛。于是冒着雨，跟着朋友就到朋友家去。

汽车在斜纹的雨中前行。大雨和冒着烟一般。我想：开汽车的人怎能认清路呢！但车行的更快起来。在这样大的雨中，人好像坐在房间里，这是多么有趣！汽车走出市街，接近乡村的时候，立刻有一种感觉，好像赴战场似的英勇。我是有病，我并没喊一声“美景”。汽车颠动着，我按紧着肚子，病会使一切厌烦。

当夜还不到九点钟，我就睡了。原来没有睡，来到乡村，那一种落寞的心情浸透了我。又是雨夜，窗子上淅沥地打着雨点。好像是做梦把我惊醒，全身沁着汗，这一刻又冷起来，从骨节发出一种冷的滋味，发着疟疾似的，一刻热了，又寒了！

要解体的样子，我哭出来吧！没有妈妈哭向谁去？

第二天夜又是这样过的，第三夜又是这样过的。没有哭，不能哭，和一个害着病的猫儿一般，自己的痛苦自己担当着吧！整整是一个星期，都是用被子盖着坐在炕上，或是躺在炕上。

窗外的梨树开花了，看着树上白白的花儿。

到端阳节还有二十天，节前就要走的。

眼望着窗外梨树上的白花落了！有小果子长起来，病也渐好，拿椅子到树下去看看小果子。

第八天郎华才来看我，好像父亲来了似的，好像母亲来了似的，我发羞一般的，没有和他打招呼，只是让他坐在我的近边。我明明知道生病是平常的事，谁能不生病呢？可是总要酸心，眼泪虽然没有落下来，我却耐过一个长时间酸心的滋味。好像谁虐待了我一般。那样风雨的夜，那样忽寒忽热、独自幻想着的夜。

第二次郎华又来看我，我决定要跟他回家。

“你不能回家。回家你就要劳动，你的病非休息不可，还没有两个星期我们就得走。刚好起来再累病了，我可没有办法。”

“回去，我回去……”

“好，你回家吧！没有一点理智的人，不能克服自己的人还有什么办法！你回家好啦！病犯了可不要再问我！”

我又被留下，窗外梨树上的果子渐渐大起来。我又不住地乱想：穷人是没有家的，生了病被赶到朋友家去。

已是十三天了！

作品·小说

旷野的呼喊

风撒欢了。

在旷野，在远方，在看也看不见的地方，在听也听不清的地方，人声，狗叫声，嘈嘈杂杂地喧哗了起来。屋顶的草被拔脱，墙囤头上的泥土在翻花，狗毛在起着一个一个的圆穴，鸡和鸭子们被刮得要站也站不住。平常喂鸡撒在地上的谷粒，那金黄的，闪亮的，好像黄金的小粒，一个跟着一个被大风扫向墙根去，而后又被扫了回来，又被扫到房檐根下。而后混同着不知从什么地方飘来的从未见过的大树叶，混同着和高粱粒一般大的四方的或多棱的沙土，混同着刚被大风拔落下来的红的、黑的、杂色的鸡毛，还混同着破布片，还混同着唰啦唰啦的高粱叶，还混同着灰倭瓜色的豆秆，豆秆上零零乱乱地挂着豆粒已经脱掉了空敞的豆荚。一些红纸片，那是过新年时门前粘贴的红对联——三阳开泰，四喜临门——或是“出门见喜”的条子，也都被大风撕得一条一条的，一块一块的。这一些干燥的、毫没有水分的拉杂的一堆，唰啦啦、呼哩哩在人间任意地扫着。刷着豆油的平滑得和小鼓似的乡下人家的纸窗，一阵一阵地被沙粒击打着，发出铃铃的铜声来。而后，鸡毛或纸片，飞得离开地面更高。若遇着毛草或树枝，就把它们障碍住了，于是房檐上站着鸡毛，鸡毛随着风东摆一下，西摆一下，又被风从四面裹着，站得完全笔直，好像大森林里边用野草插的标记。而那些零乱的纸片，刮在远椽头上时，却呜呜地它也赋着生命似的叫喊。

陈公公一推开房门，刚把头探出来，他的帽子就被大风卷跑了，在那光滑的被大风完全扫干净了的门前平场上滚着，滚得像一个小西瓜，像一个小车轮，而最像一个小风车。陈公公追着它的时候，它还扑扑拉拉地不让陈公公追上它。

“这刮的是什么风啊！这还叫风了吗！简直他妈的……”

陈公公的儿子，出去已经两天了，第三天就是这刮大风的天气。

“这小子到底是干什么去了啦？纳闷……这事真纳闷，……”于是又带着沉吟和失望的口气：“纳闷！”

陈公公跑到瓜田上才抓住了他的帽子，帽耳朵上滚着不少的草末。他站在垄陌上，顺着风用手拍着那四个耳朵的帽子，而拍也拍不掉的是桑子的小刺球，他必须把它们打掉，这是多么讨厌啊！手触去时，完全把手刺痛。看起来又像小虫子，一个一个地钉在那帽檐上。

“这小子到底是干什么去啦！”帽子已经戴在头上，前边的帽耳，完全探伸在大风里，遮盖了他的眼睛。他向前走时，他的头好像公鸡的头向前探着，那顽强挣扎着的样子，就像他要钻进大风里去似的。

“这小子到底……他妈的……”这话是从昨天晚上他就不停止地反复着。他抓掉了刚才在腿上摔着帽子时刺在裤子上的桑子，把它们在风里丢了下去。

“他真随了义勇队了吗？纳闷！明年一开春，就是这时候，就要给他娶妇了，若今年收成好，上秋也可以娶过来呀！当了义勇队，打日本……哎哎，总是年轻人哪，……”当他看到村头庙堂的大旗杆，仍旧挺直地站在大风里的时候，他就向着旗杆的方向骂了一句：“小鬼子……”而后他把全身的筋肉抖擞一下。他所想的，他觉得都是使他生气，尤其是那旗杆，因为插着一对旗杆的庙堂，驻着新近才开来的日本兵。

“你看这村子还像一个样子了吗？”大风已经遮掩了他嘟嘟着的嘴。他看见左边有一堆柴草，是日本兵征发去的。右边又是一堆柴草。而前村，一直到村子边上，一排一排地堆着柴草。这柴草也都是征发给日本兵的。大风刮着它们，飞起来的草末，就和打谷子扬场的时候一样，每个草堆在大风里边变成了一个一个的土堆似的在冒着烟。陈公公向前冲着时，有一团谷草好像整捆地滚在他的脚前，障碍了他。他用了全身的力量，想要把那谷草踢得远一点，然而实在不能够做到。因为风的方向和那谷草滚来的方向是一致的，而他就正和它们相反。

“这是一块石头吗？真没见过！这是什么年头，……一捆谷草比他妈一块石头还硬！……”

他还想要骂一些别的话，就是关于日本子的。他一抬头看见两匹大马和一匹小白马从西边跑来。几乎不能看清那两匹大马是棕色的或是黑色的，只好像那马的周围裹着一团烟跑来，又加上陈公公的眼睛不能够抵抗那紧逼着他而刮来的风。按着帽子，他招呼着：

“站住……嘞……嘞……”他用舌尖，不，用了整个的舌头打着嘟噜。而这种唤马的声音只有他自己能够听到，他把声音完全灌进他自己的嘴。把舌头在嘴里边整理一下，让它完全露在大风里，准是没有拴住。还没等他再发出嘞嘞的唤马声，那马已经跑到他的前边。他想要把它们拦住而抓住它，当他一伸手。他就把手缩回来，他看见马身上盖着的圆的日本军营里的火印：

“这哪是客人的马呀！这明明是他妈……”

陈公公的胡子挂上了几颗谷草叶，他一边掠着它们就打开了房门。

“听不见吧？不见得就是……”

陈姑妈的话就像落在一大锅开水里的微小的冰块，立刻就被消融了。因为一打开房门，大风和海潮似的，立刻喷了进来烟尘和吼叫的一团，陈姑妈像被扑灭了似的。她的话陈公公没有听到。非常危险，陈公公挤进门来，差一点没有撞在她身上，原来陈姑妈的手上拿着一把切菜刀。

“是不是什么也听不见？风太大啦，前河套听说可有那么一伙，那还是前些日子……西寨子，西水泡子，我看那地方也不能不有，那边都是柳条通……一人多高，刚开春还说不定没有，若到夏天，青纱帐起的时候，那就是好地方啊……”陈姑妈把正在切着的一颗胡萝卜放在菜墩上。

“罗罗唆唆地叨叨些个什么！你就切你的菜吧！你的好儿子你就别提啦。”

陈姑妈从昨天晚上就知道陈公公开始不耐烦。关于儿子没有回来这件事，把他们的家都像通通变更了。好像房子忽然透了洞，好像水瓶忽然漏了水，好像太阳也不从东边出来，好像月亮也不从西边落。陈姑妈还勉勉强强地像是照常在过着日子，而陈公公在她看来，那完全是可怕的。儿子走了两夜，第一夜还算安静静地过来了，第二夜忽然就可怕起来。他通夜坐着，抽着烟，拉着衣襟，用笤帚扫着行李，扫着四耳帽子，扫着炕沿。上半夜嘴里任意叨叨着，随便想起什么来就说什么，说到他儿子的左腿上生下来时就有一块青痣。

“你忘了吗？老娘婆（即产婆）不是说过，这孩子要好好看着他，腿上有病，是主走星照命……可就真忍心走下去啦！……他也不想想，留下他爹他娘，又是这年头，出外有个好歹的，干那勾当，若是犯在人家手里，那还……那还说什么呢！就连他爹也逃不出法网……义勇队，义勇队，好汉子是要干的，可是他也得想想爹和娘啊！爹娘就你一个……”

上半夜他一直叨叨着，使陈姑妈也不能睡觉。下半夜他就开始一句话也不说，忽然他像变成了哑子，同时也变成了聋子似的。从清早起来，他就不说一句话。陈姑妈问他早饭煮点高粱粥吃吧，可是连一个字的回答，也没有从他嘴里吐出来。他扎好腰带，戴起帽子就走了。大概是在外边转了一圈又回来了。那工夫，陈姑妈在刷一个锅都没有刷完，她一边淘着刷锅水，一边又问一声：

“早晨就吃高粱米粥好不好呢？”

他没有回答她，两次他都并没听见的样子。第三次，她就不敢问了。

晚饭又吃什么呢？又这么大的风。她想还是先把萝卜丝切出来，烧汤也好，炒着吃也好。一向她做饭，是做三个人吃的，现在要做两个人吃的。只少了一个人，连下米也不知道下多少。那一点米。在盆底上，洗起来简直是拿不上手来。

“那孩子，真能吃，一顿饭三四碗……可不吗，二十多岁的大小伙子是正能吃的时候……”

她用饭勺子搅了一下那剩在瓦盆里的早晨的高粱米粥。高粱米粥，凝了一个明光光的大泡。饭勺子在上面触破了它，它还发出有弹性的触在猪皮冻上似的响声：“稀饭就是这样，剩下来的扔了又可惜，吃吧，又不好吃，一热，就粥不是粥了，饭也不是饭……”

她想要决定这个问题，勺子就在小瓦盆边上沉吟了两下。她好像思想家似的，很困难地感到她的思维方法全不够用。

陈公公又跑出去了，随着打开的门扇扑进来的风尘，又遮盖了陈姑妈。

他们的儿子前天一出去就没回来，不是当了土匪，就是当了义勇军，也许是就当了义勇军，陈公公记得清清楚楚的，那孩子从去年冬天就说做棉裤要做厚一点，还让他的母亲把四耳帽子换上两块新皮子。他说：

“要干，拍拍屁股就去干，弄得利利索索的。”

陈公公就为着这话问过他：

“你要干什么呢？”

当时，他只反问他父亲一句没有结论的话，可是陈公公听了儿子的话，只答应两声："唉！唉！"也是同样的没有结论。

"爹！你想想要干什么去！"儿子说的只是这一句。

陈公公在房檐下扑着一颗打在他脸上的鸡毛，他顺手就把它扔在风里边。看起来那鸡毛简直是被风夺走的，并不像他把它丢开的。因它一离开手边，要想抓也抓不住，要想看也看不见，好像它早已决定了方向就等着奔去的样子。陈公公正在想着儿子那句话，他的鼻子上又打来了第二颗鸡毛，说不定是一团狗毛他只觉得毛茸茸的，他就用手把它扑掉了。他又接着想，同时望着西方，他把脚跟抬起来，把全身的力量都站在他的脚尖上。假若有太阳，他就像孩子似的看着太阳是怎样落山的。假若有晚霞，他就像孩子似的翘起脚尖来，要看到晚霞后面究竟还有什么。而现在西方和东方一样，南方和北方也都一样，混混溶溶的，黄的色素遮迷过眼睛所能看到的旷野，除非有山或者有海会把这大风遮住，不然它就永远要没有止境地刮过去似的。无论清早，无论晌午和黄昏，无论有天河横在天上的夜，无论过年或过节，无论春夏和秋冬。

现在大风像在洗刷着什么似的，房顶没有麻雀飞在上面，大田上看不见一个人影，大道上也断绝了车马和行人。而人家的烟囱里更没有一家冒着烟的，一切都被大风吹干了。这活的村庄变成了刚刚被掘出土地的化石村庄了。一切活动着的都停止了，一切响叫着的都哑默了，一切歌唱着的都在叹息了，一切发光的都变成混浊的了，一切颜色都变成没有颜色了。

陈姑妈抵抗着大风的威胁，抵抗着儿子跑了的恐怖，又抵抗着陈公公为着儿子跑走的焦烦。

她坐在条凳上，手里折着经过一个冬天还未十分干的柳条技，折起四五节来。她就放在她面前临时生起的火堆里，火堆为着刚刚丢进去的树枝随时起着爆炸，黑烟充满着全屋，好像暴雨快要来临时天空的黑云似的。这黑烟和黑云不一样，它十分会刺激人的鼻子、眼睛和喉咙……

“加小心哪！离灶火腔远一点阿……大风会从灶火门把柴火抽进去的……”

陈公公一边说着，一边拿起树枝来也折几棵。

“我看晚上就吃点面片汤吧……连汤带饭的，省事。”

这话在陈姑妈，就好像小孩子刚一学说话时，先把每个字在心里想了好几遍，而说时又把每个字用心考虑着。她怕又像早饭时一样，问他，他不回答，吃高粱米粥时，他又吃不下去。

“什么都行，你快做吧，吃了好让我也出去走一趟。”

陈姑妈一听说让她快做，拿起瓦盆来就放在炕沿上，小面口袋里只剩一碗多面，通通搅和在瓦盆底上。

“这不太少了吗？……反正多少就这些，不够吃，我就不吃。”她想。

陈公公一会跑进来，一会跑出去，只要他的眼睛看了她一下，她总觉得就要问她：

“还没做好吗？还没做好吗？”

她越怕他在她身边走来走去，他就越在她身边走来走去。燃烧着的柳条吱啦吱啦地发出水声来，她赶快放下手里在撕着的面片，抓起扫地笤帚来煽着火，锅里的汤连响边都不响边，汤水丝毫没有滚动声，她非常着急。

“好啦吧？好啦就快端来吃……天不早啦……吃完啦我也许出去绕一圈……”

“好啦，好啦！用不了一袋烟的工夫就好啦……”

她打开锅盖吹着气看看，那面片和死的小白鱼似的，一动也不动地漂在水皮上。

“好啦就端来呀！吃呵！”

“好啦……好啦……”

陈姑妈答应着，又开开锅盖，虽然汤还不翻花，她又勉强地丢进几条面片去。并且尝一尝汤或咸或淡，铁勺子的边刚一贴到嘴唇……”

“哟哟！”汤里还忘记了放油。

陈姑妈有两个油罐，一个装豆油，一个装棉花籽油，两个油罐永远并排地摆在碗橱最下的一层，怎么会弄错呢！一年一年的这样摆着，没有弄错过一次。但现在这错误不能挽回了，已经把点灯的棉花籽油撒在汤锅里了，虽然还没有散开，用勺子是掏不起来的。勺子一触上就把油圈触破了，立刻就成无数的小油圈。假若用手去抓，也不见得会抓起来。

“好啦就吃啊！”

“好啦，好啦！”她非常害怕，自己也不知道她回答的声音特别响亮。

她一边吃着，一边留心陈公公的眼睛。

“要加点汤吗？还是要加点面……”

她只怕陈公公亲手去盛面，而盛了满碗的棉花籽油来。要她盛时，她可以用嘴吹跑了浮在水皮上的棉花籽油，尽量去盛底上的。

一放下饭碗，陈公公就往外跑。开房门，他想起来他还没戴帽子：

“我的帽子呢？”

“这儿呢，这儿呢。”

其实她真的没有看见他的帽子，过于担心了的缘故，顺口答应了他。

陈公公吃完了棉花籽油的面片汤，出来一见到风，感到非常凉爽。他用脚尖站着，他望着西方并不是他知道他的儿子在西方或是要从西方来，而是西方有一条大路可以通到城里。

旷野，远方，大平原上，看也看不见的地方，听也听不清的地方，狗叫声、人声、风声、土地声、山林声，一切喧哗，一切好像落在火焰里的那种暴乱，在黄昏的晚霞之后，完全停息了。

西方平静得连地面都有被什么割据去了的感觉，而东方也是一样。好像刚刚被大旋风扫过的柴栏，又好像被暴雨洗刷过的庭院，狂乱的和暴躁的完全停息了。停息得那么断然，像是在远方并没有发生过什么事情。今天的夜，和昨天的夜完全一样，仍旧能够焕发着黄昏以前的记忆的，一点也没有留存。地平线远处或近处完全和昨夜一样平坦地展放着，天河的繁星仍旧和小银片似的成群地从东北方列到西南方去。地面和昨夜一样地哑默，而天河和昨夜一样地繁华。一切完全和昨夜一样。

豆油灯照例是先从前村点起，而后是中间的那个村子，而再后是最末的那个村子。前村最大，中间的村子不太大，而最末的一个最不大。这三个村子好像祖父、父亲和儿子，他们一个牵着一个地站在平原上。冬天落雪的天气，这三个村子就一齐变白了。而后用笤帚打扫出一条小道来，前村的人经过后村的时候，必须说一声：

"好大的雪呀！"

后村的人走过中村时，也必须对于这大雪问候一声，这雪是烟雪或棉花雪，或清雪。

春天雁来的晌午，他们这三个村子就一齐听着雁鸣，秋天乌鸦经过天空的早晨，这三个村子也一齐看着遮天的黑色的大群。

陈姑妈住在最后的村子边上，她的门前一棵树也没有。一头牛，一匹马，一个狗或是几只猪，这些她都没有养，只有一对红公鸡在鸡架上蹲着，或是在房前寻食小虫或米粒，那火红的鸡冠子迎着太阳向左摆一下，向右荡一下，而后闭着眼睛用一只腿站在房前或柴堆上，那实在是一对小红鹤。而现在它们早就钻进鸡架去，和昨夜一样也早就睡着了。

陈姑妈的灯碗子也不是最末一个点起，也不是最先一个点起。陈姑妈记得，在一年之中，她没有点几次灯，灯碗完全被蛛丝蒙盖着，灯芯落到灯碗里了，尚未用完的一点灯油混了尘土都粘在灯碗了。

陈姑妈站在锅台上，把摆在灶王爷板上的灯碗取下来，用剪刀的尖端搅着灯碗底，那一点点棉花籽油虽然变得浆糊一样，但是仍旧发着一点油光，又加上一点新从罐子倒出来的棉花籽油，小灯于是噼噼啦啦地站在炕沿上了。

陈姑妈在烧香之前，先洗了手。平日很少用过的家制的肥皂，今天她存心多擦一些，冬天因为风吹而麻皮了的手一开春就横横竖竖地裂着满手的小口，相同冬天里被冻裂的大地。虽然春风昼夜地吹击，想要弥补了这缺隙，不但没有弥补上，反而更把它们吹得深隐而裸露了。陈姑妈又用原来那块过年时写对联剩下的红纸把肥皂包好。肥皂因为被空气的消蚀，还落了白花花的碱末儿在陈姑妈的大襟上，她用笤帚扫掉了那些。又从梳头匣子摸出黑乎乎的一面玻璃砖镜子来，她一照那镜子，她的脸就在镜子里被切成横横竖竖的许多方格子。那块镜子在十多年前被打碎了以后，就缠上四五尺长的红头绳，现在仍旧是那块镜子。她想要照一照碎头发丝是否还垂在额前，结果什么也没有看见，只恍恍惚惚地她还认识镜子里边的确是她自己的脸。她记得近几年来镜子就不常用，只有在过新年的时候，四月十八上庙会的时候，再就是前村娶媳妇或是丧事，她才把镜子拿出来照照，所以那红头绳若不是她自己还记得，谁看了敢说原先那红头绳是红的？因为发霉和油腻得使手触上去时感到了是触到胶上似的。陈姑妈连更远一点的集会也没有参加过，所以她养成了习惯，怕过河，怕下坡路，怕经过树林，更怕的还有坟场，尤其是坟场里枭鸟的叫声，无论白天或夜里，什么时候听，她就什么时候害怕。

陈姑妈洗完了手，扣好了小铜盒在柜底下。她在灶王爷板上的香炉里，插了三炷香。接着她就跪下去，向着那三个并排的小红火点叩了三个头。她想要念一段“上香头”，因为那经文并没有全记住，她想若不念了成套的，那更是对神的不敬，更是没有诚心。于是胸扣着紧紧的一双掌心，她虔诚地跪着。

灶王爷不晓得知不知道陈姑妈的儿子到底哪里去了，只在香火后边静静地坐着。蛛丝混着油烟，从新年他和灶王奶奶并排地被浆糊贴在一张木板上那一天起，就无间断地蒙在他的脸上。大概什么也看不着了，虽然陈姑妈的眼睛为着儿子就要挂下眼泪来。

外边的风一停下来，空气宁静得连针尖都不敢触上去。充满着人们的感觉的都是极脆弱而又极完整的东西。村庄又恢复了它原来的生命。脱落了草的房脊静静地在那里躺着。几乎被拔走了的小树垂着头在休息。鸭子呱呱地在叫，相同喜欢大笑的人遇到了一起。白狗、黄狗、黑花狗……也许两条平日一见到非咬架不可的狗，风一静下来，它们都前村后村地跑在一起。完全是一个平静的夜晚，远处传来的人声，清澈得使人疑心从山涧里发出来的。

陈公公在窗外来回地踱走，他的思想系在他儿子的身上，仿佛让他把思想系在一颗陨星上一样。陨星将要沉落到哪里去，谁知道呢？

陈姑妈因为过度的虔诚而感动了她自己，她觉得自己的眼睛是湿了。让孩子从自己手里长到二十岁，是多么不容易！而最酸心的，不知是什么无缘无故地把孩子夺了去。她跪在灶王爷前边回想着她的一生，过去的她觉得就是那样了。人一过了五十，只等着往六十上数。还未到的岁数，她一想，还不是就要来了吗？这不是眼前就开头了吗？她想要问一问灶王爷，她的儿子还能回来不能！因为这烧香的仪式过于感动了她，她只觉得背上有点寒冷，眼睛有点发花。她一连用手背揩了三次眼睛，可是仍旧不能看见香炉碗里的三炷香火。

她站起来，到柜盖上去取火柴盒时，她才想起来，那香是隔年的，因为潮湿而灭了。

陈姑妈又站上锅台去，打算把香重新点起。因为她不常站在高处，多少还有点害怕。正这时候，房门忽然打开了。

陈姑妈受着惊，几乎从锅台上跌下来。回头一看，她说：

“哟哟！”

陈公公的儿子回来了，身上背着一对野鸡。

一对野鸡，当他往炕上一捧的时候，他的大笑和翻滚的开水咔啦咔啦似的开始了，又加上水缸和窗纸都被震动着，所以他的声音还带着回声似的，和冬天从雪地上传来的打猎人的笑声一样，但这并不是他今天特别出奇的笑，他笑的习惯就是这样。从小孩子时候起，在蚕豆花和豌豆花之间，他和会叫的大鸟似的叫着。他从会走路的那天起，就跟陈公公跑在瓜田上，他的眼睛真的明亮得和瓜田里的黄花似的，他的腿因为刚学着走路，常常耽不起那嗞嗞啦啦的瓜身的缠绕，跌倒是他每天的功课。而他不哭也不呻吟，假若擦破了膝盖的皮肤而流了血，那血简直不是他的一样。他只是跑着，笑着，同时嚷嚷着。若全身不穿衣裳，只戴一个蓝麻花布的兜肚，那就像野鸭子跑在瓜田上了，东颠西摇的，同时嚷着和笑着。并且这孩子一生下来陈姑妈就说：

“好大嗓门！长大了还不是个吹鼓手的角色！”

对于这初来的生命，不知道怎样去喜欢他才好，往往用被人蔑视的行业或形容词来形容。这孩子的哭声实在大，老娘婆想说：

“真是一张好锣鼓！”

可是他又不是女孩，男孩是不准骂他锣鼓的，被骂了破锣之类，传说上不会起家……

今天他一进门就照着他的习惯大笑起来，若让邻居听了，一定不会奇怪。若让他的舅母或姑母听了，也一定不会奇怪。她们都要说：

“这孩子就是这样长大的呀！”

但是做父亲和做母亲的反而奇怪起来。他笑得在陈公公的眼里简直和黄昏之前大风似的，不能够控制，无法控制，简直是一种多余，是一种浪费。

“这不是疯子吗……这……这……”

这是第一次陈姑妈对儿子起的坏的联想。本来她想说：

“我的孩子啊！你可跑到哪儿去了呢！你……你可把你爹……”

她对她的儿子起了反感。他那么坦荡荡的笑声，就像他并没有离开过家一样。但是母亲心里想：

“他是偷着跑的呀。”

父亲站到红躺箱的旁边，离开儿子五六步远，脊背靠在红躺箱上。那红躺箱还是随着陈姑妈陪嫁来的，现在不能分清是红的还是黑的了。正像现在不能分清陈姑妈的头发是白的还是黑的一样。

陈公公和生客似的站在那里。陈姑妈也和生客一样。只有儿子才像这家的主人，他活跃的，夸张的，漠视了别的一切。他用嘴吹着野鸡身上的花毛，用手指尖扫着野鸡尾巴上的漂亮的长翎。

“这东西最容易打，钻头不顾腚……若一开枪，它就插猛子……这俩都是这么打住的。爹！你不记得么！我还是小的时候，你领我一块去拜年去……那不是，那不是……”他又笑起来：“那不是么！就用砖头打住一个——趁它把头插进雪堆去。”

陈公公的反感一直没有减消，所以他对于那一对野鸡就像没看见一样，虽然他平常是怎么喜欢吃野鸡。鸡丁炒芥菜缨，鸡块炖土豆。但是他并不向前一步，去触触那花的毛翎。

“这小子到底是去干的什么？”

在那棉花籽油还是燃着的时候，陈公公只是向着自己在反复：

“你到底跑出去干什么去了呢？”

陈公公第一句问了他的儿子，是在小油灯噼噼啦啦地灭了之后。他静静地把腰伸开，使整个的背脊接近了火炕的温热的感觉。他充满着庄严而胆小的情绪等待儿子的回答。他最怕就怕的是儿子说出他加入了义勇队，而最怕的又怕他儿子不向他说老实话。所以已经来到喉咙的咳嗽也被他压下去了，他抑止着可能抑止的从他自己发出的任何声音。三天以来的苦闷的急躁，陈公公觉得一辈子只有过这一次。也许还有过，不过那都提起来远了，忘记了。就是这三天，他觉得比活了半辈子还长。平常他就怕他早死，因为早死，使他不得兴家立业，不得看见他的儿孙的繁荣。而这三天，他想还是算了吧！活着大概是没啥指望。

关于儿子加入义勇队没有，对于陈公公是一种新的生命，比儿子加入了义勇队的新的生命的价格更高。

儿子回答他的，偏偏是欺骗了他。

“爹，我不是打回一对野鸡来吗！跟前村的栾二小子一块……跑出去一百多里……”

“打猎哪有这样打的呢！一跑就是一百多里……”陈公公的眼睛注视着纸窗微黑的窗棂。脱离他嘴唇的声音并不是这句话，而是轻微的和将要熄灭的灯火那样无力叹息。

春天的夜里，静穆得带者温暖的气息，尤其是当柔软的月光照在窗子上，使人的感觉像是看见了鹅毛在空中游着似的，又像刚刚睡醒，由于温暖而眼睛所起的惰懒的金花在腾起。

陈公公想要证明儿子非加入了义勇队不可的，一想到“义勇队”这三个字，他就想到“小日本”那三个字。

“××××××××××××××××，××××。”一想到这个，他就怕再想下去，再想下去，就是小日本枪毙义勇队。所以赶快把思想集中在纸窗上，他无用处地计算着纸窗被窗棂所隔开的方块到底有多少。两次他都数到第七块上就被“义勇队”这三个字撞进脑子来而搅混了。

睡在他旁边的儿子，和他完全是隔离的灵魂。陈公公转了一个身，在转身时他看到儿子在微光里边所反映的蜡黄的脸面和他长拖拖的身子。只有儿子那瘦高的身子和挺直的鼻梁还和自己一样。其余的，陈公公觉得完全都变了。只有三天的工夫，儿子和他完全两样了。两样得就像儿子根本没有和他一块生活过，根本他就不认识他，还不如一个刚来的生客。因为对一个刚来的生客最多也不过生疏，而绝没有忌妒。对儿子，他却忽然存在了忌妒的感情。秘密一对谁隐藏了，谁就忌妒；而秘密又是最自私的，非隐藏不可。

陈公公的儿子没有去打猎，没有加入义勇队。那一对野鸡是用了三天的工钱在松花江的北沿铁道旁买的。他给日本人修了三天铁道。对于工钱，还是他生下来第一次拿过。他没有做过佣工，没有做过零散的铲地的工人，没有做过帮忙的工人。他的父亲差不多半生都是给人家看守瓜田。他随着父亲从夏天就开始住在三角形的爪窝堡里。爪窝堡夏天是在绿色的瓜花里边，秋天则和西瓜或香瓜在一块了。夏天一开始，所有的西瓜和香瓜的花完全开了，这些花并不完全每个都结果子，有些个是谎花。这谎花只有谎骗人，一两天就蔫落了。这谎花要随时摘掉的。他问父亲说：

“这谎花为什么要摘掉呢？”

父亲只说：

“摘掉吧！它没有用处。”

长大了他才知道，谎花若不摘掉，后来越开越多。那时候他不知道。但也同父亲一样把谎花一朵一朵地摘落在垄沟里。小时候他就在父亲给人家管理的那块瓜田上，长大了仍旧是在父亲给人家管理的瓜田上。他从来没有直接给人家佣工，工钱从没有落过他的手上，这修铁道是第一次。况且他又不是专为着修铁道拿工钱而来的，所以三天的工钱就买了一对野鸡。第一，可以使父亲喜欢；第二，可以借着野鸡撒一套谎。

现在他安安然然地睡着了，他以为父亲对他的谎话完全信任了。他给日本人修铁道，预备偷着拔出铁道钉子来，弄翻了火车这个企图，他仍是秘密的。在梦中他也像看见了日本兵的子弹车和食品车。

“这虽然不是当义勇军，可是干的事情不也是对着小日本吗？洋酒、盒子肉（罐头），我是没看见，只有听说，说上次让他们弄翻了车，就是义勇军派人弄的。东西不是通通被义勇军得去了吗……他妈的……就不说吃，用脚踢着玩吧，也开心”。

他翻了一个身，他擦一擦手掌。白天他是这样想的，夜里他也就这样想着就睡了。他擦着手掌的时候，可觉得手掌与平常有点不一样，有点僵硬和发热。两只胳膊仍旧抬着铁轨似的有点发酸。

陈公公张着嘴，他怕呼吸从鼻孔进出，他怕一切声音，他怕听到他自己的呼吸。偏偏他的鼻子有点窒塞。每当他吸进一口气来，就像有风的天气，纸窗破了一个洞似的，呜呜地在叫。虽然那声音很小，只有留心才能听到。但到底是讨厌的，所以陈公公张着嘴预备着睡觉。他的右边是陈姑妈，左边是不知从哪里弄来一对野鸡的莫名其妙的儿子。

棉花籽油灯熄灭后，灯芯继续发散出糊香的气味。陈公公偶尔从鼻子吸了一口气时，他就嗅到那灯芯的气味。因为他讨厌那气味，并不觉得是糊香的，而觉得是辣酥酥的引他咳嗽的气味。所以他不能不张着嘴呼吸。好像他讨厌那油烟，反而大口地吞着那油烟一样。

第二天，他的儿子照着前回的例子，又是没有声响的就走了。这次他去了五天，比第一次又多了两天。

陈公公应付着他自己的痛苦，是非常沉着的。他向陈姑妈说：

“这也是命呵……命里当然……”

春天的黄昏，照常存在着那种静穆得就像浮腾起来的感觉。陈姑妈的一对红公鸡，又像一对小红鹤似的用一条腿在房前站住了。

“这不是命是什么！算命打卦的，说这孩子不能得他的继……你看，不信是不行呵，我就一次没有信过。可是不信又怎样，要落到头上的事情，就非落上不可。”

黄昏的时候，陈站妈在檐下整理着豆秆，凡是豆荚里还存在一粒或两粒豆子的，她就一粒不能跑过的把那豆粒留下。她右手拿着豆秆，左手摘下豆粒来，摘下来的豆粒被她丢进身旁的小瓦盆去，每颗豆子都在小瓦盆里跳了几下。陈姑妈左手里的豆秆也就丢在一边了。越堆越高起来的豆秆堆，超过了陈姑妈坐在地上的高度，必须到黄昏之后，那豆粒滚在地上找不着的时候，陈姑妈才把豆秆抱进屋去。明天早晨，这豆秆就在灶门口里边变成红乎乎的火。陈姑妈围绕着火，好像六月里的太阳围绕着菜园。谁最热烈呢？陈姑妈呢！还是火呢！这个分不清了。火是红的，可是陈姑妈的脸也是红的。正像六月太阳是金黄的，六月的菜花也是金黄的一样。

春天的黄昏是短的，并不因为人们喜欢而拉长，和其余三个季节的黄昏一般长。养猪的人家喂一喂猪，放马的人家饮一饮马……若是什么也不做，只是抽一袋烟的工夫，陈公公就是什么也没有做，拿着他的烟袋站在房檐底下。黄昏一过去，陈公公变成一个长拖拖的影子，好像一个黑色的长柱支持着房檐。他的身子的高度，超出了这一连排三个村子所有的男人。只有他的儿子，说不定在这一两年中要超过他的。现在儿子和他完全一般高，走进门的时候，儿子担心着父亲，怕父亲碰了头顶。父亲担心着儿子，怕是儿子无止境地高起来，进门时，就要顶在门梁上。其实不会的。因为父亲心里特别喜欢儿子也长了那么高的身子而常常说相反的话。

陈公公一进房门，帽子撞在上门梁上，上门梁把帽子擦歪了。这是从来也没有过的事情。一辈子就这么高，一辈子也总戴着帽子。因此立刻又想起来儿子那么高的身子，而现在完全无用了。高有什么用呢？现在是他自己任意出去瞎跑，陈公公的悲哀，他自己觉得完全是因为儿子长大了的缘故。

“人小，胆子也小；人大，胆子也大……”

所以当他看到陈姑妈的小瓦盆里泡了水的黄豆粒，一夜就裂嘴了，两夜芽子就长过豆粒子。他心里就恨那豆芽，他说：

“新的长过老的了，老的就完蛋了。”

陈姑妈并不知道这话什么意思，她一边梳着头一边答应着：

“可不是么……人也是这样……个人家的孩子，撒手就跟老子一般高了。”

第七天上，儿子又回来了，这回并不带着野鸡，而带着一条号码：381 号。

陈公公从这一天起可再不说什么“老的完蛋了”这一类话。

有几次儿子刚一放下饭碗，他就说：

“擦擦汗就去吧！”

更可笑的他有的时候还说：

“扒拉扒拉饭粒就去吧！”

这本是对三岁五岁的小孩子说的，因为不大会用筷子，弄了满嘴的饭粒的缘故。

别人若问他：

“你儿子呢？”

他就说：

“人家修铁道去啦……”

他的儿子修了铁道，他自己就像在修着铁道一样。是凡来到他家的：卖豆腐的，卖馒头的，收买猪毛的，收买碎铜烂铁的，就连走在前村子边上的不知道哪个村子的小猪倌有一天问他：

“大叔，听说你儿子修了铁道吗？”

陈公公一听，立刻向小猪倌摆着手：

“你站住……你停一下……你等一等，你别忙，你好好听着！人家修了铁道啦……是真的。连号单都有：381。”

他本来打算还要说，有许多事情必得见人就说，而且要说就说得详细。关于儿子修铁道这件事情，是属于见人就说而要说得详细这一种的。他想要说给小猪倌的，正像他要说给早晨担着担子来到他门口收买碎铜烂铁那个一只眼的一样多。可是小猪倌走过去了，手里打着个小破鞭子。陈公公心里不大愉快。他顺口说了一句：

“你看你那鞭子吧，没有了鞭梢，你还打呢！”

走了好远了，陈公公才听明白，放猪的那孩子唱的正是他在修着铁道的儿子的号码“381”。

陈公公是一个和善的人，对于一个孩子他不会多生气。不过他觉得孩子终归是孩子。不长成大人，能懂得什么呢？他说给那收买碎铜烂铁的，说给卖豆腐的，他们都好好听着，而且问来问去。他们真是关于铁道的一点常识也没有。陈公公也和那卖豆腐的差不多，等他一问到连陈公公也不大晓得的地方，陈公公就笑起来，用手拨下一棵前些日子被大风吹散下来的房檐的草梢：

“哪儿知道呢！当修铁道的回来讲给咱们听吧！”

比方那卖豆腐的问：

“我说那火车就在铁道上，一天走了千八百里也不停下来喘一口气！真是了不得呀……陈大叔，你说，也就不喘一口气！”

陈公公就大笑着说：

“等修铁道的回来再说吧！”

这问的多么详细呀！多么难以回答呀！国为陈公公也是连火车见也没见过。但是越问得详细，陈公公就越喜欢，他的道理是：人非长成人不可，不成人……小孩子有什么用……小孩子一切没有计算！于是陈公公觉得自己的儿子幸好已经二十多岁；不然，就好比这修铁道的事情吧，若不是他自己主意，若不是他自己偷着跑去的，这样的事情，一天五角多钱，怎么能有他的份呢？

陈公公也不一定怎样爱钱，只要儿子没有加入义勇军，他就放心了。不但没有加入义勇军反而拿钱回来，几次他一见到儿子放在他手里的崭新的纸票，他立刻想到 381 号。再一想，又一定想到那天大风停了的晚上，儿子背回来的那一对野鸡。再一想，就是儿子会偷着跑出去，这是多么有主意的事呵。这孩子从小没有离开过他的爹妈。可是这下子他跑了，虽然说是跑的把人吓一跳。可到底跑得对。没有出过门的孩子，就像没有出过飞的麻雀，没有出过洞的耗子。等一出来啦，飞得比大雀还快。

到四月十八，陈姑妈在庙会上所烧的香比哪一年烧的都多。娘娘庙烧了三大子线香，老爷庙也是三大子线香。同时买了些毫无用处的只是看着玩的一些东西。她竟买起假脸来，这是多少年没有买过的啦！她屈着手指一算，已经是十八九年了。儿子四岁那年她给他买过一次。以后再没买过。

陈姑妈从儿子修了铁道以后，表面上没有什么改变，她并不和陈公公一样，好像这小房已经装不下他似的，见人就告诉儿子修了铁道。她刚刚相反，一句话也不说，只是围绕着她的又多了些东西。在柴栏子旁边除了鸡架，又多了个猪栏子，里面养着一对小黑猪。陈姑妈什么都喜欢一对，就因为现在养的小花狗只有一个而没有一对的那件事，使她一休息下来，小狗一在她的腿上擦着时，她就说：

“可惜这小花狗就不能再要到一个。一对也有个伴呵！单个总是孤单单的。”

陈姑妈已经买了一个透明的化学品的肥皂盒。买了一把新剪刀，她每次用那剪刀，都忘不了用手摸摸剪刀。她想：这孩子什么都出息了，买东西也会买，是真钢的。六角钱，价钱也好。陈姑妈的东西已经增添了许多，但是那还要不断地增添下去。因为儿子修铁道每天五角多钱。陈姑妈新添的东西，不是儿子给她买的，就是儿子给她钱她自己买的。从心说她是喜欢儿子买给她东西，可是有时当着东西从儿子的手上接过来时，她却说：

“别再买给你妈这个那个的啦……会赚钱可别学着会花钱……”

陈姑妈的梳子镜子也换了。并不是说那个旧的已经扔掉，而是说新的锃亮的已经站在红躺箱上了。陈姑妈一擦箱盖，擦到镜子旁边，她就发现了一个新的小天地一样。那镜子实在比旧的明亮到不可计算那些倍。

陈公公也说过：

“这镜子简直像个小天河。”

儿子为什么刚一跑出去修铁道，要说谎呢？为什么要说是去打猎呢？关于这个，儿子解释了几回。他说修铁道这事，怕父亲不愿意，他也没有打算久干这事，三天两日的，干干试试。长了，怎么能不告诉父亲呢。可是陈公公放下饭碗说：

“这都不要紧，这都不要紧……到时候了吧？咱们家也没有钟，擦擦汗去吧！”到后来，他对儿子竟催促了起来。

陈公公讨厌的大风又来了，从房顶上，从枯树上来的，从瓜田上来的，从西南大道上来的，而这些都不对，说不定是从哪儿来。浩浩荡荡的，滚滚旋旋的，使一切都吼叫起来，而那些吼叫又淹灭在大风里。大风包括着种种声音，好像大海包括着海星、海草一样。谁能够先看到海星、海草而还没看到大海？谁能够先听到因大风而起的这个那个的吼叫而还没有听到大风？天空好像一张土黄色的大牛皮，被大风鼓着，荡着，撕着，扯着，来回地拉着。从大地卷起来的一切干燥的，拉杂的，零乱的，都向天空扑去，而后再落下来，落到安静的地方，落到可以避风的墙根，落到坑坑凹凹的不平的地方，而添满了那些不平。所以大地在大风里边被洗得干干净净的，平平坦坦的。而天空则完全相反，混饨了，冒烟了，刮黄天了，天地刚好吹倒转了个儿。人站在那里就要把人吹跑，狗跑着就要把狗吹得站住，使向前的不能向前，使向后的不能退后。小猪在栏子里边不愿意哽叫，而它必须哽叫；孩子唤母亲的声音，母亲应该听到，而她必不能听到。

陈姑妈一推开房门，就被房门带跑出去了。她把门扇只推一个小缝，就不能控制那房门了。

陈公公说：

“那又算什么呢！不冒烟就不冒烟。拢火就用铁大勺下面片汤，连汤带菜的，吃着又热乎。”

陈姑妈又说：

“柴火也没抱进来，我只以为这风不会越刮越大……抱一抱柴火不等进屋，从怀里都被吹跑啦……”

陈公公说：

“我来抱。”

陈姑妈又说：

“水缸的水也没有了呀……”

陈公公说：

“我去挑，我去挑。”

讨厌的大风要拉去陈公公的帽子，要拔去陈公公的胡子。他从井沿挑到家里的水，被大风吹去了一半。两只水桶，每只剩了半桶水。

陈公公讨厌的大风，并不像那次儿子跑了没有回来的那次的那样讨厌。而今天最讨厌大风的像是陈姑妈。所以当陈姑妈发现了大风把屋脊抬起来了的时候，陈公公说：

“那算什么……你看我的……”

他说着就蹬着房檐下酱缸的边沿上了房。陈公公对大风十分有把握的样子，他从房檐走到房脊去是直着腰走。虽然中间被风压迫着弯过几次腰。

陈姑妈把砖头或石块传给陈公公。他用石头或砖头压着房脊上已经飞起来的草。他一边压着一边骂着。乡下人自言自语的习惯，陈公公也有：

“你早晚还不得走这条道吗！你和我过不去，你偏要飞，飞吧！看你这几根草我就制服不了你……你看着，你他妈的，我若让你能够从我手里飞走一棵草刺也算你能耐。”

陈公公一直吵叫着，好像风越大，他的吵叫也越大。

住在前村卖豆腐的老李来了，因为是顶着风，老李跑了满身是汗。他喊着陈公公：

“你下来一会，我有点事，我告……告诉你。”

陈公公说：

“有什么要紧的事，你等一等吧，你看我这房子的房脊，都给大风吹靡啦！若不是我手脚勤俭，这房子住不得，刮风也怕，下雨也怕。”

陈公公得意地在房顶上故意地迟延了一会。他还说着：

“你先进屋去抽一袋烟……我就来，就来……”

卖豆腐的老李把嘴塞在袖口里，大风大得连呼吸都困难了。他在袖口里边招呼着：

“这是要紧的事，陈大叔……陈大叔你快下来吧……”

“什么要紧的事？还有房盖被大风抬走了的事要紧……”

“陈大叔，你下来，我有一句话说……”

“你要说就在那儿说吧！你总是火烧屁股似的……”

老李和陈姑妈走进屋去了。老李仍旧用袖口堵着嘴像在院子里说话一样。陈姑妈靠着炕沿听着李二小子被日本人抓去啦……

“什么！什么！是么！是么！”陈姑妈的黑眼球向上翻着，要翻到眉毛里去似的。

“我就是来告诉这事……修铁道的抓了三百多……你们那孩子……”

“为着啥事抓的？”

“弄翻了日本人的火车罢啦！”

陈公公一听说儿子被抓去了，当天的夜里就非向着西南大道上跑不可。那天的风是连夜刮着，前边是黑滚滚的，后边是黑滚滚的；远处是黑滚滚的，近处是黑滚滚的。分不出头上是天，脚下是地；分不出东南西北。陈公公打开了小钱柜，带了所有儿子修铁道赚来的钱。

就是这样黑滚滚的夜，陈公公离开了他的家，离开了他管理的瓜田，离开了他的小草房，离开了陈姑妈。他向着西南大道向着儿子的方向，他向着连他自己也辨不清的远方跑去，他好像发疯了，他的胡子，他的小袄，他的四耳帽子的耳朵，他都用手扯着它们。他好像一只野兽，大风要撕裂了他，他也要撕裂了大风。陈公公在前边跑着，陈姑妈在后面喊着：

“你回来吧！你回来吧！你没有了儿子，你不能活。你也跑了，剩下我一个人，我可怎么活……”

大风浩浩荡荡的，把陈姑妈的话卷走了，好像卷着一根毛草一样，不知卷向什么地方去了。

陈公公倒下来了。

第一次他倒下来，是倒在一棵大树的旁边。他第二次倒下来，是倒在什么也没有存在的空空场场、平平坦坦的地方。

现在是第三次，他实在不能再走了，他倒下了，倒在大道上。

他的膝盖流着血，有几处都擦破了皮肉，四耳帽子跑丢了。眼睛的周遭全是在翻花。全身都在痉挛、抖擞，血液停止了。鼻子流着清冷的鼻涕，眼睛流着眼泪，两腿转着筋，他的小袄被树枝撕破，裤子扯了半尺长一条大口子，尘土和风就都从这里向里灌，全身马上僵冷了。他狠命地一喘气，心窝一热，便倒下去了。

等他再重新爬起来，他仍旧向旷野里跑去。他凶狂地呼喊着。连他自己都不知道叫的是什么。风在四周捆绑着他，风在大道上毫无倦意地吹啸，树在摇摆，连根拔起来，摔在路旁。地平线在混饨里完全消融，风便做了一切的主宰。

山 下

清早起，嘉陵江边上的风是凉爽的，带着甜味的朝阳的光辉。

凉爽得可以摸到的微黄的纸片似的，混着朝露向这个四围都是山的这三个小镇蒙下来。

从重庆来的汽船，五颜六色的，好像一只大的花花绿绿的饱满的包裹，慢慢吞吞地从水上就拥来了。林姑娘看到，其实她不用看，她一听到那啌啌啌的响声，就喊着她母亲："奶妈，洋船来啦……"她拍着手，她的微笑是甜蜜的，充满着温暖和爱抚。

她是从母亲旁边单独地接受着母亲整个所有的爱而长起来的，她没有姐妹或兄弟。只有一个哥哥，是从别处讨来的，所以不算是兄弟，她的父亲整年不在家，就是顺着这条江坐木船下去，多半天工夫可以到的那么远的一个镇上去做窑工。林姑娘偶然在过节或过年看到父亲回来，还带羞的和见到生人似的，躲到一边去。母亲嘴里的呼唤，从来不呼唤另外的名字，一开口就是林姑娘，再一开口又是林姑娘。母亲的左腿，在儿时受了毛病的，所以她走起路来，永远要用一只手按着膝盖。哪怕她洗了衣裳，要想晒在竹竿上，也要喊林姑娘。因为母亲虽然有两只手，其实就和一只手一样。一只手虽然把竹竿子举到房檐那么高，但结在房檐上的那个棕绳的圈套，若不再用一只手拿住它，那就大半天工夫套不进去。等林姑娘一跑到跟前，那一长串衣裳，立刻在房檐下晒着太阳了。母亲烧柴时是坐在一个一尺高的小板凳上，因为是坐着，她的左腿任意可以不必管它，所以她这时候是两只手了，左手拿柴，右手拿着火剪子，她烤的通红的脸。小女孩用不到帮她的忙就到门前去看那从重庆开来的汽船。

那船沉重得可怕了，歪歪着走，机器咥咙咥咙地响，而且船尾巴上冒着那么黑的烟。

“奶妈，洋船来啦。”

她站在门口喊着她的母亲，她甜蜜地对着那汽船微笑。她拍着手，她想要往前跑几步。可是母亲在这时候又在喊着林姑娘。

锅里的水已经烧得翻滚了，母亲招呼她把那盛着麦粉的小泥盆递给她。其实母亲并不是绝对不能用一只手把那小盆拿到锅台上去，因为林姑娘是非常乖的孩子，母亲爱她，她也爱母亲。是凡母亲招呼她时，她没有不听从的。虽然她没能详细地看一看那汽船，她仍是满脸带着笑容。把小泥盆交到母亲手里，她还问母亲：

“要不要别个啦，还要啥子呀？”

那洋船也没有什么好看的，从城中大轰炸时起，天天还不是把洋船载得满满的，和胖得翻不过身来的小猪似的载了一个多月。开初那是多么惊人呀，就连跌腿的妈妈，有时也左手按着那脱了筋的膝盖，右手抓着女儿的肩膀，也一拐一拐地往江边上跑。跑着去看那听说是完全载着下江人的汽船。

传说那下江人（四川以东的，他们皆谓之下江）和他们不同，吃得好，穿得好，钱多得很。包裹和行李就更多，因此这船才挤得风雨不透。又听说下江人到哪里，先把房子刷上石灰，黑洞洞的屋子，他们说他们一天也不能往，若是有用人，无缘无故地，就赏钱，三角五角的，一块八角的，都不算什么。听说就隔着一道江的对面……也不是有一个姓什么的，今天给那雇来的婆婆两角钱，说让她买一个草帽戴；明天又给一吊钱，说让她买一双草鞋，下雨天好穿。下江人，这就是下江人哪……站在江边上的，无管谁，林姑娘的妈妈，或是林姑娘的邻居，若一看到汽船来，就都一边指着一边儿喊着。

清早起林姑娘提着篮子，赤着脚走在江边清凉的沙滩上。洋船在这么早，一只也不会来的，就连过河的板船也没有几只。推船的孩子睡在船板上，睡得那么香甜，还把两只手从头顶伸出垂到船外边去，那手像要在水里抓点什么似的。而那每天在水里洗得很干净的小脚，只在脚掌上染着点沙土，那脚在梦中偶尔擦着船板一两下。

过河的人很稀少，好久好久没有一个，板船是左等也不开，右等也不开。有的人看着另外的一只也上了客人，他就跳到那只船上，他以为那只船或者会先开，谁知这样一来，两只船就都不能开了。两只船都弄得人数不够。撑船的人看看老远的江堤上走下一个人来，他们对着那人大声地喊起："过河……过河……"

同时每个船客也都把眼睛放在江堤上。

林姑娘就在这冷清的早晨，不是到河上来担水，就是到河上来洗衣裳。她把要洗的衣裳从提兜里取出来，摊在清清凉凉的透明的水里，江水冰凉的带着甜味舐着林姑娘的小黑手。她的衣裳鼓涨得鱼泡似的浮在她的手边，她把两只脚也放在水里，她寻着一块很干净的石头坐在上面。这江平得没有一个波浪，林姑娘一低头，水里还有一个林姑娘。

这江静得除了推船的人喊着过河的声音，就连对岸这三个市镇中最大的一个也还在睡觉呢。

打铁的声音没有，修房子的声音没有，或者一四七赶场的闹嚷嚷的声音，一切都听不到。在那江对面的大沙滩坡上，一漫平的是沙灰色，干净得连一个黑点或一个白点都不存在。偶尔发现那沙滩上走着一个人，那就只和小蚂蚁似的渺小得十分可怜了好像翻过这四围的无论哪一个山去，也不见得会有人家似的，又像除了这三个小镇，而世界也没有什么别的东西了。

这条江经过这三镇，是从西往东流，看起来没有多远，好像十丈八丈之外（其实是四五里路之外）这江就转弯了。

林姑娘住的这东阳镇在三个镇中最没有名气，是和 ×× 镇对面，和 ××× 镇站在一条线上。

这江转弯的地方黑乎乎的是两个山的夹缝。

林姑娘顺着这江，看一看上游，又看一看下游，又低头去洗她的衣裳。她洗衣裳时不用肥皂，也不用四川土产的皂荚。她就和玩似的把衣裳放在水里尔后用手牵着一个角，仿佛在牵着一条活的东西似的，从左边游到右边，又从右边游到左边，母亲选了顶容易洗的东西才叫她到河边来洗，所以她很悠闲。她有意把衣裳按到水底去，满衣都擦满了黄宁宁的沙子，她觉得这很好玩，这多有意思呵，她又微笑着赶快把那沙子洗掉了，她又把手伸到水底去，抓起一把沙子来，丢到水皮上，水上立刻起了不少的圆圈，这小圆圈一个压着一个，彼此互相地乱七八糟地切着，很快就都抖擞着破坏了，水面又归于原来那样平静。她又抬起头来向上游看看，向下游看看。

下游江水就在两山夹缝中转弯了，而上游比较开敞，白亮亮的，一看看到很远。但是就在她的旁边，有一串横在江中好像大桥似的大石头，水流到这石头旁边，就翻江似的搅混着。在涨水时江水一流到此地就哇哇地响叫。因为是落了水，那石头记的水上标尺的记号，一个白圈一个白圈的，从石头的顶高处排到水里去，在高处的白圈白得十分漂亮，在低处的，常常受着江水的洗淹，发灰了，看不清了。

林姑娘要回去了，那筐子比提来时重了好几倍，所以她歪着身子走，她的发辫的梢头，一摇一摇的，跟她的筐子总是一个方向，她走过那块大石板石，筐子里衣裳流下来的水，滴了不少水点在大石板上。石板的石缝里是前两天涨水带来的小白鱼，已经死在石缝当中了，她放了筐子，伸手去触它，看看是死了的，拿起筐子来她又走了。

她已走上江堤去了，而那大石板上仍旧留着林姑娘长形提筐的印子，可见清早的风是多么凉快，竟连个小印一时也吹扫不去。

林姑娘的脚掌，踏着冰凉的沙子走上高坡了。经过小镇上的一段石板路，经过江岸边一段包谷林。太阳仍旧稀薄的微弱的向这山中的小镇照着。

林姑娘离家门很远便喊着：“奶妈，晒衣裳啦。”

奶妈一拐一跌的站到门口等着她。

隔壁王家那丫头比林姑娘高，比林姑娘大两三岁。她招呼着她，她说她要下河去洗被单，请林姑娘陪着她一道去。她问了奶妈一声，就跟着一道又走了。这回是那王丫头领头跑得飞快，一边跑一边笑，致使林姑娘的母亲问她给下江人洗被单多少钱一张，她都没有听到。

河边上有一只板船正要下水，不少的人在推着，呼喊着；而那只船在一阵大喊之后，向前走了一点点，等一接近着水，人们一阵狂喊，船就滑下水去了。连看热闹的人也都欢喜地说：“下水了，下水了。”

林姑娘她们正走在河边上，她们也拍着手笑了。她们飞跑起来，沿着那前几天才退了水被水洗劫出来的大崖坡跑去了。一边跑着一边模仿着船夫用宽宏的嗓子喊起：“过河……过河……”

王丫头弯了腰，捡了个圆石子，抛到河心去，林姑娘也同样抛了一个。

林姑娘悠闲的快活的，无所挂碍的在江边上用沙子洗着脚，用淡金色的阳光洗着头发。呼吸着含着露珠的新鲜的空气。远山蓝绿蓝绿的躺着。近处的山带着微黄的绿色，可以看得出哪一块是种的田，哪一块长的黄桷树。等林姑娘回到家里，母亲早在锅里煮好了麦粑，在等着她。

林姑娘和她母亲的生活，安闲、平静、简单。

麦粑是用整个的麦子连皮也不去磨成粉，用水搅一搅，就放在开水的锅里来煮，不用胡椒、花椒，也不用葱，也不用姜，不用猪油或菜油，连盐也不用。

林姑娘端起碗来吃了一口，吃到一种甜丝丝的香味。母亲说：“你吃饱吧，盆里还有呢！”

母亲拿了一个带着缺口的蓝花碗，放在灶边上，一只手按住左腿的膝盖，一只手拿了那已经用了好几年的掉了尾巴的木瓢儿，为她自己装了一碗。她的腿拐拉拐拉地向床边走，那手上的麦粑汤顺着蓝花碗的缺口往下滴溜着。她刚一挨到炕沿，就告诉林姑娘：

“昨天儿王丫头，一个下半天儿就割了陇多（那样多）柴，那山上不晓得好多呀！等一下吃了饭啦，你也背着背兜去喊王丫头一道……”

她们的烧柴，就烧山上的野草，买起来一吊钱二十五把，一个月烧两角钱的柴，可是两角钱也不能烧，都是林姑娘到山上去自己采，母亲把它在门前晒干，打好了把子藏在屋里。她们住的是一个没有窗子，下雨天就滴水的六尺宽一丈长的黑屋子。三块钱一年的房租，沿着壁根有一串串的老鼠的洞，地土是黑黏的，房顶露着蓝天不知多少处。从亲戚那里借来一个大碗橱，这只碗橱老得不堪再老了，横格子、竖架子通通掉落了，但是过去这碗橱一看就是个很结实的。现在只在柜的底层摆着一个盛水盆子，林姑娘的母亲连水缸也没有买，水盆上也没有盖儿，任意着虫子或是蜘蛛在上边乱爬，想用水时，必得先用指甲把浮在水上淹死的小虫挑出去。

当邻居说布匹贵得怎样厉害，买不得了，林姑娘的母亲也说，她就因为盐巴贵，也没有买盐巴。

但这都是十天以前的事了，现在林姑娘晚饭和中饭，都吃的是白米饭，肉丝炒杂菜，鸡丝豌豆汤，虽然还有几样不认识的，但那滋味是特别香。已经有好几天了，那跌脚的母亲也没有在灶口烧一根柴火了，自己什么也没浪费过，完全是现成的。这是多么幸福的生活，林姑娘和母亲不但没有吃过这样的饭，就连见也不常见过。不但林姑娘和母亲是这样，就连邻居们也没看见过这样经常吃着的繁华的饭，所以都非常惊奇。

刘二妹一早起来，毛着头就跑过来问长问短，刘二妹的母亲拿起饭勺子来就在林姑娘刚刚端过来的稀饭上搅了两下，好像要查看一下林姑娘吃的稀饭是不是那米里还夹着沙子似的。午饭王丫头的祖母也过来了，林姑娘的母亲很客气地让着她们，请她们吃点，反正娘儿两个也吃不了的。说着她就把菜碗倒出来一个，就用碗插进饭盆装了一碗饭来，就往王太婆的怀里推。王太婆起初还不肯吃，过了半天才把碗接过来，她点着头，她又摇着头。她老得连眼眉都白了。她说：“要得么！”

王丫头也在林姑娘这边吃过饭。有的时候，饭剩下来，林姑娘就端着饭送给王丫头去。中饭吃不完，晚饭又来了，晚饭又剩了一大碗在那里，早饭又来了。这些饭，过夜就酸了，虽然酸了，开初几天，母亲还是可惜，也就把酸饭吃下去了。林姑娘和她的母亲都是不常见到米粒的，大半的日子，都是吃麦粑。

林姑娘到河边也不是从前那样悠闲的样子了，她慌慌张张的，脚步走得比从前快，水桶时时有水翻洒出来。王丫头在半路上喊她，她简直不愿意搭理她了。王丫头在门口买了两个小鸭，她喊着让林姑娘来看，林姑娘也没有来。林姑娘并不是帮了下江人就傲慢了，谁也不理了。其实她觉得她自己实在是忙得很。本来那下江人并没有许多事情好做，只是扫一扫地，偶尔让她到东阳镇上去买一点如火柴、灯油之类，再就是每天到那小镇上去取三次饭。因为是在饭馆里边包的伙食。再就是把要洗的衣裳拿给她奶妈洗了再送回来，再就是把余下的饭端到家里去。

但是过了两个钟头，她就自动地来问问："有事没有？没有事我回去啦。"

这生活虽然是幸福的，刚一开初还觉得不十分固定，好像不这么生活，仍回到原来的生活也是一样的。母亲一天到晚连一根柴也不烧，还觉得没有依靠，总觉得有些寂寞，到晚上她总是拢起火来，烧一点开水，一方面让林姑娘洗一洗脚，一方面也留下一点开水来喝，有的时候，她竟多余地把端回来的饭菜又都重热一遍，夏天为什么必得吃滚热的饭呢？就是因为生活忽然想也想不到的就单纯起来，使她反而起了一种没有依靠的感觉。

这生活一直过了半个月，林姑娘的母亲才算习惯下来。

可是在林姑娘，这时候，已经开始有点骄傲了。她在一群小同伴之中，只有她一个月可以拿到四块钱。连母亲也是吃她的饭。而那一群孩子，飞三、小李、二牛、刘二妹……还不仍旧去到山上打柴去，就连那王丫头，已经十五岁了，也不过只给下江人洗一洗衣裳，一个月还不到一块钱，还没有饭吃。

因此林姑娘受了大家的忌妒了。

她发了疟疾不能下河去担水，想找王丫头替她担一担。王丫头却坚决地站在房檐底下，鼓着嘴无论如何也不肯。

王丫头白眼眉的祖母，从房檐头取下晒衣服的竿子来吓着要打她。可是到底她不担，她扯起衣襟来，抬起她的大脚就跑了。那白头发的老太婆急得不得了，回到屋里跟她的儿媳妇说：

"陇格多的饭，你没吃到！二天林婆婆送过饭来，你不张嘴吃吗？"

王丫头顺着包谷林跑下去了，一边跑着还一边回头张着嘴大笑。

林姑娘睡在帐子里边，正是冷得发抖，牙齿碰着牙齿，她喊她的奶妈，奶妈没有听到，只看着那连跑带笑的王丫头，她感到点羞，于是也就按着那拐腿的膝盖，走回屋来了。

林姑娘这一病，病了五六天。她自己躺在床上十分上火。

她的奶妈东家去找药，西家去问药方。她的热度一来时，她就在床上翻滚着，她几乎是发昏了。但奶妈一从外边回来，她第一声告诉她奶妈的就是：

“奶妈，你到先生家里去看看……是不是喊我？”

奶妈坐在她旁边，拿起她的手来。

“林姑娘，陇格热哟，你喝口水，把这药吃到，吃到就好啦！”

林姑娘把药碗推开了。母亲又端到她嘴上，她就把药推洒了。

“奶妈，你去看看先生，先生喊我不喊我。”

林姑娘比母亲更像个大人了。

而母亲只有这一次对于疟疾非常忌恨，从前她总是说，打摆子，哪个娃儿不打摆子呢？这不算好大事。所以林姑娘一发热冷，母亲就说，打摆子是这样的，说完了她再不说别的了。并不说这孩子多么可怜哪，或是体贴地在她旁边多坐一会。冷和热都是当然的。林姑娘有时一边喊着奶妈一边哭。母亲听了也并不十分感动。她觉得奶妈有什么办法呢？但是这一次病，与以前许多次，或是几十次都不同了。母亲忌恨这疟疾比忌恨别的一切的病都甚，她有一个观念，她觉得非把这顽强东西给扫除不可，怎样能呢，一点点年纪就发这个病，可得发到什么时候为止呢？发了这病人是多么受罪呵！这样折磨使娃儿多么可怜。

小唇儿烧得发黑，两个眼睛烧得通红，小手滚烫滚烫的。

母亲试想用她的两臂救助这可怜的娃儿，她东边去找药，西边去找偏方。她流着汗。她的腿开初感到沉重，到后来就痛起来了，并且在膝盖那早年跌转了筋的地方，又开始发炎，这腿三十年来就总是这样，一累了就发炎的，一发炎就用红花之类混着白酒涂在腿上，可是这次，她不去涂它。

她把女儿的价值抬高了，高到高过了一切，只不过下意识地把自己的腿不当作怎样值钱了。无形中母亲把林姑娘看成是最优秀的孩子了，是最不可损害的了。所以当她到别人家去讨药时，人家若一问她谁吃呢？她就站在人家的门口，她开始详细地解说。是她的娃儿害了病，打摆子，打得多可怜，嘴都烧黑了呢，眼睛都烧红了呢！

她一点也不提是因为她女儿给下江人帮了工，怕是生病人家辞退了她。但在她的梦中，她梦到过两次，都是那下江人辞了她的女儿了。

母亲早晨一醒来，更着急了，于是又出去找药，又要随时到那下江人的门口去看。

那糊着白纱的窗子，从外边往里看，是什么也看不见，她想要敲一敲门，不知为什么又不敢动手，想要喊一声，又怕惊动了人家，于是她把眼睛触到那纱窗上，她企图从那细密的纱缝中间看到里边的人是睡了还是醒着，若是醒着，她就敲门进去；若睡着，好转身回来。

她把两只手按着窗纱，眼睛黑洞洞地塞在手掌中间，她还没能看到里边，可是里边先看到她了，里边立刻喊着：

“干什么的，去……”

这突然的袭来，把她吓得一闪就闪开了。

主人一看还是她，问她：“林姑娘好了没有……”

听到这里她知道这算完了，一定要辞她的女儿了。她没有细听下去，她就赶忙说：

“是……是陇格的，……好了点啦，先生们要喊她，下半天就来啦……”

过了一会她才明白了，先生说的是若没有好，想要向 ×× 学校的医药处去弄两粒金鸡纳霜来。

于是她开颜地笑了：

“还不好，人烧得滚烫。那个金鸡纳霜，前次去找了两颗，吃到就断到啦。

先生去找，谢谢先生。”

她临去时还说，人还不好，人还不好的……

等走在小薄荷田里，她才后悔方才不该把病得那样厉害也说出来。可是不说又怕先生不给找那个金鸡纳霜来。她烦恼了一阵，又一想，说了也就算了。

她一抬头，看见了王丫头飞着大脚从屋里跑出来，那粗壮的手臂腿子，她看了十分羡慕，林姑娘若也像王丫头似的，就这么说吧，王丫头就是自己的女儿吧……那么一个月四块，说不定五六块洋钱好赚到手哩。……

王丫头在她感觉上起了一种亲切的情绪，真像看到了自己的女儿似的，她想喊她一声。

但前天求她担水她不担那带着侮辱的狂笑，她立刻记起了。

于是她没有喊她。就在薄荷田中，她拐拉拐拉地向她自己的房子走去了。

林姑娘病了十天就好了，这次发疟疾给她的焦急超过所有她生病的苦楚。但一好了，那特有的，新鲜的感觉也是每次生病所领料不到的，她看到什么都是新鲜的。竹林里的竹子，山上的野草，还有包谷林里那刚刚冒缨的包谷，那缨穗有的淡黄色，有的微红，一大撮粗亮的丝线似的，一个个地独立地卷卷着。林姑娘用手指尖去摸一摸它，用嘴向着它吹一口气，她看见了她的小朋友，她就甜蜜蜜地微笑，好像她心里头有不知多少的快乐，这快乐是秘密的，并不说出来，只有在嘴角的微笑里可以体会得到。她觉得走起路来，连自己的腿也有无限的轻捷，她的女主人给她买了一个大草帽，还说过两天买一件麻布衣料给她。

她天天来回地跑着，从她家到她主人的家，只半里路的一半那么远。这距离的中间种着薄荷田，在她跑来跑去时，她无意地用脚尖去踢着薄荷叶，偶尔也弯下腰来，扯下一枚薄荷叶咬在嘴里。薄荷的气味，小孩子是不大喜欢的，她赶快吐了出来。可是风一吹，嘴里仍旧冒着凉风。她的小朋友们开初对她都怀着敌意。到后来看看她是不可动摇的了，于是也就上赶着和她谈话。说那下江人，就是林姑娘的主人穿的是什么花条子衣服。那衣服林姑娘也没有见过，也叫不上名来。那是什么料子？也不是绸子的，也不是缎子的，当然一定也不是布的。

她们谈着谈着没有结果地纷争了起来。最后还是别个让了林姑娘，别人一声不响地让林姑娘自己说。

开初那王丫头每天早晨和林姑娘吵架，天刚一亮，林姑娘从先生那里扫地回来，她们两个就在门前连吵带骂的，结果大半都是林姑娘哭着跑进屋去。而现在不同了，王丫头走到那下江人门口，正碰到林姑娘在那里洗着那么白白的茶杯。她就问她：

“林姑娘，你的……你先生买给你的草帽怎么不戴起？”

林姑娘说：

“我不戴，我留着赶场戴。”

王丫头一看她脚上穿的新草鞋，她又问她：

“新草鞋，也是你先生买给你的吗？”

“不是，”林姑娘鼓着嘴，全然否认的样子，“不是，是先生给钱我自己去买的。”

林姑娘一边说着还一边得意的歪着嘴。

王丫头寂寞地绕了一个圈就走开了。

别的孩子也常常跟在后边了，有时竟帮起她的忙来，帮她下河去抬水，抬回来还帮她把主人的水缸洗得干干净净的，但林姑娘有时还多少加一点批判，她说：

“这样怎可以呢？也不揩净，这沙泥多脏。”她拿起揩布来，自己亲手把缸底揩了一遍。

林姑娘会讲下江话了，东西打“乱”了，她随着下江人说打“破”了。她母亲给她梳头时，拉着她的小辫发就说：

“林姑娘，有多乖，她懂得陇多下江话哩。”

邻居对她，也都慢慢尊敬起来了，把她看成所有孩子中的模范。

她母亲也不像从前那样随时随地喊她做这样做那样，母亲喊她担水来洗衣裳，她说：

“我没得空，等一下下吧。”

她看看她先生家没有灯碗，她就把灯碗答应送给她先生了，没有通过她母亲。

俨俨乎她家里，她就是小主人了。

母亲坐在那里不用动，就可以吃三餐饭。她去赶场，很多东西从前没有留心过，而现在都看在眼睛里了，同时也问了问价目。

下个月林姑娘的四块钱工钱，一定要给她做一件白短衫，林姑娘好几年就没有做一件衣裳了。

她一打听，实在贵，去年六分钱一尺的布，一张嘴就要一角七分。

她又问一下那大红的头绳好多钱一尺。

林姑娘的头绳也实在旧了。但听那价钱，也没有买。她想下个月就都一齐买算了。

四块洋钱，给林姑娘花一块洋钱买东西，还剩三块呢。

那一天她赶场，虽然觉着没有花钱，也已经花了两三角，她买了点敬神的香纸，她说她好几年都因为手里紧没有买香敬神了。

到家里，艾婆婆、王婆婆都走过来看的。并且说她的姑儿会赚钱了，做奶妈的该享福了。

林姑娘的母亲还好像害羞了似的，其实她受人家的赞美，心里边感到十分慰安哩！

总之林姑娘的家常生活，没有几天就都变了，在邻居们之中，她高贵了不知多少倍。洗衣裳不用皂荚了，就拿先生们洗衣裳的白洋碱来洗了。桃子或是玉米时常吃着，都是先生给她的。皮蛋、咸鸭蛋、花生米每天早晨吃稀饭时都有，中饭和晚饭有时那菜连动也没有动过，就整碗地端过来了。方块肉，炸排骨，肉丝炒杂菜，肉片炒木耳，鸡块山芋汤。这些东西经常吃了起来。而且饭一剩得少，先生们就给她钱，让她去买东西吃。

这钱算起来，不到几天也有半块多了。赶场她母亲花了两三角，就是这个钱。

还没等到第二次赶场，人家就把林姑娘的工钱减了。这连母亲和她都想也想不到。

那下江人家里，不到饭馆去包饭了，自己在家请了个厨子，因为用不到林姑娘到镇上去取饭，就把她的工钱从四元减到二元。

林婆婆一回到家里，艾婆婆、王婆婆、刘婆婆，都说这怎么可以呢？下江人都非常老实的，从下边来的，都是带着钱来的，逃难来，没有钱行吗？不多要两块，不是傻子吗。看人家吃的是什么，穿的是什么。每天大洋钱就和纸片似的往外飘。她们告诉林婆婆为什么眼看着四块钱跑了呢？这可是混乱的年头，千载也遇不到的机会，就是要他五块，他不也得给吗？不看他刚搬来那两天没有水吃，五分钱一担，王丫头不担，八分钱还不担，非要一角钱不可，他没有法子，也就得给一角钱。下江人，他逃难到这里，他啥钱不得花呢。

林姑娘才十一岁的娃儿，会做啥事情，她还能赚到两块钱。若不是这混乱的年头，还不是在家里天天吃她奶奶的饭吗？城里大轰炸，日本飞机天天来，就是官厅不也发下告示来说疏散人口。城里只准搬出不准搬入。

王婆婆指点着一个从前边过去的滑竿（轿子）：

“你不看到吗？林婆婆，那不是下江人戴着眼镜抬着东西不断地往东阳镇搬吗，下江人穿的衣裳，多白，多干净……多用几个洋钱算个什么。”

说着说着，嘉陵江里那花花绿绿的汽船也来了，小汽船那么饱满，几乎喘不出气来，在江心啌啌啌啌地响，而不见向前走。载的东西太多，歪斜的、挣扎的，因此那声音特别大，很像发了警报之后日本飞机在头上飞似的。

王丫头喊林姑娘去看洋船，林姑娘听了给她减了工钱心里不乐，哪里肯去。

王丫头拉起刘二妹就跑了。王婆婆也拿着她的大芭蕉扇一扑一扑地一边跟艾婆婆交谈些什么喂鸡喂鸭的几句家常事也就走进屋去了。

只有林姑娘和她的奶妈仍坐在石头上，坐了半天工夫，林姑娘才跑进去拿了一穗包谷啃着，她问奶妈吃不吃。

奶妈本想也吃一穗。立刻心里一搅和，也就不吃了。她想：是不是要向那下江人去说，非四块钱不可。

林姑娘的母亲是个很老实的乡下人，经艾婆婆和王婆婆的劝诱，她觉得也有点道理。四块钱一个月到冬天还好给林姑娘做起大棉袍来，棉花一块钱一斤，一斤棉花，做一个厚点的。丈二青蓝布，一尺一角四，丈二是好多钱哩……她自己算了一会可没有算明白。但她只觉得棉花这一打仗，穷人就买不起了，前年棉花是两角五，去年夏天是六角，冬天是九角，腊月天就涨到一块一。今年若买，就早点买，夏天买棉花便宜些……

林姑娘把包谷在尖尖上折了一段递在母亲手里，母亲还吓了一跳。因为她正想这事情到底怎么解决呢。若林姑娘的爸爸在家，也好出个主意。所以那包谷咬在嘴里并不知道是什么味道就下去了。

母亲的心绪很烦乱，想要洗衣裳，懒得动，想把那件破夹袄拿来缝一缝，又懒得动……吃完了包谷，把包谷棒子远远地抛出去之后，还在石头上呆坐了半天，才叫林姑娘把她的针线给拿过来。可是对着针线懒洋洋的，十分不想动手。她呆呆的往远处看着，不知看的什么。林姑娘说：

“奶妈你不洗衣裳吗？我去担水。”

奶妈点一点头，说：“是那个样的。”

林姑娘的小水桶穿过包谷林下河去了，母亲还呆呆的在那里想。不一会那小水桶就回来了，远看那小水桶好像两个小圆胖胖的小鼓似的。

母亲还是坐在石头上想得发呆。

就是这一夜，母亲一夜没有睡觉，第二天早晨一起来，两个眼眶子就发黑了。她想两块钱就两块钱吧。一个小女儿又不会什么事情，娘儿两个吃人家的饭，若不是先生们好，怎能洗洗衣裳就白白的给两个人白饭吃呢，两块钱还不是白得的吗？还去要什么钱。

林婆婆是个乡下老实人，她觉得她难以开口了，她自己果断的想把这事情放下去。她拿起瓦盆来，倒上点水自己洗洗脸。洗了脸之后，她想紧接着就要洗衣裳，强烈的生活的欲望和工作的喜悦又在鼓动着她了，于是她一拐一拐的更加严厉的内心批判着昨天想去再要两块钱的不应该。

她把林姑娘唤起来，下河去担水。

这女孩正睡得香甜，糊里糊涂地睁开眼睛，用很大的眼珠子看住她的母亲，她说：

“奶妈，先生叫我吗？”

那孩子在梦里觉得有人推她，有人喊她，但她就是醒不来。后来她听先生喊她了，她一翻身起来了。

母亲说：“先生没喊你。你去担水，担水洗衣裳。”

她担了水来，太阳还出来不很高。这天林姑娘起得又是特别早，邻居们都还一点声音没有的睡着。林姑娘担了第二担水来，王婆婆她们才起来。她们一起来看到林婆婆在那里洗衣裳了，她们就说：

“林婆婆，陇格早洗衣裳，先生们给你好多钱！给八块洋钱吗？”

林婆婆刚刚忘记了这痛苦的思想，又被她们提起了。可不是吗？

林姑娘担水又回来了，那孩子的小肩膀也露在外边，多丑。女娃不比男娃，一天比一天大，大姑娘哩，十一岁也不小了，那孩子又长得那么高。林婆婆看到自己的孩子，那衣服破得连肩膀都遮不住了，于是她又想到那四块钱。四块钱也不多吗，几块钱在下江人算个什么，为什么不去说一下呢？她又取了很多事实证明下江人是很容易欺侮的，她一定会成功的。

比方让王丫头担水那件事吧，本来一担水是三分钱，给她五分钱，她不担，就给她八分钱，并且问她商量着，“八分钱你担不担呢？”她说她不担，到底给她一角钱的。

那能看到钱不要呢，那不是傻子吗？

林姑娘帮着她奶妈把衣裳晒起，就跑到先生那边去，去了就回来了。先生给她一件白麻布的长衫，让她剪短了来穿。母亲看了心想，下江人真是拿东西不当东西，拿钱不当钱。

这衣裳给她增加了不少的勇气，她把自己坚定起来了，心里非常平静，对于这件事情，连想也不用再想了，就是那么办，还有什么好想的呢？吃了中饭就去见先生。

女儿拿回来的那白麻布长衫，她没有仔细看，顺手就压在床角落里了。等一下就去见先生吧，还有什么呢？

午饭之后，她竟站在先生的门口了，门是开着的，向前边的小花园开着的。

不管这来的一路上心绪是多么翻搅，多么热血向上边冲，多么心跳，还好像害羞似的，耳脸都一齐发烧。怎么开口呢？开口说什么呢？不是连第一个字先说什么都想好了吗？怎么都忘了呢？

她越走越近，越近越心跳，心跳把眼睛也跳花了。什么薄荷田，什么豆田，都看不清楚了，只是绿茸茸的一片。

但不管在路上是怎样的昏乱，等她一站在先生门口，她完全清醒了。心里开始感到过分的平静，一刻时间以前那旋转转的一切退去了，烟消火灭了。她把握住她自己了，得到了感情自主那夸耀的心情，使她坦荡荡的，大大方方地变成一个很安定的，内心十分平静的，理直气壮的人。居然这样的平坦，连她自己也想象不到。

她打算开口说了，在开口之前，她把身子先靠住了门框。

“先生，我的腿不好，要找药来吃，没得钱，问先生借两块钱。”

她是这样转弯抹角地把话开了头，说完了这话，她就等着先生拿钱给她。

两块钱拿到手了，她翻动着手上的一张蓝色花的票子，一张红色花的票子。她的内心仍旧是照样的平静，没有忧虑，没有恐惧。折磨了她一天一夜的那强烈的要求，成功或者失败，全然不关重要似的。她把她仍旧要四块一个月的工钱那话说出来了。她还是拿她的腿来开头，她说她的腿不大好，因为日本飞机来轰炸城里，下江人都到乡下来了，她租的房子，房租也抬高了。从前是三块钱一年，现在一个月就要五角钱了。

她说了这番话，当时先生就给她添了五角，算作替她出了房钱。

但是她站在门口，她胜利的还不走，她又说林姑娘一点点年纪，下河去担水洗衣裳好不容易……若是给别人担，一担水要好多钱哩……她说着还表示出委屈和冤枉的神气，故意把尾音拉长，慢吞吞地非常沉着地在讲着。她那善良的厚嘴唇，故意拉得往下突出着，眼睛还把白眼珠向旁边一抹一抹地看着，黑眼珠向旁边一滚，白眼珠露出来那么一大半。

先生说：“你十一岁的小女孩能做什么呢，擦张桌子都不会。一个月连房钱两块半，还给你们两个人的饭吃，你想想两个人的饭钱要几块？一个月你算算你给我做些个什么事情？两块半钱行了吧……”

她听了这话，她觉得这是向她商量，为什么不吓吓他一下，说帮不来呢？她想着想着就照样说出来了。

“两块半钱帮不来的。”

她说完了看一看下江人并不十分坚决，只是说：

“两块半钱不少了，帮得来了。林姑娘帮我们正好是半个月， 这半个月的两块钱你已拿去，下半个月再来拿两块。因为我和你讲的是四块，这个月就照四块给你，下月就是两块半了。”

林婆婆站在那里仍是不走，她想王丫头担水，三分不担，问她五分钱担不担，五分钱不担，问她八分钱她担不担，到底是一角钱担的。

她一定不放过去，两块钱不做，两块半钱还不做，就是四块钱才做。

所以她扯长串的慢慢吞吞的从她的腿说起，一直说到照灯的油也贵了，咸盐也贵了，连针带线都贵了。

下江人站起来截住了她：

“不用多说了，两块半钱，你想想，你帮来帮不来。”

“帮不来。”连想也没有想，她是早决心这样说的。

说时她把手上的钞票举得很高的，像是连这钱都不要了，她表示着很坚决的样子。

怎么能够想到呢，那下江人站起来，就说：

“帮不来算啦，晚饭就不要林姑娘来拿饭你们吃了。也不要林姑娘到这边来，半个月的钱我已给你啦。”

所以过了一刻钟之后，林婆婆仍旧站在那门口，她说：

“哪个说帮不来的，帮得来的……先生……”

但是那一点用处也没有了，人家连听也不听了。人家关了门，把她关在门外边。

龙头花和石竹子在正午的时候，各自单独地向着火似的太阳开着，蝴蝶煽煽地飞来，在那红色的花上，在那水黄色的花上，在那水红色的花上，从龙头花群飞到石竹子花群，来回地飞着。

石竹子无管是红的是粉的，每一朵上都镶着带有锯齿的白边。晚香玉连一朵也没有开，但都打了苞了。

林姑娘的母亲背转过身来，左手支着自己的膝盖，右手捏着两块钱的纸票。她的脖子如同绛色的猪肝似的，从领口一直红到耳根。

她打算回家了。她一迈步才知道全身一点力量也没有了，就像要瘫倒的房架子似的，松了，散了。她的每个骨节都像失去了筋的联系，很危险的就要倒了下来。但是她没有倒，她相反地想要迈出两个大步去，她恨不能够一步迈到家里，她想要休息，她口渴，她要喝水，她疲乏到极点，好像二三十年的劳苦在这一天才吃不消了，才抵抗不住了。但她并不是单纯的疲劳，她心里羞愧。懊悔打算谋杀了她似的捉住了她，羞愧有意煎熬到她无处可以立足的地步。她自己做了什么大的错事，她自己一点也不知道。但那么深刻的损害着她的信心，这是一点也不可以消磨的，一些些也不会冲淡的，永久存在的，永久不会忘却的。

羞辱是多么难忍的一种感情，但是已经占有了她了，它就不会退去了。

在混扰之中，她重新用左手按住了膝盖，她打算走回家去。

回到家里，女孩正在那儿洗着那用来每日到先生家去拿饭的那个瓢儿。她告诉林姑娘，消夜饭不能到先生家去拿了，她说：

"林姑娘，不要到先生家拿饭了，你上山去打柴吧。"

林姑娘听了觉得很奇怪，她正想要回问，奶妈先说了：

“先生不用你帮他……”

林姑娘听了就傻了，一动不动地站在那里翻着眼睛。手里洗湿的瓢儿，溜明地闪光地抱在胸前。

母亲给她背好了背兜，还嘱咐她要拾干草，绿的草一时点不燃的。

立时晚饭就没有烧的，也没有吃的。

林婆婆靠着门框，看着走去的女儿。她想晚饭吃什么呢？麦子在泥罐子里虽然有些，但因为不吃，也就没有想把它磨成粉，白米是一粒也没有的。就吃老玉米吧。艾婆婆种着不少玉米，拿着几百钱去攀几棵去吧。但是钱怎么可以用呢？从今后有去路没来路了。

她看了自己女儿一眼，那背上的背兜儿还是先生给买的，应该送还回去才对。

女儿走得没有影子了，她也就回到屋里来。她看一看锅儿，上面满都是锈；她翻了翻那柴堆上，还剩几棵草刺。偏偏那柴堆底下也生了毛虫，还把她吓了一下。她想她平生没有这么胆小过，于是她又理智地翻了两下，下面竟有一条蚯蚓，曲曲连连地在动。她平常本来不怕这个，可以用手拿，还可以用手把它撕成几段。她小的时候帮着她父亲在河上钓鱼尽是这样做，但今天她也并不是害怕它，她是讨厌它。这什么东西，无头无尾的，难看得很，她抬起脚来去踏它，踏了好几下没有踏到，原来她用的是那只残废的左脚，那脚游游动动的不听她使用，等她一回身打开了那盛麦子的泥罐子，那可真的把她吓着了，罐子盖从手上掉下去了。她瞪了眼睛，她张了嘴，这是什么呢？满罐长出来青青的长草，这罐子究竟是装的什么把她吓忘了。她感到这事很不祥，家屋又不是坟墓，怎么会长半尺多高的草呢！

她忍着，她极端憎恶地把那罐子抱到门外。因为是刚刚偏午，大家正睡午觉，所以没有人看到她的麦芽子。

她把麦芽子扭断了，还用一根竹棍向里边挖掘才把罐子里的东西挖出来，没有生芽子的没有多少了，只有罐子底上两寸多厚是一层整粒的麦子。

罐子的东西一倒出来，满地爬着小虫，围绕着她四下窜起。她用手指抿着，她用那只还可以用的脚踩着。平时，她并不伤害这类的小虫，她对于小虫也像对于一个小生命似的，让它们各自的活着。可是今天她用着不可压抑的憎恶，敌视了它们。

她把那个并排摆在灶边的从前有一个时期曾经盛过米的空罐子，也用怀疑的眼光打开来看，那里边积了一罐子底水。她扬起头来看一看房顶，就在头上有一块亮洞洞的白缝。这她才想起是下雨房子漏了。

把她的麦子给发了芽了。

恰巧在木盖边上被耗子啮了一寸大的豁牙。水是从木盖漏进去的。

她去刷锅，锅边上的红锈有马莲叶子那么厚。

她才知道，这半个月来是什么都荒废了。

这时林姑娘正在山坡上，背脊的汗一边湿着一边就干了。她丢开了那小竹耙，她用手像梳子似的梳着那干草，因为干了的草都挂在绿草上。

她对于工作永远那么热情，永远没有厌倦。她从七岁时开始担水，打柴，给哥哥送饭。哥哥和父亲一样的是一个窑工。哥哥烧砖的窑离她家三里远，也是挨着嘉陵江边。晚上送了饭，回来天总是黑了的，一个人顺着江边走时，就总听到江水格棱格棱地向下流，若是跟着别的窑工，就是哥哥的朋友一道回来，路上会听到他们讲的各种故事，所以林姑娘若和大人谈起来，什么她都懂得。关于娃儿们的，关于婆婆的，关于蛇或蚯蚓的，从大肚子的青蛙，她能够讲到和针孔一样小的麦蚊。还有野草和山上长的果子，她也都认得。她把金边兰叫成菖蒲，她天真地用那小黑手摸着下江人种在花盆里的一棵鸡冠花，她喊着：“这大线菜，多乖呀……。”她的认识有许多错误，但正因为这样，她才是孩子。关于嘉陵江的涨水，她有不少的神话。关于父亲和哥哥那等窑工们，她知道得别人不能比她再多了。从七岁到十岁这中间，每天到哥哥那窑上去送三次饭。她对于那小砖窑很熟悉，老远的她一看到那窑口上升起了蓝烟，她就感到亲切，多少有点像走到家里那种温暖的滋味。天黑了，她单个人沿着那格棱格棱的江水，把脚踏进沙窝里去，一步步地拔着回来。

林姑娘对于生活没有不满意过，对于工作没有怨言，对于母亲是听从的。她赤着两只小脚，梳了一个一尺多长的辫子，走起路来很规距，说起话来慢吞吞，她的笑总是甜蜜蜜的。

她在山坡上一边抓草，一边还嘟嘟地唱了些什么。

嘉陵江的汽船来了，林姑娘一听了那汽船的哨子，她站起来了，背上背篮就往山下跑。这正是到先生家拿钱到东阳镇买鸡蛋做点心的时候。因为汽船一叫，她就到那边去，已经成为习惯了。她下山下得那么快，几乎是往下滑着。已经快滑到平地，她想起来了，她不能再到先生那里去了。她站在山坡上，她满脸发烧，她想回头来再上山去采柴时，她看着那高坡觉得可怕起来，她觉得自己是上不去了，她累了。一点力量没有了。那高坡就是上也上不去了。她在半山腰又采了一阵。若没有这柴，奶妈用什么烧麦粑，没有麦粑，晚饭吃什么，她心里一急，她觉得眼前一迷花，口一渴。

打摆子不是吗?

于是她更紧急地扒着，无管干的或不干的草。她想这怎么可以呢？用什么来烧麦粑？不是奶妈让我来打柴吗？她只恍恍惚惚地记住这回事，其余的就连自己是在什么地方也不晓得了。奶妈是在哪里，她自己的家是在哪里，她都不晓得了。

她在山坡上倒下来了。

林姑娘这一病病了一个来月。

病后她完全像个大姑娘了。担着担子下河去担水，寂寞地走了一路。寂寞的去，寂寞的来。低了头，眼睛只是看着脚尖走。河边上的那些沙子石头，她连一眼也不睬。那大石板的石窝落了水之后，生了小鱼没有，这个她更没有注意。虽然是来到了六月天，早起仍是清凉的，但她不爱这个了。似乎颜色、声音，都得不到她的喜欢。大洋船来时，她再不像从前那样到江边上去看了。从前一看洋船来连喊带叫的那记忆，若一记起，就有羞耻的情绪向她袭来，若小同伴们喊她，她用了深宏的海水似的眼光向她们摇头。上山打柴时，她改变了从前的习惯，她喜欢一个人去。奶妈怕山上有狼，让她多约几个同伴，她觉得狼怕什么，狼又有什么可怕。这性情连奶妈也觉得女儿变大了。

奶妈答应给她做的白短衫，为着安慰她生病，虽然是下江人辞了她，但也给她做起了。问她穿不穿，她说："穿它做啥子哟，上山去打柴。"

红头绳也给她买了，她也说她先不缚起。

有一天大家正在乘凉，王丫头傻里傻气地跑来了，一边跑，一边喊着林姑娘。王丫头手里拿着一朵大花。她是来喊林姑娘去看花的。

走在半路上，林姑娘觉得有点不对，先生那里从辞了她连那门口都不经过，她绕着弯走过去，问王丫头那花在哪里。王丫头说：

"你没看见吗？不就是那下江人，你先生那里吗？"

林姑娘转回身来回头就走，她脸色苍白的，凄清的，郁郁不乐的在她奶妈的旁边沉默地坐到半夜。

林姑娘变成小大人了，邻居们和她的奶妈都说她。

牛车上 |

金花菜在三月的末梢就开遍了溪边。我们的车子在朝阳里轧着山下的红绿颜色的小草，走出了外祖父的村梢。

车夫是远族上的舅父，他打着鞭子，但那不是打在牛的背上，只是鞭梢在空中绕来绕去。

“想睡了吗？车刚走出村子呢！喝点梅子汤吧！等过了前面的那道溪水再睡。”外祖父家的女佣人，是到城里去看她的儿子的。

“什么溪水，刚才不是过的吗？”从外祖父家带回来的黄猫也好像要在我的膝头上睡觉了。

“后塘溪。”她说。

“什么后塘溪？”我并没有注意她，因为外祖父家留在我们的后面，什么也看不见了，只有村梢上庙堂前的红旗杆还露着两个金顶。

“喝一碗梅子汤吧，提一提精神。”她已经端了一杯深黄色的梅子汤在手里，一边又去盖着瓶口。

“我不提，提什么精神，你自己提吧！”

他们都笑了起来，车夫立刻把鞭子抽响了一下。

“你这姑娘……顽皮，巧舌头……我……我……”他从车辕转过身来，伸手要抓我的头发。

我缩着肩头跑到车尾上去。村里的孩子没有不怕他的，说他当过兵，说他捏人的耳朵也很痛。

五云嫂下车去给我采了这样的花，又采了那样的花，旷野上的风吹得更强些，所以她的头巾好像是在飘着。因为乡村留给我尚没有忘却的记忆，我时时把她的头巾看成乌鸦或是鹊雀。她几乎是跳着，几乎和孩子一样。回到车上，她就唱着各种花朵的名字，我从来没看到过她像这样放肆一般地欢喜。

车夫也在前面哼着低粗的声音，但那分不清是什么词句。那短小的烟管顺着风时时送着烟氛，我们的路途刚一开始，希望和期待都还离得很远。

我终于睡了，不知是过了后塘溪，是什么地方，我醒过一次，模模糊糊的好像那管鸭的孩子仍和我打着招呼，也看到了坐在牛背上的小根和我告别的情景……也好像外祖父拉住我的手又在说："回家告诉你爷爷，秋凉的时候让他来乡下走走……你就说你姥爷腌的鹌鹑和顶好的高粱酒等着他来一块喝呢……你就说我动不了，若不然，这两年，我总也去……"

唤醒我的不是什么人，而是那空空响的车轮。我醒来，第一下看到的是那黄牛自己走在大道上，车夫并不坐在车辕。在我寻找的时候，他被我发现在车尾上，手上的鞭子被他的烟管代替着，左手不住地在擦着下颚，他的眼睛顺着地平线望着辽阔的远方。

我寻找黄猫的时候，黄猫坐到五云嫂的膝头上去了，并且她还抚摸猫的尾巴。我看看她的蓝布头巾已经盖过了眉头，鼻子上显明的皱纹因为挂了尘土，更显明起来。

他们并没有注意到我的醒转。

"到第三年他就不来信啦！你们这当兵的人……"

我就问她："你丈夫也是当兵的吗？"

赶车的舅舅，抓了我的辫发，把我向后拉了一下。

"那么以后……就总也没有信来？"他问她。

“你听我说呀！八月节刚过……可记不得哪一年啦，吃完了早饭，我就在门前喂猪，一边啌啌地敲着槽子，一边嗃唠嗃唠地叫着猪……哪里听得着呢？南村王家的二姑娘喊着：‘五云嫂，五云嫂……’一边跑着一边喊：‘我娘说，许是五云哥给你捎来的信！’真是，在我眼前的真是一封信，等我把信拿到手哇！看看……我不知为什么就止不住心酸起来……他还活着吗！他……眼泪就掉在那红签条上，我就用手去擦，一擦这红圈子就印到白的上面去。把猪食就丢在院心……进屋换了件干净衣裳。我就赶紧跑，跑到南村的学房见了学房的先生，我一面笑着就一面流着眼泪……我说：‘是外头人来的信，请先生看看……一年来的没来过一个字。’学房先生接到手里一看，就说不是我的。那信我就丢在学房里跑回来啦……猪也没有喂，鸡也没有上架，我就躺在炕上啦……好几天，我像失了魂似的。”

“从此就没有来信？”

“没有。”她打开了梅子汤的瓶口，喝了一碗，又喝一碗。

“你们这当兵的人，只说三年二载……可是回来……回来个什么呢！回来个魂灵给人看看吧……”

“什么？”车夫说：“莫不是阵亡在外吗……”

“是，就算吧！音信皆无过了一年多。”

“是阵亡？”车夫从车上跳下去，拿了鞭子，在空中抽了两下，似乎是什么爆裂的声音。

“还问什么……这当兵的人真是凶多吉少。”她褶皱的嘴唇好像撕裂了的绸片似的，显着轻浮和单薄。

车子一过黄村，太阳就开始斜了下去，青青的麦田上飞着鹊雀。

“五云哥阵亡的时候，你哭吗？”我一面捉弄着黄猫的尾巴，一面看着她。但她没有睬我，自己在整理着头巾。

等车夫颠跳着来在了车尾，扶了车栏，他一跳就坐在了车辕，在他没有抽烟之前，他的厚嘴唇好像关紧了的瓶口似的严密。

五云嫂的说话，好像落着小雨似的，我又顺着车栏睡下了。

等我再醒来，车子停在一个小村头的井口边，牛在饮着水，五云嫂也许是哭过，她陷下的眼睛高起来了，并且眼角的皱纹也张开来。车夫从井口搅了一桶水提到车子旁边：

“不喝点吗？清凉清凉……”

“不喝。”她说。

“喝点吧，不喝就是用凉水洗洗脸也是好的。”他从腰带上取下手巾来，浸了浸水：“揩一揩！尘土迷了眼睛……”

当兵的人，怎么也会替人拿手巾？我感到了惊奇。我知道的当兵的人就会打仗，就会打女人，就会捏孩子们的耳朵。

“那年冬天，我去赶年市……我到城里去卖猪鬃，我在年市上喊着：‘好硬的猪鬃来……好长的猪鬃来……’后一年，我好像把他爹忘下啦……心上也不牵挂……想想那没有个好，这些年，人还会活着！到秋天，我也到田上去割高粱，看我这手，也吃过气力……春天就带着孩子去做长工，两个月三个月的就把家拆了。冬天又把家归拢起来。什么牛毛啦……猪毛啦……还有些收拾来的鸟雀的毛。冬天就在家里收拾，收拾干净了呀……就选一个暖和的天气进城去卖。若有顺便进城去的车呢，把秃子也就带着……那一次没有带秃子。偏偏天气又不好，天天下清雪，年市上不怎么热闹；没有几捆猪鬃也总卖不完。一早就蹲在市上，一直蹲到太阳偏西。在十字街口，一家大买卖的墙头上贴着一张大纸，人们来来往往的在那里看，像是从一早那张纸就贴出来了！也许是晌午贴的……有的还一边看，一边念出来几句。我不懂得那一套……人们说是‘告示，告示’，可是告的什么，我也不懂那一套……‘告示’倒知道是官家的事情，与我们做小民的有什么长短！可不知为什么看的人就那么多……听说么，是捉逃兵的‘告示’……又听说么……又听说么……几天就要送到县城来枪毙……”

“哪一年？民国十年枪毙逃兵二十多个的那回事吗？”车夫把卷起的衣袖在下意识里把它放下来，又用手扫着下颏。

“我不知道那叫什么年……反正枪毙不枪毙与我何干，反正我的猪鬃卖不完就不走运气……”她把手掌互相擦了一会，猛然，像是拍着蚊虫似的，凭空打了一下：

“有人念着逃兵的名字……我看着那穿黑马褂的人……我就说：‘你再念一遍！’起先猪毛还拿在我的手上……我听到了姜五云姜五云的；好像那名字响了好几遍……我过了一些时候才想要呕吐……喉管里像有什么腥气的东西喷上来，我想咽下去……又咽不下去……眼睛冒着火苗……那些看‘告示’的人往上挤着，我就退在了旁边，我再上前去看看，腿就不做主啦！看‘告示’的人越多，我就退下来了！越退越远啦……”

她的前额和鼻头都流下汗来。

“跟了车，回到乡里，就快半夜了。一下车的时候，我才想起了猪毛……哪里还记得起猪毛……耳朵和两张木片似的啦……包头巾也许是掉在路上，也许是掉在城里……”

她把头巾掀起来，两个耳朵的下梢完全丢失了。

“看看，这是当兵的老婆……”

这回她把头巾束得更紧了一些，所以随着她的讲话那头巾的角部也起着小小的跳动。

“五云倒还活着，我就想看看他，也算夫妇一回……

“……二月里，我就背着秃子，今天进城，明天进城……‘告示’听说又贴过了几回，我不去看那玩艺儿，我到衙门去问，他们说：‘这里不管这事。’让我到兵营里去……我从小就怕见官……乡下孩子，没有见过。那些带刀挂枪的，我一看到就发颤……去吧！反正他们也不是见人就杀……后来常常去问，也就不怕了。反正一家三口，已经有一口拿在他们的手心里……他们告诉我，逃兵还没有送过来。我说什么时候才送过来呢？他们说：‘再过一个月吧！’……等我一回到乡下就听说逃兵已从什么县城，那是什么县城？到今天我也记不住那是什么县城……就是听说送过来啦就是啦…… 都说若不快点去看，人可就没有了。我再背着秃子，再进城……去问问，兵营的人说：‘好心急，你还要问个百八十回。不知道，也许就不送过来的。’……有一天，我看着一个大官，坐着马车，叮咚叮咚地响着铃子，从营房走出来了……我把秃子放在地上，我就跑过去，正好马车是向着这边来的，我就跪下了，也不怕马蹄就踏在我的头上。

“‘大老爷，我的丈夫……姜五……’我还没有说出来，就觉得肩膀上很沉重……那赶马车的把我往后面推倒了，好像跌了跤似的我爬在道边去。只看到那赶马车的也戴着兵帽子。

“我站起来，把秃子又背在背上……营房的前边，就是一条河，一个下半天都在河边上看着河水。有些钓鱼的，也有些洗衣裳的。远一点，在那河湾上，那水就深了，看着那浪头一排排地从眼前过去。不知道几百条浪头都坐着看过去了。我想把秃子放到河边上，我一跳就下去吧！留他一条小命，他一哭就会有人把他收了去。

“我拍着那小胸脯，我好像说：‘秃儿，睡吧。’我还摸摸那圆圆的耳朵，那孩子的耳朵，真是，长得肥满，和他爹的一模一样，一看到那孩子的耳朵，就看到他爹了。”

她为了赞美而笑了笑。

“我又拍着那小胸脯，我又说：‘睡吧！秃儿。’我想起了，我还有几吊钱，也放在孩子的胸脯里吧！正在伸，伸手去放……放的时节……孩子睁开眼睛了……又加上一只风船转过河湾来，船上的孩子喊妈的声音我一听到，我就从沙滩上面……把秃子抱……抱在……怀里了……”

她用包头巾像是紧了紧她的喉咙，随着她的手，眼泪就流了下来。

“还是……还是背着他回家吧！哪怕讨饭，也是有个亲娘……亲娘的好……”

那蓝色头巾的角部，也随着她的下颏颤抖了起来。

我们车子的前面正过着羊群，放羊的孩子口里响着用柳条做成的叫子，野地在斜过去的太阳里边分不出什么是花，什么是草了！只是混混黄黄的一片。

车夫跟着车子走在旁边，把鞭梢在地上荡起着一条条的烟尘。

“……一直到五月，营房的人才说：‘就要来的，就要来的。’

“……五月的末梢，一只大轮船就停在了营房门前的河沿上。不知怎么这样多的人！比七月十五看河灯的人还多……”

她的两只袖子在招摇着。

“逃兵的家属，站在右边……我也站过去，走过一个戴兵帽子的人，还每个人给挂了一张牌子……谁知道，我也不认识那字……

“要搭跳板的时候，就来了一群兵队，把我们这些挂牌子的……就圈了起来……‘离开河沿远点，远点……’他们用枪把手把我们赶到离开那轮船有三四丈远……站在我旁边的，一个白胡子的老头，他一只手下提着一个包裹，我问他：‘老伯，为啥还带来这东西？’……‘哼！不！……我有一个儿子和一个侄子……一人一包……回阴曹地府，不穿洁净衣裳是不上高的。……’

“跳板搭起来了……一看跳板搭起来就有哭的……我是不哭，我把脚跟立得稳稳当当的，眼睛往船上看着……可是，总不见出来……过了一会，一个兵官，挎着洋刀，手扶着栏杆说：‘让家属们再往后退退……就要下船……’听着吭唠一声，那些兵队又用枪把子把我们向后赶了过去，一直赶上了道旁的豆田，我们就站在豆秧上，跳板又呼隆隆地搭起了一块……走下来了，一个兵官领头……那脚镣子，哗啦哗啦的……我还记得，第一个还是个小矮个……走下来五六个啦……没有一个像秃子他爹宽宽肩膀的，是真的，很难看……两条胳臂直伸伸的……我看了半天工夫才看出手上都是带了铐子的。旁边的人越哭，我就格外更安静。我只把眼睛看着那跳板……我要问问他爹‘为啥当兵不好好当，要当逃兵……你看看，你的儿子，对得起吗？’

“二十来个，我不知道哪个是他爹，远看都是那么个样儿。一个青年的媳妇……还穿了件绿衣裳，发疯了似的，穿开了兵队抢过去了……当兵的哪肯叫她过去……就把她抓回来，她就在地上打滚，她喊：‘当了兵还不到三个月呀……还不到……’两个兵队的人，就把她抬回来，那头发都披散开啦。又过了一袋烟的工夫，才把我们这些挂牌子的人带过去……越走越近了，越近也就越看不清楚哪个是秃子他爹……眼睛起了白蒙……又加上别人都呜呜啕啕的，哭得我多少也有点心慌……

“还有的嘴上抽着烟卷，还有的骂着……就是笑的也有。当兵的这种人……不怪说，当兵的不惜命……

“我看看，真是没有秃子他爹，哼！这可怪事……我一回身就把一个兵官的皮带抓住：‘姜五云呢？’‘他是你的什么人？’‘是我的丈夫。’我把秃子可就放在地上啦……放在地上那不做美的就哭起来，我拍的一声，给秃子一个嘴巴……接着我就打了那兵官：‘你们把人消灭到什么地方去啦？’

“‘好的……好家伙……够朋友……’那些逃兵们就连起声来跺着脚喊。

兵官看看这情形赶快叫当兵的把我拖开啦……他们说：‘不只姜五云一个人，还有两个没有送过来，明后天，下一班船就送来……逃兵里他们三个是头目。’

“我背着孩子就离开了河沿，我就挂着牌子走下去了，我一路走，一路两条腿发颤。奔来看热闹的人满街满道啦……我走过了营房的背后，兵营的墙根下坐着那提着两个包裹的老头，他的包裹只剩了一个。我说：‘老伯，你的儿子也没来吗？’我一问他，他就把背脊弓了起来，用手把胡子放在嘴唇上，咬着胡子就哭啦！

“他还说：‘因为是头目，就当地正法了咧！’当时我还不知道这‘正法’是什么……”

她再说下去，那是完全不相接连的话头。

“又过三年，秃子八岁的那年，把他送进了豆腐房……就是这样：一年我来看他两回。二年回家一趟……回来也就是十天半月的……”

车夫离开车子，在小毛道上走着，两只手放在背后，太阳从横面把他拖成一条长影，他每走一步，那影子就分成了一个叉形。

“我也有家小……”他的话从嘴唇上流了下来似的，好像他对着旷野说的一般。

“哟！”五云嫂把头巾放松了些。

“什么！”她鼻子上的褶皱纠动了一些时候：“可是真的……兵不当啦也不回家……”“哼！回家！就背着两条腿回家？”车夫把肥厚的手揩扭着自己的鼻子笑了。

“这几年，还没多少赚几个？”

“都是想赚几个呀！才当逃兵去啦！”他把腰带更束紧了一些。

我加了一件棉衣，五云嫂披了一张毯子。

“嗯！还有三里路……这若是套的马……嗯！一颠搭就到啦！牛就不

行，这牲口性子没紧没慢，上阵打仗，牛就不行……”车夫从草包取出棉袄来，那棉袄顺着风飞着草末，他就穿上了。

黄昏的风，却是和二月里的一样。车夫在车尾上打开了外祖父给祖父带来的酒坛。

“喝吧！半路开酒坛，穷人好赌钱……喝上两杯……”他喝了几杯之后，把胸膛就完全露在外面。他一面啮嚼着肉干，一边嘴上起着泡沫。风从他的嘴边走过时，他唇上的泡沫也宏大了一些。

我们将奔到的那座城，在一种灰色的气氛里，只能够辨别那不是旷野，也不是山岗，又不是海边，又不是树林，……

车子越往前进，城座看来越退越远。脸孔上和手上，都有一种黏黏的感觉……再往前看，连道路也看不到尽头……

车夫收拾了酒坛，拾起了鞭子……这时候，牛角也模糊了去。

“你从出来就没回过家？家也不来信？”五云嫂的问话，车夫一定没有听到，他打着口哨，招呼着牛。后来他跳下车去，跟着牛在前面走着。

对面走过一辆空车，车辕上挂着红色的灯笼。

“大雾！”

“好大的雾！”车夫彼此招呼着。

“三月里大雾……不是兵灾，就是荒年……”

两个车子又过去了。

手 |

在我们的同学中，从来没有见过这样的手：蓝的，黑的，又好像紫的；从指甲一直变色到手腕以上。

她初来的几天，我们叫她“怪物”。下课以后大家在地板上跑着也总是绕着她。但关于她的手，也没有一个人去问过。

教师在点名，使我们越忍越忍不住了，非笑不可了：

“李洁！”

“到。”

“张楚芳！”

“到。”

“徐桂真！”

“到。”

迅速而有规律性的站起来一个，又坐下去一个。但每次一喊到王亚明的地方，就要费一些时间了。

“王亚明，王亚明……叫到你啦！”别的同学有时要催促她，于是她才站起来，把两只青手垂得很直，肩头落下去，面向着棚顶说：

“到，到，到。”

不管同学们怎样笑她，她一点也不感到慌乱，仍旧弄着椅子响，庄严的，似乎费掉了几分钟才坐下去。

有一天上英文课的时候，英文教师笑得把眼镜脱下来在擦着眼睛：

“你下次不要再答‘黑耳’了，就答‘到’吧！”

全班的同学都在笑，把地板擦得很响。

第二天的英文课，又喊到王亚明时，我们又听到了“黑——耳——黑——耳。”

“你从前学过英文没有？”英文教师把眼镜移动了一下。

“不就是那英国话吗？学是学过的，是个麻子脸先生教的……铅笔叫‘喷丝儿’，钢笔叫‘盆’。可是没学过‘黑耳’。”

“Here 就是‘这里’的意思，你读：Here！ Here！”

“喜儿！喜儿。”她又读起“喜儿”来了。这样的怪读法，全课堂都笑得颤栗起来。可是王亚明，她自己却安然地坐下去，青色的手开始翻转着书页，并且低声读了起来：

“华提……贼死……阿儿……”

数学课上，她读起算题来也和读文章一样：

“$2x + y =$ ……$x^2=$……”

午餐的桌上，那青色的手已经抓到了馒头，她还想着“地理”课本：“墨西哥产白银……云南……唔，云南的大理石。”

夜里她躲在厕所里边读书，天将明的时候，她就坐在楼梯口。只要有一点光亮的地方，我常遇到过她。有一天落着大雪的早晨，窗外的树枝挂着白绒似的穗头，在宿舍的那边，长筒过道的尽头，窗台上似乎有人睡在那里了。

“谁呢？这地方多么凉！”我的皮鞋拍打着地板，发出一种空洞洞的嗡声，因是星期日的早晨，全个学校出现在特有的安宁里。一部分的同学在化着妆；一部分的同学还睡在眠床上。

还没走到她的旁边，我看到那摊在膝头上的书页被风翻动着。

“这是谁呢？礼拜日还这样用功！”正要唤醒她，忽然看到那青色的手了。

“王亚明，哎……醒醒吧……”我还没有直接招呼过她的名字，感到生涩和直硬。

“喝喝……睡着啦！”她每逢说话总是开始钝重的笑笑。

“华提……贼死，右……爱……”她还没找到书上的字就读起来。

“华提……贼死，这英国话，真难……不像咱们中国字：什么字旁，什么字头……这个：委曲拐弯的，好像长虫爬在脑子里，越爬越糊涂，越爬越记不住。英文先生也说不难，不难，我看你们也不难。我的脑筋笨，乡下人的脑筋没有你们那样灵活。我的父亲还不如我，他说他年轻的时候，就记他这个‘王’字，记了半顿饭的工夫还没记住。右……爱……右……阿儿……”说完一句话，在末尾不相干的她又读起单字来。

风车哗啦哗啦的响在壁上，通气窗时时有小的雪片飞进来，在窗台上结着些水珠。

她的眼睛完全爬满着红丝条；贪婪，把持，和那青色的手一样在争取她那不能满足的愿望。

在角落里，在只有一点灯光的地方我都看到过她，好像老鼠在啮嚼什么东西似的。

她的父亲第一次来看她的时候，说她胖了：

“妈的，吃胖了，这里吃的比自家吃的好，是不是？好好干吧！干下三年来，不成圣人吧，也总算明白明白人情大道理。”在课堂上，一个星期之内人们都是学着王亚明的父亲。第二次，她的父亲又来看她，她向她父亲要一双手套。

“就把我这副给你吧！书，好好念书，要一副手套还没有吗？等一等，不用忙……要戴就先戴这副，开春！我又不常出什么门，明子，上冬咱们再买，是不是？明子！”在“接见室”的门口嚷嚷着，四周已经是围满着同学，于是他又喊着明子明子的，又说了一些事情：

“三妹妹到二姨家去串门啦，去啦两三天啦！小肥猪每天又多加两把豆子，胖得那样你没看见，耳朵都挣挣起来了，……姐姐又来家腌了两罐子咸葱……”

正讲得他流汗的时候，女校长穿着人群站到前面去：

“请到接见室里面坐吧——”

“不用了，不用了，耽搁工夫，我也是不行的，我还就要去赶火车……赶回去，家里一群孩子，放不下心……”他把皮帽子放在手上，向校长点着头，头上冒着气，他就推开门出去了。好像校长把他赶走似的。可是他又转回身来，把手套脱下来。

“爹，你戴着吧，我戴手套本来是没用的。”

她的父亲也是青色的手，比王亚明的手更大更黑。

在阅报室里，王亚明问我：

“你说，是吗？到接见室去坐下谈话就要钱的吗？”

“哪里要钱！要的什么钱！”

“你小点声说，叫她们听见，她们又谈笑话了。”她用手掌指点着我读着的报纸：“我父亲说的，他说接见室里摆着茶壶和茶碗，若进去，怕是校役就给倒茶了，倒茶就要钱了。我说不要，他可是不信，他说连小店房进去喝一碗水也多少得赏点钱，何况学堂呢？你想学堂是多么大的地方！”

校长已说过她几次：

“你的手，就洗不净了吗？多加点肥皂！好好洗洗，用热水烫一烫。早操的时候，在操场上竖起来的几百条手臂都是白的，就是你，特别呀！真特别。”女校长用她贫血的和化石一般透明的手指去触动王亚明青色的手，看那样子，她好像是害怕，好像微微有点抑止着呼吸，就如同让她去接触黑色的已经死掉的鸟类似的：“是褪得很多了，手心可以看到皮肤了。比你来的时候强得多，那时候，那简直是铁手……你的功课赶得上了吗？多用点功，以后，早操你就不用上，学校的墙很低，春天里散步的外国人又多，他们常常停在墙外看的。等你的手褪掉颜色再上早操吧！”校长告诉她，停止了她的早操。

“我已经向父亲要到了手套，戴起手套来不就看不见了吗？”打开了书箱，取出她父亲的手套来。

校长笑得发着咳嗽，那贫血的面孔立刻旋动着红的颜色：“不必了！既然是不整齐，戴手套也是不整齐。”

假山上面的雪消融了去，校役把铃子也打得似乎更响些，窗前的杨树抽着芽，操场好像冒着烟似的，被太阳蒸发着。上早操的时候，那指挥官的口笛振鸣得也远了，和窗外树丛中的人家起着回应。

我们在跑，在跳，和群鸟似的在噪杂。带着糖质的空气迷漫着我们，从树梢上面吹下来的风混和着嫩芽的香味。被冬天枷锁了的灵魂和被束掩的棉花一样舒展开来。

正当早操刚收场的时候，忽然听到楼窗口有人在招呼什么，那声音被空气负载着向天空响去似的：

“好和暖的太阳！你们热了吧？你们……”在抽芽的杨树后面，那窗口站着王亚明。

等杨树已经长了绿叶，满院结成了荫影的时候，王亚明却渐渐变成了干缩，眼睛的边缘发着绿色，耳朵也似乎薄了一些，至于她的肩头一点也不再显出蛮野和强壮。当她偶然出现在树荫下，那开始陷下的胸部使我立刻从她想到了生肺病的人。

“我的功课，校长还说跟不上，倒也是跟不上，到年底若再跟不上，喝喝！真会留级的吗？”她讲话虽然仍和从前一样“喝喝”的，她的手却开始畏缩起来，左手背在背后，右手在衣襟下面突出个小丘。

我们从来没有看到她哭过，大风在窗外倒拔着杨树的那天，她背向着教室，也背向着我们，对着窗外的大风哭了。那是那些参观的人走了以后的事情，她用那已经开始在褪着色的青手捧着眼泪。

“还哭！还哭什么？来了参观的人，还不躲开。你自己看看，谁像你这样特别！两只蓝手还不说，你看看，你这件上衣，快变成灰的了！别人都是蓝上衣，哪有你这样特别，太旧的衣裳颜色是不整齐的……不能因为你一个人而破坏了制服的规律性……”她一面嘴唇与嘴唇切合着，一面用她惨白的手指去撕着王亚明的领口：“我是叫你下楼，等参观的走了再上来，谁叫你就站在过道呢？在过道，你想想：他们看不到你吗？你倒戴起了这样大的一副手套……”

说到“手套”的地方，校长的黑色漆皮鞋，那亮晶的鞋尖去踢了一下已经落到地板上的一只手套：

“你觉得你戴上了手套站在这地方就十分好了吗？这叫什么玩艺？”她又在手套上踏了一下，她看到那和马车夫一样肥大的手套，抑止不住地笑出声来了。

王亚明哭了这一次，好像风声都停止了，她还没有停止。

暑假以后，她又来了。夏末简直和秋天一样凉爽，黄昏以前的太阳染在马路上使那些铺路的石块都变成了朱红色。我们集着群在校门里的山丁树下吃着山丁。就是这时候，王亚明坐着的马车从“喇嘛台” 那边哗啦哗啦地跑来了。只要马车一停下，那就全然寂静下去。她的父亲搬着行李，她抱着面盆和一些零碎。走上台阶来了，我们并不立刻为她闪开，有的说着：“来啦！”“你来啦！”有的完全向她张着嘴。

等她父亲腰带上挂着的白毛巾一抖一抖地走上了台阶，就有人在说：

“怎么！在家住了一个暑假，她的手又黑了呢？那不是和铁一样了吗？”

秋季以后，宿舍搬家的那天，我才真正注意到这铁手：我似乎已经睡着了，但能听到隔壁在吵叫着：

“我不要她，我不和她并床。”

“我也不和她并床。”

我再细听了一些时候，就什么也听不清了，只听到嗡嗡的笑声和绞成一团的吵嚷。夜里我偶然起来到过道去喝了一次水。长椅上睡着一个人，立刻就被我认出来，那是王亚明。两只黑手遮着脸孔，被子一半脱落在地板上，一半挂在她的脚上。我想她一定又是借着过道的灯光在夜里读书，可是她的旁边也没有什么书本，并且她的包袱和一些零碎就在地板上围绕着她。

第二天的夜晚，校长走在王亚明的前面，一面走一面响着鼻子，她穿着床位，她用她的细手推动那一些连成排的铺平的白床单：

“这里，这里的一排七张床，只睡八个人，六张床还睡九个呢！”她翻着那被子，把它排开一点，让王亚明把被子就夹在这地方。

王亚明的被子展开了，为着高兴的缘故，她还一边铺着床铺，一边嘴里似乎打着哨子，我还从没听到过这个，在女学校里边，没有人用嘴打过哨子。

她已经铺好了，她坐在床上张着嘴，把下颚微微向前抬起一点，像是安然和舒畅在镇压着她似的。校长已经下楼了，或者已经离开了宿舍，回家去了。但，舍监这老太太，鞋子在地板上擦擦着，头发完全失掉了光泽，她跑来跑去：

“我说，这也不行……不讲卫生，身上生着虫类，什么人还不想躲开她呢？”她又向角落里走了几步，我看到她的白眼球好像对着我似的：“看这被子吧！你们去嗅一嗅！隔着二尺远都有气味了……挨着她睡觉，滑稽不滑稽！谁知道……虫类不会爬了满身吗？去看看，那棉花都黑得什么样子啦！”

舍监常常讲她自己的事情，她的丈夫在日本留学的时候，她也在日本，也算是留学。同学们问她：

“学的什么呢？”

“不用专学什么！在日本说日本话，看看日本风俗，这不也是留学吗？”她说话总离不了“不卫生，滑稽不滑稽……肮脏”，她叫虱子特别要叫虫类。

“人肮脏，手也肮脏。”她的肩头很宽，说着肮脏她把肩头故意抬高了一下，好像寒风忽然吹到她似的，她跑出去了。

“这样的学生，我看校长可真是……可真是多余要……”打过熄灯铃之后，舍监还在过道里和别的一些同学在讲说着。

第三天夜晚，王亚明又提着包袱，卷着行李，前面又是走着白脸的校长。

“我们不要，我们的人数够啦！”

校长的指甲还没接触到她们的被边时，她们就嚷了起来，并且换了一排床铺也是嚷了起来：

“我们的人数也够啦！还多了呢！六张床，九个人，还能再加了吗？”

“一二三四……”校长开始计算：“不够，还可以再加一个，四张床，应该六个人，你们只有五个……来！王亚明！”

“不，那是留给我妹妹的，她明天就来……”那个同学跑过去，把被子用手按住。

最后，校长把她带到别的宿舍去了。

“她有虱子，我不挨着她……”

“我也不挨着她……”

“王亚明的被子没有被里，棉花贴着身子睡，不信，校长看看！”

后来她们就开着玩笑，甚至于说出害怕王亚明的黑手而不敢接近她。

以后，这黑手人就睡在过道的长椅上。我起得早的时候，就遇到她在卷着行李，并且提着行李下楼去，我有时也在地下“储藏室” 遇到她，那当然是夜晚，所以她和我谈话的时候，我都是看看墙上的影子，她搔着头发的手，那影子印在墙上也和头发一样颜色。

“惯了，椅子也一样睡，就是地板也一样，睡觉的地方，就是睡觉，管什么好歹！念书是要紧的……我的英文，不知在考试的时候，马先生能给我多少分数？不够六十分，年底要留级的吗？”

“不要紧，一门不能够留级。”我说。

“爹爹可是说啦！三年毕业，再多半年，他也不能供给我学费……这英国话，我的舌头可真转不过弯来。喝喝……”

全宿舍的人都在厌烦她，虽然她是住在过道里。因为她夜里总是咳嗽着……同时在宿舍里边她开始用颜料染着袜子和上衣。

“衣裳旧了，染染差不多和新的一样。比方：夏季制服，染成灰色就可以当秋季制服穿……比方：买白袜子，把它染成黑色，这都可以……”

“为什么你不买黑袜子呢？”我问她。

“黑袜子，他们是用机器染的，矾太多……不结实，一穿就破的……还是咱们自己家染的好……一双袜子好几毛钱……破了就破了还得了吗？”

礼拜六的晚上，同学们用小铁锅煮着鸡子。每个礼拜六差不多总是这样，她们要动手烧一点东西来吃。从小铁锅煮好的鸡子，我也看到的，是黑的，我以为那是中了毒。那端着鸡子的同学，几乎把眼镜咆哮得掉落下来：

“谁干的好事！谁？这是谁？”

王亚明把面孔向着她们来到了厨房，她拥挤着别人，嘴里喝喝的：

“是我，我不知道这锅还有人用，我用它煮了两双袜子……喝喝……我去……”

“你去干什么？你去……”

“我去洗洗它！”

“染臭袜子的锅还能煮鸡子吃！还要它？”铁锅就当着众人在地板上哐啷、哐啷地跳着，人咆哮着，戴眼镜的同学把黑色的鸡子好像抛着石头似的用力抛在地上。

人们都散开的时候，王亚明一边拾着地板上的鸡子，一边在自己说着话：

“哟！染了两双新袜子，铁锅就不要了！新袜子怎么会臭呢？”

冬天，落雪的夜里，从学校出发到宿舍去，所经过的小街完全被雪片占据了。我们向前冲着，扑着，若遇到大风，我们就风雪中打着转，倒退着走，或者是横着走。清早，照例又要从宿舍出发，在十二月里，每个人的脚都冻木了，虽然是跑着也要冻木的。所以我们咒诅和怨恨，甚至于有的同学已经在骂着，骂着校长是“混蛋”，不应该把宿舍离开学校这样远，不应该在天还不亮就让学生们从宿舍出发。

有些天，在路上我单独的遇到王亚明。远处的天空和远处的雪都在闪着光，月亮使得我和她踏着影子前进。大街和小街都看不见行人。风吹着路旁的树枝在发响，也时时听到路旁的玻璃窗被雪扫着在呻吟。我和她谈话的声音，被零度以下的气温所反应也增加了硬度。等我们的嘴唇也和我们的腿部一样感到了不灵活，这时候，我们总是终止了谈话，只听着脚下被踏着的雪，乍乍乍地响。

手在按着门铃，腿好像就要自己脱离开，膝盖向前时时要跪了下去似的。

我记不得哪一个早晨，腋下夹着还没有读过的小说，走出了宿舍。我转过身去，把栏栅门拉紧。但心上总有些恐惧，越看远处模糊不清的房子，越听后面在扫着的风雪，就越害怕起来。星光是那样微小，月亮也许落下去了，也许被灰色的和土色的云彩遮蔽。

走过一丈远，又像增加了一丈似的，希望有一个过路的人出现，但又害怕那过路人，因为在没有月亮的夜里，只能听到声音而看不见人，等一看见人影那就像从地面突然长了起来似的。

我踏上了学校门前的石阶，心脏仍在发热，我在按铃的手，似乎已经失去了力量。突然，石阶又有一个人走上来了：

“谁？谁？”

“我！是我。”

“你就走在我的后面吗？”因为一路上我并没听到有另外的脚步声，这使我更害怕起来。

“不，我没走在你的后面，我来了好半天了。校役他是不给开门的，我招呼了不知道多大工夫了。”

“你没按过铃吗？”

“按铃没有用，嘿嘿，校役开了灯，来到门口，隔着玻璃向外看看……可是到底他不给开。”

里边的灯亮起来，一边骂着似的哐啷啷啷地把门给闪开了：

“半夜三更叫门……该考背榜不是一样考背榜吗？”

“干什么？你说什么？”我这话还没有说出来，校役就改变了态度：

“萧先生，您叫门叫了好半天了吧？”

我和王亚明一直走进了地下室，她咳嗽着，她的脸苍黄得几乎是打着皱纹似的，颤索了一些时候，被风吹得而挂下来的眼泪还停留在脸上，她就打开了课本。

“校役为什么不给你开门？”我问。

“谁知道？他说来得太早，让我回去，后来他又说校长的命令。”

“你等了多少时候了？”

“不算多大工夫，等一会，就等一会，一顿饭这个样子。嘿嘿……”

她读书的样子完全和刚来的时候不一样，那喉咙渐渐窄小了似的，只是喃喃着，并且那两边摇动的肩头也显着紧缩和偏狭，背脊已经弓了起来，胸部却平了下去。

我读着小说，很小的声音读着，怕是搅扰了她；但这是第一次，我不知道为什么这只是第一次？

她问我读的什么小说，读没读过《三国演义》？有时，她也拿到手里看看书面，或是翻翻书页：“像你们多聪明！功课连看也不看，到考试的时候也一点不怕。我就不行，也想歇一会，看看别的书……可是，那就不成了……”

有一个星期日，宿舍里面空朗朗的，我就大声读着《屠场》上正是女工玛利亚昏倒在雪地上的那段。我一面看着窗外的雪地，一面读着，觉得很感动。王亚明站在我的背后，我一点也不知道：

“你有什么看过的书，也借给我一本，下雪天气，实在沉闷，本地又没有亲戚，上街又没有什么买的，又要花车钱……”

“你父亲很久不来看你了吗？”我以为她是想家了。

“哪能来！火车钱，一来回就是两元多……再说家里也没有人……”

我就把《屠场》放在她的手上，因为我已经读过了。

她笑着，“嘿嘿”着，她把床沿颤了两下，她开始研究着那书的封面。等她走出去时，我听在过道里她也学着我把那书开头的第一句读得很响。

以后，我又不记得是哪一天，也许又是什么假日，总之，宿舍是空朗朗的，一直到月亮已经照上窗子，全宿舍依然被剩在寂静中。我听到床头上有沙沙的声音，好像什么人在我的床头摸索着，我仰过头去，在月光下，我看到了是王亚明的黑手，并且把我借给她的那本书放在我的旁边。

我问她：“看得有趣吗？好吗？”

起初，她并不回答我，后来她把脸孔用手掩住，她的头发也像在抖着似的。她说：

“好。”

我听她的声音也像在抖着，于是我坐了起来。她却逃开了，用着那和头发一样颜色的手横在脸上。

过道的长廊空朗朗的，我看着沉在月光里的地板的花纹：

“玛利亚，真像有这个人一样，她倒在雪地上，我想她没有死吧！她不会死吧……那医生知道她是没有钱的人，就不给她看病……嘿嘿！”很高的声音，她笑了，借着笑的抖动眼泪才滚落下来：“我也去请过医生，我母亲生病的时候，你看那医生他来吗？他先向我要马车钱，我说钱在家里，先坐车来吧！人要不行了……你看他来吗？他站在院心问我：‘你家是干什么的？你家开‘染缸房’（染衣店）吗？’不知为什么，一告诉他是开‘染缸房’的，他就拉开门进屋去了……我等他，他没有出来，我又去敲门，他在门里面说：‘不能去看这病，你回去吧！’我回来了……”她又擦了擦眼睛才说下去：“从这时候我就照顾着两个弟弟和两个妹妹。爹爹染黑的和蓝的，姐姐染红的……姐姐定亲的那年，上冬的时候，她的婆婆从乡下来住在我们家里，一看到姐姐她就说：‘哎呀！那杀人的手！’从这起，爹爹就说不许某个人专染红的；某个人专染蓝的，我的手是黑的，细看才带点紫色，那两个妹妹也都和我一样。”

“你的妹妹没有读书？”

“没有，我将来教她们，可是，我也不知道我读得好不好，读不好，连妹妹都对不起……染一匹布，多不过三毛钱……一个月能有几匹布来染呢？衣裳每件一毛钱，又不论大小，送来染的都是大衣裳居多……去掉火柴钱，去掉颜料钱……那不是吗！我的学费……把他们在家吃咸盐的钱都给我拿来啦……我哪能不用心念书，我哪能？”她又去摸触那本书。

我仍然看着地板上的花纹，我想她的眼泪比我的同情高贵得多。

还不到放寒假时，王亚明在一天的早晨，整理着手提箱和零碎，她的行李已经束得很紧，立在墙根的地方。

并没有人和她去告别，也没有人和她说一声“再见”。我们从宿舍出发，一个一个地经过夜里王亚明睡觉的长椅，她向我们每个人笑着，同时也好像从窗口在望着远方。我们使过道起着沉重的噪音，我们下着楼梯，经过了院宇，在栏栅门口，王亚明也赶到了，并且呼喘，并且张着嘴：

“我的父亲还没有来，多学一点钟是一点钟……”她向着大家在说话一样。

这最后的每一点钟都使她流着汗。在英文课上，她忙着用小册子记下来黑板上所有的生字。同时读着，同时连教师随手写的、已经是不必要的、读过的熟字她也记了下来。在第二点钟“地理”课上，她又费着力气模仿着黑板上教师画的地图，她在小册子上也画了起来……好像所有这最末一天经过她的思想都重要起来，都必得留下一个痕迹。

在下课的时间，我看了她的小册子，那完全记错了：英文字母，有的脱落一个，有的她多加上一个……她的心情已经慌乱了。

夜里，她的父亲也没有来接她，她又在那长椅上展了被褥。只有这一次，她睡得这样早，睡得超过平常以上的安然。头发接近着被边，肩头随着呼吸放宽了一些。今天，她的左右并不摆着书本。

早晨，太阳停在颤抖的挂着雪的树枝上面，鸟雀刚出巢的时候，她的父亲来了。停在楼梯口，他放下肩上背来的大毡靴，他用围着脖子的白毛巾捋去胡须上的冰溜：

“你落了榜吗？你……”冰溜在楼梯上融成小小的水珠。

“没有，还没考试，校长告诉我，说我不用考啦，不能及格的……”

她的父亲站在楼梯口，把脸向着墙壁，腰间挂着的白手巾动也不动。

行李拖到楼梯口了，王亚明又去提着手提箱，抱着面盆和一些零碎，她把大手套还给她的父亲：

“我不要，你戴吧！”她父亲的毡靴一移动，就在地板上压了几个泥圈圈。

因为是早晨，来围观的同学们很少。王亚明就在轻微的笑声里边戴起了手套。

“穿上毡靴吧！书没念好，别再冻掉了两只脚。”她的父亲把两只靴子相连的皮条解开。

靴子一直掩过了她的膝盖，她和一个赶马车的人一样，头部也用白色的绒布包起。

“再来，把书带回家好好读读再来。嘿……嘿。”不知道她向谁说着。当她又提起了手提箱，她问她的父亲：

“叫来的马车就在门外吗？”

“马车，什么马车？走着上站吧……我背着行李……”

王亚明的毡靴在楼梯上扑扑地拍着。父亲走在前面，变了颜色的手抓着行李的角落。

那被朝阳拖得苗长的影子，跳动着在人的前面先爬上了木栅门。从窗子看去，人也好像和影子一般轻浮，只能看到他们，而听不到关于他们的一点声音。

出了木栅门，他们就向着远方，向着迷漫着朝阳的方向走去。

雪地好像碎玻璃似的，越远，那闪光就越刚强。我一直看到那远处的雪地刺痛了我的眼睛。

看风筝

一

拖着鞋，头上没有帽子，鼻涕在胡须上结起网罗似的冰条来，纵横地网罗着胡须。在夜间，在冰雪闪着光芒的时候，老人依着街头电线杆，他的黑色影子缠住电杆。他在想着这样的事：

“穷人活着没有用，不如死了！”

老人的女儿三天前死了，死在工厂里。

老人希望得几个赡养费，他奔波了三天了！拖着鞋奔波，夜间也是奔波；他到工厂，从工厂又要到工厂主家去。他三天没有吃饭，实在不能再走了！他不觉得冷，因为他整个的灵魂在缠住他的女儿，已死了的女儿。

半夜了，老人才一步一挨地把自己运到家门，这是一件多么不容易的事：胡须颤抖，他走起路来谁看着都要联想起被大风吹摇就要坍塌的土墙，或是房屋。眼望砖瓦四下分离地游动起来。老人在冰天雪地里，在夜间没人走的道路上筛着他的胡须，筛着全身在游离的筋肉。他走着，他的灵魂也像解了体的房屋一样，一面在走，一面坍落。

老人自己把身子再运到炕上，然后他喘着牛马似的呼吸，他全身的肉体摊落尽了，为了他的女儿而摊落尽的，因为在他女儿的背后埋着这样的事：

“女儿死了！自己不能做工，赡养费没有，儿子出外三年不见回来。”

老人哭了！他想着他的女儿哭，但哭的却不是他的女儿，是哭着他女儿死了以后的事。

屋子里没有灯火，黑暗是一个大轮廓，没有线条，也没有颜色的大轮廓。老人的眼泪在他有皱纹的脸上爬，横顺地在黑暗里爬，他的眼泪变成了无数的爬虫了，个个从老人的内心出发。

外面的风在号叫，夹着冬天枯树的声音。风卷起地上的积雪，扑向窗纸打来，唰唰地响。

二

刘成在他父亲给人做雇农的时候，他在中学里读过书，不到毕业他就混进某个团体了，他到农村去过。不知他潜伏着什么作用，他也曾进过工厂。后来他没有踪影了，三年没有踪影。关于他妹妹的死，他不知道；关于他父亲的流浪，他不知道，同时他父亲也不知道他的流浪。

刘成下狱的第三个年头被释放出来，他依然是一个没有感情的人，他的脸色还是和从前一样：冷静、沉着。他内心从没有念及他父亲一次过。不是没念及，因为他有无数的父亲，一切受难者的父亲他都当作他的父亲，他一想到这些父亲，只有走向一条路，一条根本的路。

他明白他自己的感情，他有一个定义：热情一到用得着的时候，就非冷静不可，所以冷静是有用的热情。

这是他被释放的第三天了。看起来只是额际的皱纹算是入狱的痕迹，别的没有两样。当他在农村和农民们谈话的时候，比从前似乎更有力，更坚决，他的手高举起来又落下去，这大概是表示压榨的意思，也有时把手从低处用着猛力抬到高处，这大概是表示不受压迫的意思。

每个字从他的嘴里跳出来，就和石子一样坚实并且钢硬，这石子也一个一个投进农民的脑袋里，也是永久不化的石子。

坐在马棚旁边开着衣钮的老农妇，她发起从没有这样愉快的笑，她触了她的男人李福一下，用着例外的声音边说边笑：

“我做了一辈子牛马，哈哈！那时候可该做人了！我做牛马做够了！”

老农妇在说末尾这句话时，也许她是想起了生在农村最痛苦的事。她顿时脸色都跟着不笑了！冷落下去。

别的人都大笑一阵，带着奚落的意思大笑，妇人们借着机会似的向老农妇奚落去：

“老婆婆从来是规矩的，笑话我们年轻多嘴，老婆婆这是为了什么呢？”

过了一段时间，安静下去。刘成还是把手一举一落地说下去，马在马棚里吃草的声音，夹杂着鼻子声在响，其余都在安静里浸沉着。只有刘成的谈话，沉重的字眼连绵地从他齿间往外挤。不知什么话把农民们击打着了，男人们在抹眼睛，女人们却响着鼻子，和在马棚里吃草的马一样。

人们散去了，院子里的蚊虫四下地飞，结团地飞，天空有圆圆的月，这是一个夏天的夜，这是刘成出狱三天在乡村的第一夜。

三

刘成当夜是住在农妇王大婶的家里，王大婶的男人和刘成谈着话，桌上的油灯暗得昏黄，坐在炕沿他们说着，不绝地在说，直到王大婶的男人说出这样的话来，最后才停止：

“啊！刘成这个名字。东村住着的孤独老人，常提到这个名字，你可认识他吗？”

刘成他不回答，也不问下去，只是眼光和不会转弯的箭一样，对准什么东西似的在放射，在一分钟内他的脸色变了又变!

王大婶抱着孩子，在考察刘成的脸色，她在下断语：

“一定是他爹爹，我听老人坐在树荫常提到这个名字，并且每当他提到的时候，他是伤着心。”

王大婶男人的袖子在摇振，院心蚊虫群给他冲散了！圆月在天空随着他跑。他跑向一家房脊弯曲的草房去，在没有纸的窗棂上敲打，急剧地敲打。睡在月光里整个东村的夜被他惊醒了！睡在篱笆下的狗和鸡雀在吵叫。

老人睡在土炕的一端，把自己的帽子包着破鞋当作枕头，身下铺着的是一条麻袋。满炕是干稻草，这就是老人的财产，其余什么都不属于他的。他照顾自己，保护自己。月光映满了窗棂，人的枕头上，胡须上……

睡在土炕的另一端也是一个老人，他俩是同一阶级。因为他也是枕着破鞋睡，他们在朦胧的月影中，直和两捆干草或是两个粪堆一样。他们睡着，在梦中他们的灵魂是彼此看守着。窗棂上残破的窗纸在做响。

其中的一个老人的神经被敲打醒了！他坐起来，抖擞着他满身的月光，抖擞着满身的窗棂。他不睁眼睛，把胡须抬得高高地盲目地问：

“什么勾当？”

“刘成不是你的儿吗？他今夜住在我家。”老人听了这话，他的胡须在蹀躞。三年前离家的儿子，在眼前飞转。他心里生了无数的蝴蝶，白色的，翻着金色闪着光的翅膀在空中飘飞着。此刻，凡是在他耳边的空气，都变成大的小的音波，他能看见这音波，又能听见这音波，平日不会动的村庄和草堆，现在都在活动。沿着旁边的大树，他在梦中走着，向着王大婶的家里，向着他儿子的方向走。老人像一个要会见妈妈的小孩子一样，被一种感情追逐在大路上跑，但他不是孩子。他蹀躞着胡须，他的腿笨重，他有满脸的皱纹。

老人又联想到女儿死的事情，工厂怎样的不给抚恤金，他怎样的飘流到乡间，乡间更艰苦，他想到饿和冻的滋味。他需要躺在他妈妈怀里哭诉。可是他去会见儿子。

老人像拾得意外的东西，珍珠似的东西，一种极度的欢欣使他恐惧。他体验着惊险，走在去会见儿子的路上。

王大婶的男人在老人旁边走，看着自家的短墙处有个人的影像，模糊不清，走近一点，只见那里有人在摆手。再走近点，知道是王大婶在那里摆手。

老人追着他希望的梦，抬起他兴奋的腿，一心要去会见儿子，其余的什么，他都不能觉察。王大婶的男人跑了几步，王大婶对他皱竖着眼眉低声慌张地说：

“那个人走了！抢着走了！”

老人还是追着他的梦向前走，向王大婶的篱笆走，老人带着一颗充血的心来会见他的儿子。

四

刘成抢着走了！还不待他父亲走来，他先跑了！他父亲充了血的心给他摔碎了！他是一个野兽，是一条狼，一条没有心肠的狼。

刘成不管他父亲，他怕他父亲，为的是把整个的心，整个的身体献给众人。他没有家，什么也没有。他为着农人、工人，为着这样的阶级而下过狱。

五

半年过后，大领袖被捕的消息传来了。也就是刘成被捕的消息传来了，乡间也传来了。那是一个初春正月的早晨，乡村里的土场上，小孩子们群集着，天空里飘起颜色鲜明的风筝来，三个，五个，近处飘着大的风筝，远处飘着小的风筝，孩子们在拍手，在笑。老人——刘成的父亲也在土场上依着拐杖同孩子们看风筝，就是这个时候消息传来了！

刘成被捕的消息传到老人的耳边了……

弃儿 |

一

水就像远天一样，没有边际的漂漾着，一片片的日光在水面上浮动着。大人、小孩和包裹青绿颜色，安静的不慌忙的小船朝向同一的方向走去，一个接着一个……

一个肚子凸得馒头般的女人，独自地在窗口望着。她的眼睛就如块黑炭，不能发光，又暗淡，又无光，嘴张着，胳膊横在窗沿上，没有目的地望着。

有人打门，什么人将走进来呢？那脸色苍苍，好像盛满面粉的布袋一样，被人挪了进来的一个面影。这个人开始谈话了："你倒是怎么样呢？才几个钟头水就涨得这样高，你不看见？一定得有条办法 ，太不成事了，七个月了，共欠了 400 块钱。王先生是不能回来的。男人不在，当然要向女人算帐……现在一定不能再没有办法了。"正一正帽头，斗一斗衣袖，他的衣裳又像一条被倒空了的布袋，平板的，没有皱纹，只是眼眉往高处抬了抬。

女人带着她的肚子，同样地脸上没有表情，嘴唇动了动："明天就有办法。"她望着店主脚在衣襟下迈着八字形的步子，鸭子样地走出屋门去。

她的肚子不像馒头，简直是小盆被扣在她肚皮上，虽是长衫怎样宽大，小盆还是分明地显露着。

倒在床上，她的肚子也被带到床上，望着棚顶，由马路间小河流水反照在水面，不定形地乱摇，又夹着从窗口不时冲进来嘈杂的声音。什么包袱落水啦！孩子掉下阴沟啦！接续的，连绵的，这种声音不断起来，这种声音对她似两堵南北不同方向立着的墙壁一样，中间没有连锁。

"我怎么办呢？没有家，没有朋友，我走向哪里去呢？只有一个新认识的人，他也是没有家呵！外面的水又这样大，那个狗东西又来要房费，我没有……"她似乎非想下去不可，像外边的大水一样，不可抑止地想："初来这里还是飞着雪的时候，现在是落雨的时候了。刚来这里肚子是平平的，现在却变得这样了……"她用手摸着肚子，仰望天棚的水影，被褥间汗油的气味，在发散着。

二

天黑了，旅馆的主人和客人都纷搅地提着箱子，拉着小孩走了。就是昨天早晨楼下为了避水而搬到楼上的人们，也都走了。骚乱的声音也跟随地走了。这里只是空空的楼房，一间挨着一间关着门，门里的帘子默默地静静地长长地垂着，从嵌着玻璃的地方透出来。只有楼下的一家小贩，一个旅馆的杂役和一个病了的妇人男人伴着她留在这里。满楼的窗子散乱乱地开张和关闭，地板上的尘土地毯似的摊着。这里荒凉得就如兵已开走的营垒，什么全是散散乱乱得可怜。

水的稀薄的气味在空中流荡，沉静的黄昏在空中流荡，不知谁家的小猪被丢在这里，在水中哭喊着绝望的来往的尖叫。水在它的身边一个连环跟着一个连环地转，猪被围在水的连环里，就如一头苍蝇或是一头蚊虫被绕入蜘蛛的网丝似的，越挣扎，越感觉网丝是无边际的大。小猪横卧在板排上，它只当遇了救，安静的，眼睛在放希望的光。猪眼睛流出希望的光和人们想吃猪肉的希望绞结在一起，形成了一条不可知的绳。

猪被运到那边的一家屋子里去。

黄昏慢慢的耗，耗向黑沉沉的像山谷，像壑沟一样的夜里去。两侧楼房高大空间就是峭壁，这里的水就是山涧。

依着窗口的女人，每日她烦得像数着发丝一般的心，现在都躲开她了，被这里的深山给吓跑了。方才眼望着小猪被运走的事，现在也不占着她的心了，只觉得背上有些阴冷。当她踏着地板的尘土走进单身房的时候，她的腿便是用两条木做的假腿，不然就是别人的腿强接在自己的身上，没有感觉，不方便。

整夜她都是听到街上的水流唱着胜利的歌。

三

每天在马路上乘着车的人们现在是改乘船了。马路变成小河，空气变成蓝色，而脆弱的洋车夫们往日他是拖着车，现在是拖船。他们流下的汗水不是同往日一样吗？带有咸脊和酸笨重的气味。

松花江决堤三天了，满街行走大船和小船，用箱子当船的也有，用板子当船的也有，许多救济船在嚷，手中摇摆黄色旗子。

住在二层楼上那个女人，被只船载着经过几条狭窄的用楼房砌成河岸的小河，开始向无际限闪着金色光波的大海奔去。她呼吸着这无际限的空气，她第一次与室窗以外的太阳接触。江堤沉落到水底去了，沿路的小房将睡在水底，人们在房顶蹲着。小汽船江鹰般地飞来了，又飞过去了，留下排成蛇阵的弯弯曲曲的波浪在翻卷。那个女人的小船行近波浪，船沿和波浪相接触着摩擦着。船在浪中打转，全船的人脸上没有颜色地惊恐，她尖叫了一声，跳起来，想要离开这个漂荡的船，走上陆地去。但是陆地在哪里？

满船都坐着人，都坐着生疏的人。什么不生疏呢？她用两个惊恐、忧郁的眼睛，手指四张的手摸抚着突出来的自己的肚子。天空生疏，太阳生疏，水面吹来的风夹带水的气味，这种气味也生疏。只有自己的肚子接近，不辽远，但对自己又有什么用处呢？

那个波浪是过去了，她的手指还是四处张着，不能合拢——今夜将住在非家吗？为什么蓓力不来接我，走岔路了吗？假设方才翻倒过去不是什么全完了吗？也不用想这些了。

六七个月不到街面，她的眼睛缭乱，耳中的受音器也不服支配了，什么都不清楚。在她心里只感觉热闹。同时她也分明地考察对面驶来的每个船只，有没有来接她的蓓力，虽然她的眼睛是怎样缭乱。

她嘴张着，眼睛瞪着，远天和太阳辽阔地照耀。

四

一家楼梯间站着一个女人，屋里抱小孩的老婆婆猜问着：“你是芹吗？”

芹开始同主妇谈着话，坐在圈椅间，她冬天的棉鞋，显然被那个主妇看得清楚呢。主妇开始说：“蓓力去伴你来不看见吗？那一定是走了岔路。”一条视线直迫着芹的全身而泻流过来，芹的全身每个细胞都在发汗，紧张、急躁，她暗恨自己为什么不迟来些，那就免得蓓力到那里连个影儿都不见，空虚地转了来。

芹到窗口吸些凉爽的空气，她破旧褴衫的襟角在缠着她的膝盖跳舞。当蓓力同芹登上细碎的月影在水池边绕着的时候，那已是当日的夜，公园里只有蚊虫嗡嗡地飞。他们相依着，前路似乎给蚊虫遮断了，冲穿蚊虫的阵，冲穿大树的林，经过两道桥梁，他们在亭子里坐下，影子相依在栏杆上。

高高的大树，树梢相结，像一个用纱制成的大伞，在遮着月亮。风吹来大伞摇摆，下面洒着细碎的月光，春天出游少女一般地疯狂呵！蓓力的心里和芹的心里都有一个同样的激动，并且这个激动又是同样的秘密。

五

芹住在旅馆孤独的心境，不知都被什么赶到什么地方了。就是蓓力昨夜整夜不睡的痛苦，也不知被什么赶到什么地方了。

他为了新识的爱人芹，痛苦了一夜，本想在决堤第二天就去接芹到非家来，他像一个破了的摇篮一样，什么也盛不住，衣袋里连一毛钱也没有。去当掉自己流着棉花的破被吗？哪里肯要呢？他开始把他最好的一件制服从床板底下拿出来，拍打着尘土。他想这回一定能当一元钱的，五角钱给她买吃的送去，剩下的五角伴她乘船出来用作船费，自己尽可不必坐船去，不是在太阳岛也学了几招游泳吗？现在真的有用了。他腋挟着这件友人送给的旧制服，就如挟着珍珠似的，脸色兴奋。一家当铺的金字招牌，混杂着商店的招牌，饭馆的招牌。在这招牌的林里，他是认清哪一家是当铺了，他欢笑着，他的脸欢笑着。当铺门关了，人们嚷着正阳河开口了。回来倒在床上，床板硬得和一张石片。他恨自己了，昨天到芹那里去为什么把裤带子丢了。就是游泳着去，也不必把裤带子解下抛在路旁，为什么那样兴奋呢？蓓力心如此想，手就在腰间摸着新买的这条皮带。他把皮带抽下来，鞭打着自己。为什么要用去五角钱呢，只要有五角钱，用手提着裤子不也是可以把自己的爱人伴出来吗？整夜他都是在这块石片的床板上懊悔着。

六

他住在一家饭馆的后房，他看着棚顶在飞的蝇群，壁间爬走的潮虫，他听着烧菜铁勺的声音，前房食堂间酒盅声，舞女们伴着舞衣摩擦声，门外叫化子乞讨声，像箭一般地，像天空繁星一般地，穿过嵌着玻璃的窗子一棵棵地刺进蓓力的心去。他眼睛放射红光，半点不躲避。安静的蓓力不声响地接受着。他懦弱吗？他不知痛苦吗？天空在闪烁的繁星，都晓得蓓力是怎么存心的。

就像两个从前线退回来的兵士，一离开前线，前线的炮火也跟着离开了，蓓力和芹只顾坐在大伞下听风声和树叶的叹息。

蓓力的眼睛实在不能睁开了。为了躲避芹的觉察还几次地给自己做着掩护，说起得早一点，眼睛有些发花。芹像明白蓓力的用意一样，芹又给蓓力做着掩护的掩护："那么我们回去睡觉吧。"

公园门前横着小水沟，跳过水沟来斜对的那条街，就是非家了。他们向非家走去。

七

地面上旅行的两条长长的影子，在浸渐的消混，就像两条刚被主人收留下的野狗一样，只是吃饭和睡觉才回到主人家里，其余尽是在街头跑着蹲着。

蓓力同他新识的爱人芹，在友人家中已是一个星期过了。这一个星期无声无味地飞过去。街口覆放着一只小船，他们整天坐在船板上。公园也被水淹没了，实在无处可去，左右的街巷也被水淹没了，他们两颗相爱的心也像有水在追赶着似的。一天比一天接近感到拥挤了。两颗心膨胀着，也正和松花江一样，想寻个决堤的出口冲出去。这不是想只是需要。

一天跟着一天寻找，可是左右布的密阵地一天天的高，一天天的厚，两颗不得散步的心，只得在他们两个相合的手掌中狂跳着。

蓓力也不住在饭馆的后房了，同样是住在非家，他和芹也同样地离着。每天早起，不是蓓力到内房去推醒芹，就是芹早些起来，偷偷地用手指接触着蓓力的脚趾。他的脚每天都是抬到藤椅的扶手上面，弯弯的伸着。蓓力是专为芹来接触而预备着这个姿势吗？还是藤椅短放不开他的腿呢？他的脚被捏得作痛醒转来，身子就是一条弯着腰的长虾，从藤椅间钻了出来，藤椅就像一只虾笼似的被蓓力丢在那里了。他用手揉擦着眼睛，什么什么都不清楚，两只鸭子形的小脚，伏在地板上，也像被惊醒的鸭子般的不知方向。鱼白的天色，从玻璃窗透进来，朦胧地在窗帘上惺忪着睡眼。

芹的肚子越胀越大了！由一个小盆变成一个大盆，由一个不活动的物件，变成一个活动的物件，她在床上睡不着，蚊虫在她的腿上走着玩，肚子里的物件在肚皮里走着玩，她简直变成个大马戏场了，什么全在这个场面上耍起来。

下床去拖着那双瘦猫般的棉鞋，她到外房去，蓓力又照样地变作一条弯着腰的长虾，钻进虾笼去了。芹唤醒他，把腿给他看，芹腿上的小包都连成排了。若不是蚊虫咬的，一定会错认石阶上的苔藓，生在她的腿上了。蓓力用手抚摸着，眉头皱着，他又向她笑了笑，他的心是怎样的刺痛呵！芹全然不晓得这一个，以为蓓力是带着某种笑意向她煽动一样。她手指投过去，生在自己肚皮里的小物件也给忘掉了，只是示意一般地捏紧蓓力的脚趾，她心尽力地跳着。

内房里的英夫人拉着小荣到厨房去，小荣先看着这两个虾来了，大嚷着推给她妈妈看。英夫人的眼睛不知放出什么样的光，故意地问："你们两个用手捏住脚，这是东洋式的握手礼还是西洋式的握手礼？”

四岁的小荣姑娘也学起她妈妈的腔调，就像嘲笑而不似嘲笑地唱着：“这是东洋式的还是西洋式的呢？”

芹和蓓力的眼睛，都像老虎的眼睛在照耀着。

蓓力的眼睛不知为了什么变成金钢石的了！又发光，又坚硬。芹近几天尽看到这样的眼睛，他们整天地跑着，一直跑了十多天了！有时他们打了个招呼走过去，一个短小的影子消失了。

八

晚间当芹和英夫人坐在屋里的时候，英夫人摇着头，脸上表演着不统一的笑，尽量地把声音委婉，向芹不知说了些什么。大概是白天被非看到芹和蓓力在中央大街走的事情。

芹和蓓力照样在街上绕了一周，蓓力还是和每天一样要挽着她跑。芹不知为了什么两条腿不愿意活动，心又不耐烦！两星期前住在旅馆的心情又将萌动起来，她心上的烟雾刚退去不久又像给罩上了。她手玩弄着蓓力的衣扣，眼睛垂着，头低下去：“我真不知这是什么意思，我们衣裳褴褛，就连在街上走的资格也没有了！”

蓓力不明白这话是对谁发的，他迟钝而又灵巧地问：“怎么？”

芹在学话说：“英说——你们不要在街上走去，在家里可以随便，街上的人太多，很不好看呢！人家讲究着很不好呢。你们不知道吗？在这街上我们认识许多朋友，谁都知道你们是住在我家的，假设你们若是不住在我家，好看与不好看，我都不管的。”芹在玩弄着衣扣。

蓓力的眼睛又在放射金钢石般的光，他的心就像被玩弄着的衣扣一样，在焦烦着。他把拳头捏得紧紧的，向着自己的头部打去。芹给他揉。蓓力的脸红了，他的心忏悔。

“富人穷人，穷人不许恋爱？”

方才他们心中的焦烦退去了，坐在街头的木凳上。她若感到凉，只有一个方法，她把头埋在蓓力上衣的前襟里。

公园被水淹没以后，只有一个红电灯在那个无人的地方自己燃烧。秋天的夜里，红灯在密结的树梢下面，树梢沉沉的，好像在静止的海上面发现了萤火虫似的，他们笑着，跳着，拍着手，每夜都是来向着这萤火虫在叫跳一回……

她现在不拍手了，只是按着肚子，蓓力把她扶回去。当上楼梯的时候，她的眼泪被抛在黑暗里。

九

非对芹和蓓力有点两样，上次英夫人的讲话，可以证明是非说的。

非搬走了，这里的房子留给他岳母住，被褥全拿走了。芹在土炕上，枕着包袱睡。在土炕上睡了仅仅两夜，她肚子疼得厉害。她卧在土炕上，蓓力也不上街了，他蹲在地板上，下颏枕炕沿，守着她。这是两个雏鸽，两个被折了巢窠的雏鸽。只有这两个鸽子才会互相了解，真的帮助，因为饥寒迫在他们身上是同样的分量。

芹肚子疼得更厉害了，在土炕上滚成个泥人了。蓓力没有戴帽子，跑下楼去，外边是落着阴冷的秋雨。两点钟过了蓓力不见回来，芹在土炕上继续自己滚的工作。外边的雨落得大了。三点钟也过了，蓓力还是不回来，芹只想撕破自己的肚子，外面的雨声她听不到了。

十

蓓力在小树下跑，雨在天空跑，铺着石头的路，雨的线在上面翻飞，雨就像要把石头压碎似的，石头又非反抗到底不可。穿过一条街，又一条街，穿过一片雨又一片雨，他衣袋里仍然是空着，被雨淋得他就和水鸡同样。

走进大门了，他的心飞上楼去，在抚慰着芹，这是谁也看不见的事。芹野兽疯狂般的尖叫声，从窗口射下来，经过成排的雨线，压倒雨的响声，却实实在在，牢牢固固，箭般地插在蓓力的心上了。

蓓力带着这只箭追上楼去，他以为芹是完了，是在发着最后的嘶叫。芹肚子疼得半昏了，她无知觉地拉住蓓力的手，她在土炕抓的泥土，和蓓力带的雨水相合。

蓓力的脸色惨白，他又把方才向非借的一元车钱送芹入医院的影子想了一遍："慢慢有办法，过几天，不忙。"他又想："这是朋友应该说的话吗？我明白了，我和非经济不平等，不能算是朋友。"

任是芹怎样嚎叫，他最终离开她下楼去，雨是淘天地落下来。

十一

芹肚子痛得不知人事，在土炕上滚得不成人样了，脸和白纸一个样，痛得稍轻些，她爬下地来，想喝一杯水。茶杯刚拿在手里，又痛得不能耐了，杯子摔在地板上。杯子碎了，那个黄脸大眼睛非的岳母跟着声响走进来，嘴里罗嗦着："也太不成样子了，我们这里倒不是开的旅馆，随便谁都住在这里。"

芹听不清谁在说话，把肚子压在炕上，要把小物件从肚皮挤出来，这种痛法简直是绞着肠子，她的肠子像被抽断一样。她流着汗，也流着泪。

十二

芹像鬼一个样，在马车上囚着，经过公园，经过公园的马戏场，走黑暗的途径。蓓力紧抱住她。现在她对蓓力只有厌烦，对于街上的每个行人都只有厌烦，她扯着头发，在蓓力的怀中挣扎。她恨不能一步飞到医院，但是，马却不愿意前进，在水中一劲打旋转。蓓力开始惊惶，他说话的声音和平时两样：“这里的水特别深呵，走下阴沟去会危险。”他跳下水去，拉住马勃，在水里前进着。

芹十分无能地卧在车里，好像一个龃龉的包袱或是一个垃圾箱。

一幅沉痛的悲壮的受压迫的人物映画在明月下，在秋光里，渲染得更加悲壮，更加沉痛了。

铁栏栅的门关着，门口没有电灯，黑森森的，大概医院是关了门了。蓓力前去打门，芹的心希望和失望在绞跳着。

十三

马车又把她载回来了，又经过公园，又经过马戏场，芹肚子痛得像轻了一点。他看到马戏场的大象，笨重地在玩着自己的鼻子，分明清晰的她又有心思向蓓力寻话说：“你看见大象笨得多乖。”

蓓力一天没得吃饭，现在他看芹像小孩子似的开着心，他心里又是笑又是气。

车回到原处了，蓓力尽他所有借到的五角钱给了车夫。蓓力就像疾风暴雨里的白菜一样，风雨过了，他又扶着芹踏上楼梯，他心里想着得一月后才到日子吗？那时候一定能想法借到十五元住院费。蓓力才想起来给芹把破被子铺在炕上。她倒在被上，手指在整着蓬乱的头发。蓓力要脱下湿透的鞋子，吻了她一下，到外房去了。

又有一阵呻吟声蓓力听到了，赶到内房去，蓓力第一条视线射到芹的身上，芹的脸已是惨白得和铅锅一样。他明白她的肚子不痛是心理作用，尽力相信方才医生谈的，再过一个月那也说不准。

十四

他不借，也不打算，他明白现代的一切事情惟有蛮横，用不到讲道理，所以第二次他把芹送到医院的时候，虽然他是没有住院费，芹结果是强住到医院里。

在三等产妇室，芹迷沉地睡了两天了，总是梦着马车在水里打转的事情。半夜醒来的时候，急得汗水染透了衾枕。她身体过于疲乏。精神也随之疲乏，对于什么事情都不大关心。对于蓓力，对于全世界的一切，全是一样。蓓力来时，坐在小凳上谈几句不关紧要的话。他一走，芹又合拢起眼睛来。

三天了，芹夜间不能睡着，奶子胀得硬，里面像盛满了什么似的，只听她嚷着奶子痛，但没听她询问过关于孩子的话。

产妇室里摆着五张大床，睡着三个产妇，那边空着五张小床。看护妇给推过一个来，靠近挨着窗口的那个产妇，又一个挨近别一个产妇。她们听到推小床的声音，把头露出被子外面，脸上都带着同样的不可抑止、新奇的笑容，就好像看到自己的小娃娃在床里睡着的小脸一样。她们并不向看护妇问一句话，怕羞似的脸红着，只是默默地在预备热情，期待她们亲手造成的小动物与自己第一次见面。

第三个床看护妇推向芹的方向走来，芹的心开始跳动，就像个意外的消息传了来。手在摇动："不要！不……不要……我不要呀！"她的声音里母子之情就像一条不能折断的钢丝被她折断了，她满身在抖颤。

十五

满墙泻着秋夜的月光，夜深，人静，只是隔壁小孩子在哭着。

孩子生下来哭了五天了，躺在冰凉的板床上，涨水后的蚊虫成群片地从气窗挤进来，在小孩的脸上身上爬行。他全身冰冰，他整天整夜地哭。冷吗？饿吗？生下来就没有妈妈的孩子谁去管她呢？

月光照了满墙，墙上闪着一个影子，影子抖颤着，芹挨下床去，脸伏在有月光的墙上——小宝宝，不要哭了妈妈不是来抱你吗！冻得这样冰呵，我可怜的孩子！

孩子咳嗽的声音，把芹伏在壁上的脸移动了，她跳上床去，她扯着自己的头发，用拳头痛打自己的头盖。真个自私的东西，成千成万的小孩在哭怎么就听不见呢？成千成万的小孩饿死了，怎么看不见呢？比小孩更有用的大人也都饿死了，自己也快饿死了，这都看不见，真是个自私的东西！

睡熟的芹在梦里又活动着，芹梦着蓓力到床边抱起她就跑了，跳过墙壁，院费也没交，孩子也不要了。听说后来小孩给院长当了丫环，被院长打死了。孩子在隔壁还是哭着，哭得时间太长了，那孩子作呕，芹被惊醒，慌张地迷惑地赶下床去。她以为院长在杀害她的孩子，只见影子在壁上一闪，她昏倒了。秋天的夜在寂寞地流，每个房间泻着雪白的月光，墙壁这边地板上倒着妈妈的身体。那边的孩子在哭着妈妈，只隔一道墙壁，母子之情就永久相隔了。

十六

身穿白长衫三十多岁的女人，她黄脸上涂着白粉，粉下隐现黄黑的斑点，坐在芹的床沿。女人烦絮地向芹问些琐碎的话，别的产妇凄然地在静听。

芹一看见她们这种脸，就像针一样在突刺着自己的心。“请抱去吧，不要再说别的话了。”她把头用被蒙起，她再不能抑止，这是什么眼泪呢？在被里横流。

两个产妇受了感动似的也用手揉着眼睛，坐在床沿的女人说：“谁的孩子，谁也舍不得，我不能做这母子两离的事。”女人的身子扭了一扭。

芹像被什么人要挟似的，把头上的被掀开，面上笑着，眼泪和笑容凝结的笑着：“我舍得，小孩子没有用处，你把她抱去吧。”

小孩子在隔壁睡，一点都不知道，亲生他的妈妈把他给别人了。

那个女人站起来到隔壁去了，看护妇向那个女人在讲，一面流泪：“小孩子生下来六天了，连妈妈的面都没得见，整天整夜地哭，喂他牛奶他不吃，他妈妈的奶胀得痛都挤扔了。唉，不知为什么，听说孩子的爸爸还很有钱呢！这个女人真怪，连有钱的丈夫都不愿嫁。”

那个女人同情着。看护妇说：“这小脸多么冷清，真是个生下来就招人可怜的孩子。”小孩子被她们摸索醒了，他的面贴到别人的手掌，以为是妈妈的手掌，他撒怨地哭了起来。

过了半个钟头，小孩子将来的妈妈，挟着红包袱满脸欢喜地踏上医院的石阶。

包袱里的小被褥给孩子包好，经过穿道，经过产妇室的门前，经过产妇室的妈妈，小孩跟着生人走了，走下石阶了。

产妇室里的妈妈什么也没看见，只听见一阵噪杂的声音啊！

十七

当芹告诉蓓力孩子给人家抱去了的时候，她刚强的沉毅的眼睛把蓓力给怔住了，他只是安定地听着：“这回我们没有挂碍了，丢掉一个小孩是有多数小孩要获救的目的达到了，现在当前的问题就是住院费。”

蓓力握紧芹的手，他想——芹是个时代的女人，真想得开，一定是我将来忠实的伙伴！他的血在沸腾。

每天当蓓力走出医院时，庶务都是向他索院费，蓓力早就放下没有院费的决心了，所以他第二次又挟着那件制服到当铺去，预备芹出院的车钱。

他的制服早就被老鼠在床下给咬破了，现在就连这件可希望的制服，也没有希望了。

蓓力为了五角钱，开始奔波。

十八

芹住在医院快是三个星期了！同室的产妇，来一个住一个星期抱着小孩走了，现在仅留她一个人在产妇室里，院长不向她要院费了，只希望她出院好了。但是她出院没有车钱没有夹衣，最要紧的她没有钱租房子。

芹一个人住在产妇室里，整夜的幽静，只有她一个人享受窗上大树招摇细碎的月影，满墙走着，满地走着。她想起来母亲死去的时候，自己还是小孩子，睡在祖父的身旁，不也是看着夜里窗口的树影么？现在祖父走进坟墓去了，自己离家乡已三年了，时间一过什么事情都消灭了。

窗外的树风唱着幽静的曲子，芹听到隔院的鸡鸣声了。

十九

产妇们都是抱着小孩坐着汽车或是马车一个个出院了，现在芹也是出院了。她没有小孩也没有汽车，只有眼前的一条大街要她走，就像一片荒田要她开拔一样。蓓力好像个助手似的在眼前引导着。

他们这一双影子，一双刚强的影子，又开始向人林里去迈进。

夜风

一

老祖母几夜没有安睡，现在又是抖着她的小棉袄了。小棉袄一拿在祖母的手里，就怪形地在作恐吓相。仿佛小棉袄会说出祖母所不敢说出的话似的，外面风声又起了，——刷——刷……

祖母变得那样可怜，小棉袄在手里总是那样拿着。窗纸也响了。没有什么，是远村的狗吠，身影在壁间摇摇，祖母灭了烛，睡了。她的小棉袄又放在被边，可是这也没有什么，祖母几夜都是这样睡的。

屋中并不黑沉，虽是祖母熄了烛。披着衣裳的五婶娘，从里间走出来，这时阴惨的月光照在五婶娘的脸上，她站在地心用微而颤的声音说：

“妈妈，远处许是来了马队，听，有马蹄响呢！”

老祖母还没忘掉做婆婆特有的口语向五婶娘说：

“可恶的 ××× 又在寻死。不碍事，睡觉吧。”

五婶娘回到自己的房里，想唤醒她的丈夫，可是又不敢。因为她的丈夫从来就英勇，在村中是著名的，没怕过什么人。枪放得好，马骑得好。前夜五婶娘吵着 ××× 是挨了丈夫的骂。

不碍事，这话正是碍事，祖母的小棉袄又在手中颠倒了。她把袖子当作领来穿。没有燃烛，斜歪着站起来。可是又坐下了。这时，已经把壁间落满灰尘的铅弹枪取下来，在装子弹。她想走出去上炮台望一下，其实她的腿早已不中用了，她并不敢放枪。

远村的狗吠得更甚了，像人马一般的风声也上来了。院中的几个炮手，还有老婆婆的七个儿子通通起来了。她最小的儿子还没上炮台，在他自己的房中抱着他新生的小宝宝。

老祖母骂着：

“呵！太不懂事务了，这是什么时候？还没有急性呀！”

这个儿子，平常从没挨过骂，现在也挨骂了。接着小宝宝哭叫起来，别的房中，别的宝宝，也哭叫起来。

可不是吗？马蹄响近了，风声更恶，站在炮台上的男人们持着枪杆，伏在地下的女人们抱着孩子。不管哪一个房中都不敢点灯，听说 ××× 是找光明的。

大院子里的马棚和牛棚，安静着，像等候噩运似的。可是不然了，鸡、狗和鸭鹅们，都闹起来，就连放羊的童子也在院中乱跑。

马，认清是马形了；人，却分不清是什么人。天空是月，满山白雪，风在回转着，白色的山无止境地牵连着。在浩荡的天空下，南山坡口，游动着马队，蛇般地爬来了。二叔叔在炮台里看见这个，他想灾难算是临头了，一定是来攻村子的。他跑向下房去，每个雇农给一支枪，雇农们欢喜着，他们想：

“地主多么好啊！张二叔叔多么仁慈啊！老早就把我们当作家人看待的，现在我们共同来御敌吧！”

往日地主苛待他们，就连他们最反对的减工资，现在也不恨了！只有御敌是当前要做的。不管厨夫，也不管是别的役人，都喜欢着提起枪跑进炮台去。因为枪是主人从不放松给他们拿在手里。尤其欢喜的是牧羊的那个童子——

长青。他想：我有一支枪了，我也和地主的儿子们一样地拿着枪了。长青的衣裳太破，裤子上的一个小孔，在抢着上炮台时裂了个大洞。

人马近了，大道上飘着白烟，白色的山和远天相结，天空的月澈底地照着，马像跑在空中似的。这也许是开了火吧！——砰砰……炮手们看得清是几个探兵作的枪声。

长青在炮台的一角，把住他的枪，也许是不会放，站起来，把枪嘴伸出去，朝着前边的马队。这马队就是地主的敌人。他想这是机会了。二叔叔在后面止住他：

“不要放，等近些放！”

绕路去了，数不尽的马的尾巴渐渐消失在月夜中了。墙外的马响着鼻子。马棚里的马听了也在响鼻子。这时，老祖母欢喜地喊着孙儿们：

“不要尽在冷风里，你们要进屋来暖暖，喝杯热茶。”

她的孙儿们强健地回答：

“奶奶，我们全穿皮袄，我们在看守着，怕贼东西们再转回来。”

炮台里的人稀疏了。是凡地主和他们的儿子都转回屋去，可是长青仍蹲在那里，作一个小炮手的模样，枪嘴向前伸着，但棉裤后身作了个大洞，他冷得几乎是不能耐，要想回房去睡。但是没有当真那么做。因为他想起了地主张二叔叔平常对他们的训话了：“为人要忠。你没看古来有忠臣孝子吗？忍饿受寒，生死不怕，真是可佩服的。”

长青觉得这正是尽忠，也是尽孝的时候，恐怕错了机会似的，他在捧着枪，也在做一个可佩服的模样。裤子在屁股间裂着一个大洞。

二

这人是谁呢？头发蓬着，脸没有轮廓，下垂的头遮盖住，暗色的房间破乱得正像地主们的马棚。那人在啼着，好像失丈夫的乌鸦一般。屋里的灯灭了，窗上的影子飘忽失去。

两棵立在门前的大树，光着身子在嚎叫已失去的它的生命。风止了！篱笆也不响了！整个的村庄，默得不能再默。儿子——长青，回来了。

在屋里啼哭着，穷困的妈妈听得外面有踏雪声，她想这是她的儿子吧！可是她又想，儿子十五天才可以回一次家，现在才十天，并且脚步也不对，她想这是一个过路人。

柴门开了！柴门又关了！篱笆上的积雪，被振动落下来，发响。

妈妈出去像往日一样，把儿子接进来，长青腿软得支不住自己的身子，他是斜歪着走回来，所以脚步差错得使妈妈不能听出。现在是躺在炕上，脸儿青青的流着鼻涕；妈妈不晓得是发生了什么事？

心痛的妈妈急问：

“儿呀！你又牧失了羊吗？主人打了你吗？”

长青闭着眼睛摇头，妈妈又问：

“那是发生了什么事？来对妈妈说吧！”

长青是前夜看守炮台冻病了的，他说：

“妈妈！前夜你没听着马队走过吗？张二叔叔说×××是万恶之极的，又说专来杀小户人家。我举着枪在炮台里站了半夜。”

“站了半夜又怎么样呢？张二叔叔打了你吗？”

“妈妈，没有，人家都称我们是小户人家，我怕马队要来杀妈妈，所以我在等候着打他们。”

“我的孩子，你说吧！你怎么会弄得这样呢？”

“我的裤子不知怎么弄破了！于是我病了！”

妈妈的心好像是碎了！她想丈夫死去三年，家里从没买过一尺布，和一斤棉。于是她把儿子的棉袄脱了下来，面着灯照了照，一块很厚的，另一块是透着亮。

长青抽着鼻子哭，也许想起了爸爸。妈妈放下了棉袄，把儿子抱过来。

豆油灯像在打寒颤似的，火苗哆嗦着，唉，穷妈妈抱着病孩子。

三

张老太太又在抖着她的小棉袄了！因为她的儿子们不知辛苦了多少年，才做了个地主；几次没把财产破坏在土匪、叛兵的手里，现在又闹 × 军，她当然要抖她的小棉袄啰！

张二叔叔走过来，看着妈妈抖得怪可怜的，他安慰着：

“妈妈，这算不了什么，您想，我们的炮手都很能干呢。并且恶霸们有天理来昭张，妈妈您睡下吧！不要起来，没有什么事。”

“可是我不能呢？我不放心。”

张老太太说着外面枪响了！全家的人，像上次一样，男的提着枪，女的抱着孩子。风声似乎更紧，树林在啸。

这是一次虚惊，前村捉着个小偷。一阵风云又过了！在乡间这样的风云是常常闹的。老祖母的惊慌似乎成了癖。全家的人，管谁都在暗笑她的小棉袄。结果就是什么事没发生，但，她的小棉袄仍是不留意的拿在手里，虽是她只穿着件睡觉的单衫。

张二叔叔同他所有的弟兄们坐在老太太的炕沿，老六开始说：

“长青那个孩子，怕不行，可以给他结帐的，有病不能干活计的孩子，活着又有什么用？”

说着把烟卷放在嘴里，抱起他三年前就患着瘫病的儿子走回自己的房子去了。

张老太太说：

“长青那是我叫他来的，多做活少做活的不说，就算我们行善，给他碗饭吃，他那样贫寒。”

大媳妇含着烟袋，她是四十多岁的婆子。二媳妇是个独腿人，坐在她自己的房里。三媳妇也含着烟袋在喊，三叔叔回房去睡觉。老四，老五，以至于老七这许多儿媳妇都向老太太问了晚安才退去。老太太也觉得困了似的，合起眼睛抽她的长烟袋。

长青的妈妈——洗衣裳的婆子来打门，温声地说：

“老太太，上次给我吃的咳嗽药再给我点吃吧！”

张老太太也是温和着说：

“给你这片吃了！今夜不会咳嗽的，可是再给你一片吧！”

洗衣裳的婆子暗自非常感谢张老太太，退回那间靠近草棚的黑屋子去睡了！

第二天是个天将黑的时候，在大院里的绳子上，挂满了黑色的白色的，地主的小孩的衣裳，以及女人的裤子。就是这个时候吧！晒在绳子上的衣服有浓霜透出来，冻得挺硬，风刮得有铿锵声。洗衣裳的婆子咳嗽着，她实不能再洗了！于是走到张老太太的房里：

“张老太太，我真是废物呢！穷人又生病。”

一面说一面咳嗽：

“过几天我一定来把所有余下的衣服洗完。”

她到地心那个桌子下，取她的包袱，里面是张老太太给她的破毡鞋；二婶子，和别的婶子她的一些碎棉花，和裤子之类。这时张老太太在炕里，含着她的长烟袋。

洗衣裳的婆子有个破落而无光的家屋，穿的是张老太太穿剩的破毡鞋。可是张老太太有着明亮的镶着玻璃的温暖的家，穿的是从城市里新买回来的毡鞋。这两个老婆婆比在一起，是非常有趣的。很巧，牧羊的长青走进来，张二叔叔也走进来。老婆婆是这样两个不同形的，生出来的儿子也当然两样，一个是掷着鞭子的牧人，一个是把着算盘的地主。

张老太太扭着她不是心思的嘴角问：

“我说，老李，你一定要回去吗？明天不能再洗一天吗？”

用她努力的眼睛望着老李，老李说：

“老太太，不要怪我，我实在做不下去了！”

“穷人的骨头想不到这样值钱，我想，你的儿子，不知是谁的力量才在这里呆得住。也好。那么，昨夜给你那药片，为着今夜你咳嗽来吃它，现在你可以回家去养着去了！把药片给我，那是很贵呢！不要白废了！”

老李把深藏在包袱里那片预备今夜回家吃的药拿出来。

老李每月要来给张地主洗五次衣服，每次都是给她一些萝卜，或土豆，这次都没给。

老婆子夹着几件地主的媳妇们给她的一些破衣服。这也就是她的工银。

老李走在有月光的大道上，冰雪闪着寂寂的光，她寡妇的脚踏在雪地上，就像一只单身雁在哽咽着她孤飞的寞寞。这树为着空的枝干，没有鸟雀。什么人全睡了！尽树儿的那端有她的家屋出现。

打开了柴门，连个狗儿也没有，谁出来迎接她呢？！

四

两天过后风声又紧了！真的 × 军要杀小户人家吗？怎么都潜进破落村户去？李婆子家也曾住过那样的人。

长青真的结了帐了！背着自己的小行李走在风雪的路上。好像一个流浪的，丧失了家的小狗，一进家屋他就哭着。他觉得绝望。吃饭妈妈是没有米的，他不用妈妈问他就自己诉说怎样结了帐，怎样赶他出来，他越想越没路可走，哭到委曲的时候，脚在炕上跳，用哀惨的声音呼着他的妈妈：

“妈妈，我们吊死在爹爹坟前的树上吧！”

可是这次，出乎意料的，妈妈没有哭，没有同情他，只是说：

“孩子，不要胡说了，我们有办法的。”

长青拉着妈妈的手，奇怪的，怎么妈妈会变了呢？怎么变得和男人一样有主意呢？

五

前村的消息传来的时候，张二叔叔的家里还没吃早饭。

整个的前村和 × 军混成一团了！有的说是在宣传，有的说是在焚房屋，屠杀贫农。

张二叔叔放探出去，两个炮手背上大枪，小枪，用鞭子打着马，刺面的严冬的风夺面而过，可是他们没有走到地点，就回来了。报告是这样：

“不可知这是什么埋伏？村民安静着，鸡犬不惊的不知在作些什么？”

张二叔叔问：“那么你们看见些什么呢？”

“我们是站在山坡往下看的，没有马槽，把草摊在院心，马匹在急吃着草，那些恶棍们和家人一样在院心搭着炉，自己做饭。”

全家的人，挤在老祖母的门里门外，眼睛瞪着。全家好像窒息了似的。张二叔叔点着他的头：“唔！你们去吧！”

这话除了他自己别人似乎没有听见。关闭的大门外面有重车轮轴轧轧经过的声音。

可不是吗？敌人来了！方才吓得像木雕一般的张老太太也扭走起来。

张二叔叔和一群小地主们捧着枪不放，希望着马队可以绕道过去。马队是过去了一半，这次比上次的马匹更多。使张二叔叔纳闷的是后半部的马队也夹杂着爬犁小车！并且车上也像有妇女们坐着，更近了！二叔叔是千真万确看见了一些雇农：李三，刘福，小秃……一些熟识的佃农。二叔叔气得仍要动起他地主的怒来大骂。

兵们从东墙回转来，把张二叔叔的房舍包围了，开了枪。

这不是夜，没有风，这是光明的朝阳下，张二叔叔是第一个倒地。在他一秒钟清明的时候，他看见了长青和他的妈妈——李婆子也坐在爬犁上，在挥动着拳头……

生死场 |

一、麦场

一只山羊在大道边啮嚼榆树的根端。

城外一条长长的大道，被榆树荫蒙蔽着。走在大道中，像是走进一个动荡遮天的大伞。

山羊嘴嚼榆树皮，黏沫从山羊的胡子流延着。被刮起的这些黏沫，仿佛是胰子的泡沫，又像粗重浮游着的丝条；黏沫挂满羊腿。榆树显然是生了疮疖，榆树带着诺大的疤痕。山羊却睡在荫中，白囊一样的肚皮起起落落。

菜田里一个小孩慢慢地踱走。在草帽的盖伏下，像是一棵大形菌类。捕蝴蝶吗？捉蚱虫吗？小孩在正午的太阳下。

很短时间以内，跌步的农夫也出现在菜田里。一片白菜的颜色有些相近山羊的颜色。

毗连着菜田的南端生着青穗的高粱的林。小孩钻入高粱之群里，许多穗子被撞着，从头顶坠下来。有时也打在脸上。叶子们交结着响，有时刺痛着皮肤。那里是绿色的甜味的世界，显然凉爽一些。时间不久，小孩子争着又走出最末的那棵植物。立刻太阳烧着他的头发，机灵的他把帽子扣起来，高空的蓝天遮覆住菜田上闪耀的阳光，没有一块行云。一株柳条的短枝，小孩夹在腋下，走路的他两腿膝盖远远地分开，两只脚尖向里勾着，勾得腿在抱着个盆样。跛脚的农夫早已看清是自己的孩子了，他远远地完全用喉音在问着：

“罗圈腿，哎呀！……不能找到？”

这个孩子的名字十分象征着他。他说：“没有。”

菜田的边道，小小的地盘，绣着野菜。经过这条短道，前面就是二里半的房窝，他家门前种着一株杨树，杨树翻摆着自己的叶子。每日二里半走在杨树下，总是听一听杨树的叶子怎样响；看一看杨树的叶子怎样摆动。杨树每天这样……他也每天停脚。今天是他第一次破例，什么他都忘记，只见跛脚跛得更深了！每一步像在踏下一个坑去。

土房周围，树条编作墙，杨树一半阴影洒落到院中；麻面婆在阴影中洗濯衣裳。正午田圃间只留着寂静，唯有蝴蝶们为着花，远近的翩飞，不怕太阳烧毁它们的翅膀。一切都回藏起来，一只狗出寻着有荫的地方睡了！虫子们也回藏不鸣！

汗水在麻面婆的脸上，如珠如豆，渐渐浸着每个麻痕而下流。麻面婆不是一只蝴蝶，她生不出磷膀来，只有印就的麻痕。

两只蝴蝶飞戏着闪过麻面婆，她用湿的手把飞着的蝴蝶打下来，一个落到盆中溺死了！她的身子向前继续伏动，汗流到嘴了，她舐尝一点盐的味，汗流到眼睛的时候，那是非常辣，她急切用湿手揩拭一下，但仍不停地洗濯。她的眼睛好像哭过一样，揉擦出脏污可笑的圈子，若远看一点，那正合乎戏台上的丑角；眼睛大得那样可怕，比起牛的眼睛来更大，而且脸上也有不定的花纹。

土房的窗子、门，望去那和洞一样。麻面婆踏进门，她去找另一件要洗的衣服，可是在炕上，她抓到了日影，但是不能拿起，她知道她的眼睛是晕花了！好像在光明中忽然走进灭了灯的夜。她休息下来，感到非常凉爽。过一会儿在席子下面她抽出一条自己的裤子。她一面用裤子抹着头上的汗，一面走回树荫放着盆的地方，她把裤子也浸进泥浆去。

裤子在盆中大概还没有洗完，可是搭到篱墙上了！也许已经洗完？麻面婆做事是一件跟紧一件，有必要时，她放下一件又去做别的。

邻屋的烟筒，浓烟冲出，被风吹散着，布满全院，烟迷着她的眼睛了！她知道家人要回来吃饭，慌张着心弦，她用泥浆浸过的手去墙角拿茅草，她沾了满手的茅草，就那样，她烧饭，她的手从来没用清水洗过。她家的烟筒也冒着烟了。过了一会儿，她又出来取柴，茅草在手中，一半拖在地面，另一半在围裙下，她是拥着走。头发飘了满脸，那样，麻面婆是一只母熊了！母熊带着草类进洞。

浓烟遮住太阳，院一霎幽暗，在空中烟和云似的。

篱墙上的衣裳在滴水滴，蒸着污浊的气。整个村庄在火中窒息。午间的太阳权威着一切了！

“他妈的，给人家偷着走了吧？”

二里半跛脚厉害的时候，都是把屁股向后面斜着，跛出一定的角度来。他去拍一拍山羊睡觉的草棚，可是羊在哪里？

“他妈的，谁偷了羊……混帐种子！”

麻面婆听着丈夫骂，她走出来凹着眼睛：

“饭晚啦吗？看你不回来，我就洗些衣裳。”

让麻面婆说话，就像让猪说话一样，也许她喉咙组织法和猪相同，她总是发着猪声。

“哎呀！羊丢啦！我骂你那个傻老婆干什么？”

听说羊丢了，她去扬翻柴堆，她记得有一次羊是钻过柴堆。但是，那在冬天，羊为着取暖。她没有想一想，六月天气，只有和她一样傻的羊才要钻柴堆取暖。她翻着，她没有想。全头发沾着一些细草，她丈夫想止住她，问她什么理由，她始终不说。她为着要做出一点奇迹，为着从这奇迹，今后要人看重她。表明她不傻，表明她的智慧是在必要的时节出现，于是像狗在柴堆上耍得疲乏了！手在扒着发间的草秆，她坐下来。她意外地感到自己的聪明不够用，她意外地对自己失望。

过了一会儿邻人们在太阳底下四面出发，四面寻羊；麻面婆的饭锅冒着气，但是，她也跟在后面。

二里半走出家门不远，遇见罗圈腿，孩子说：

“爸爸，我饿！”

二里半说：“回家去吃饭吧！”

可是二里半转身时老婆和一捆稻草似的跟在后面。

“你这老婆，来干什么？领他回家去吃饭！”

他说着不停地向前跛走。

黄色的，近黄色的麦地只留下短短的根苗。远看来麦地使人悲伤。在麦地尽端，井边什么人在汲水。二里半一只手遮在眉上，东西眺望，他忽然决定到那井的地方，在井沿看下去，什么也没有，用井上汲水的桶子向水底深深地探试，什么也没有。最后，绞上水桶，他俯身到井边喝水，水在喉中有声，像是马在喝。

老王婆在门前草场上休息：

“麦子打得怎么样啦？我的羊丢了！”

二里半青色的面孔为了丢羊更青色了！

咩……咩……羊叫？不是羊叫，寻羊的人叫。

林荫一排砖车经过，车夫们哗闹着。山羊从午睡中醒转过来，它迷茫着用犄角在周身剔毛。为着树叶绿色的反映，山羊变成浅黄。卖瓜的人在道旁自己吃瓜。那一排砖车扬起浪般的灰尘，从林荫走上进城的大道。

山羊寂寞着，山羊完成了它的午睡，完成了它的树皮餐，而回家去了。山羊没有归家，它经过每棵高树，也听遍了每张叶子的唰鸣，山羊也要进城吗！它奔向进城的大道。

咩……咩，羊叫不是羊叫，寻羊的人叫，二里半比别人叫出更大声，那不像羊叫，像是一头牛了！

最后，二里半和地邻动打，那样，他的帽子，像断了线的风筝，飘摇着下降，从他头上飘摇到远处。

“你踏碎了俺的白菜！你……你……”

那个红脸长人，像是魔王一样，二里半被打得眼睛晕花起来，他去抽拔，身边的一棵小树，小树无由地被害了，那家的女人出来，送出一支搅酱缸的耙子，耙子滴着酱。

他看见耙子来了，拔着一棵小树跑回家去，草帽是那般孤独地丢在井边，草帽他不知戴了多少年头。

二里半骂着妻子：“混蛋，谁吃你的焦饭！”

他的面孔和马脸一样长。麻面婆惊惶着，带着愚蠢的举动，她知道山羊一定没能寻到。

过了一会儿，她到饭盆那里哭了！“我的……羊，我一天一天喂喂……大的，我抚摸着长起来的！”

麻面婆的性情不会抱怨。她一遇到不快时，或是丈夫骂了她，或是邻人与她拌嘴，就连小孩子们扰烦她时，她都是像一摊蜡熔化下来。她的性情不好反抗，不好争斗。她的心像永远贮藏着悲哀似的，她的心永远像一块衰弱的白棉。她哭抽着，任意走到外面把晒干的衣裳摘进来，但她绝对没有心思注意到羊。

可是会旅行的山羊在草棚不断地搔痒，弄得板房的门扇快要掉落下来，门扇摔摆地响着。

下午了，二里半仍在炕上坐着。

“妈的，羊丢了就丢了吧！留着它不是好兆相。”

但是妻子不晓得养羊会有什么不好的兆相，她说：

“哼！那么白白地丢了？我一会儿去找，我想一定在高粱地里。”

“你还去找？你别找啦！丢就丢了吧！”

“我能找到它呢！”

“哎呀，找羊会出别的事哩！”

他脑中回旋着挨打的时候——草帽像断了线的风筝飘摇着下落，酱耙子滴着酱。快抓住小树，快抓住小树……二里半心中翻着这不好的兆相。

他的妻子不知道这事。她朝高粱地去了。蝴蝶和别的虫子热闹着，田地上有人工作。她不和田上的妇女们搭话，经过留着根的麦地时，她像微点的爬虫在那里。阳光比正午钝了些，虫鸣渐多了；蝶飞渐多了！

老王婆工作剩余的时间，尽是述说她无穷的命运。她的牙齿为着述说常常切得发响，那样她表示她的愤恨和潜怒。在星光下，她的脸纹绿了些，眼睛发青，她的眼睛是大的圆形。有时她讲到兴奋的话句，她发着嘎而没有曲折的直声。邻居的孩子们会说她是一头“猫头鹰”，她常常为着小孩子们说她“猫头鹰”而愤激，她想自己怎么会成个那样的怪物呢？像啐着一件什么东西似的，她开始吐痰。

孩子们的妈妈打了他们，孩子跑到一边去哭了！这时王婆她该终止她的讲话，她从窗洞爬进屋去过夜。但有时她并不注意孩子们哭，她没听见似的，她仍说着那一年麦子好；她多买了一头牛，牛又生了小牛，小牛后来又怎样？……她的讲话总是有起有落；关于一头牛，她能有无量的言辞：牛是什么颜色？每天要吃多少水草？甚至要说到牛睡觉是怎样的姿势。

但是今夜院中一个讨厌的孩子也没有，王婆领着两个邻妇，坐在一条喂猪的槽子上，她们的故事便流水一般地在夜空里延展开。

天空一些云忙走，月亮陷进云围时，云和烟样，和煤山样，快要燃烧似的。再过一会儿，月亮埋进云山，四面听不见蛙鸣；只是萤虫闪着。

屋里，像是洞里，响起鼾声来，布遍了的声波旋走了满院。天边小的闪光不住地在闪合。王婆的故事对比着天空的云：

“……一个孩子三岁了，我把她摔死了，要小孩子我会成了个废物……那天早晨……我想一想！……早晨，我把她坐在草堆上，我去喂牛；草堆是在房后。等我想起孩子来，我跑去抱她，我看见草堆上没有孩子；我看见草堆下有铁犁的时候，我知道，这是凶兆，偏偏孩子跌在铁犁一起，我以为她还活着呀！等我抱起来的时候……啊呀！”

一道闪光裂开来，看得清王婆是一个兴奋的幽灵。全麦田、高粱地、菜圃，都在闪光下出现。妇人们被惶惑着，像是有什么冷的东西，扑向她们的脸去。闪光一过，王婆的话声又连续下去：

“……啊呀！……我把她丢到草堆上，血尽是向草堆上流呀！她的小手颤颤着，血在冒着气从鼻子流出，从嘴也流出，好像喉管被切断了。我听一听她的肚子还有响；那和一只小狗给车轮压死一样。我也亲眼看过小狗被车轮轧死，我什么都看过。这庄上的谁家养小孩，一遇到孩子不能养下来，我就去拿着钩子，也许用那个掘菜的刀子，把那孩子从娘的肚子里硬搅出来。孩子死，不算一回事，你们以为我会暴跳着哭吧？我会嚎叫吧？起先我心也觉得发颤，可是我一看见麦田在我眼前时，我一点都不后悔，我一滴眼泪都没淌下。以后麦子收成很好，麦子是我割倒的，在场上一粒一粒我把麦子拾起来，就是那年我整个秋天没有停脚，没讲闲话，像连口气也没得喘似的，冬天就来了！到冬天我和邻人比着麦粒，我的麦粒是那样大呀！到冬天我的背曲得有厉害，在手里拿着大的麦粒。可是，邻人的孩子却长起来了！……到那时候，我好像忽然才想起我的小钟。”

王婆推一推邻妇，荡一荡头：

“我的孩子小名叫小钟呀！……我接连着煞苦了几夜没能睡，什么麦粒？从那时起，我连麦粒也不怎样看重了！就是如今，我也不把什么看重。那时我才二十几岁。”

闪光相连起来，能言的幽灵默默坐在闪光中。邻妇互相望着，感到有些寒冷。

狗在麦场张狂着咬过去，多云的夜什么也不能告诉人们。忽然一道闪光，看见的黄狗卷着尾巴向二里半叫去，闪光一过，黄狗又回到麦堆，草茎折动出细微的声音。

“三哥不在家里？”

“他睡着哩！”王婆又回到她的默默中，她的答话像是从一个空瓶子或是从什么空的东西发出。猪槽上她一个人化石一般地留着。

“三哥！你又和三嫂闹嘴吗？你常常和她闹嘴，那会坏了平安的日子的。”

二里半，能宽容妻子，以他的感觉去衡量别人。

赵三点起烟火来，他红色的脸笑了笑：“我没和谁闹嘴哩！”

二里半他从腰间解下烟袋，从容着说：

“我的羊丢了！你不知道吧？它又走了回来。要替我说出买主去，这条羊留着不是什么好兆相。”

赵三用粗嘎的声音大笑，大手和红色脸在闪光中伸现出来：

“哈……哈，倒不错，听说你的帽子飞到井边团团转呢！”

忽然二里半又看见身边长着一棵小树，快抓住小树，快抓住小树。他幻想终了，他知道被打的消息是传布出来，他捻一捻烟灰，解辩着说：

“那家子不通人情，那有丢了羊不许找的勾当？她硬说踏了她的白菜，你看，我不能和她动打。”

摇一摇头，受着辱一般地冷没下去，他吸烟管，切心地感到羊不是好兆相，羊会伤着自己的脸面。

来了一道闪光，大手的高大的赵三，从炕沿站起，用手掌擦着眼睛。他忽然响叫：

“怕是要落雨吧！——坏啦！麦子还没打完，在场上堆着！”

赵三感到养牛和种地不足，必须到城里去发展。他每日进城，他渐渐不注意麦子，他梦想着另一桩有望的事业。

“那老婆，怎不去看麦子？麦一定要给水冲走呢？”

赵三习惯的总以为她会坐在院心，闪光更来了！雷响，风声。一切翻动着黑夜的村庄。

“我在这里呀！到草棚拿席子来，把麦子盖起吧！”

喊声在有闪光的麦场响起，声音像碰着什么似的，好像在水上响出，王婆又震动着喉咙：“快些，没有用的，睡觉睡昏啦！你是摸不到门啦！”

赵三为着未来的大雨所恐吓，没有同她拌嘴。

高粱地像要倒折，地端的榆树吹啸起来，有点像金属的声音，为着闪的原故，全庄忽然裸现，忽然又沉埋下去。全庄像是海上浮着的泡沫。邻家和距离远一点的邻家有孩子的哭声，大人在嚷吵，什么酱缸没有盖啦！驱赶着鸡雏啦！种麦田的人家嚷着麦子还没有打完啦！农家好比鸡笼，向着鸡笼投下火去，鸡们会翻腾着。

黄狗在草堆开始做窝，用腿扒草，用嘴扯草。王婆一边颤动，一边手里拿着耙子。

“该死的，麦子今天就应该打完，你进城就不见回来，麦子算是可惜啦！”

二里半在电光中走近家门。有雨点打下来，在植物的叶子上稀疏地响着。雨点打在他的头上时，他摸一下头顶而没有了草帽。关于草帽，二里半一边走路一边怨恨山羊。

早晨了，雨还没有落下。东边一道长虹悬起来；感到湿的气味的云掠过人头，东边高粱头上，太阳走在云后，那过于艳明，像红色的水晶，像红色的梦。远看高粱和小树林一般森严着；村家在早晨趁着气候的凉爽，各自在田间忙。

赵三门前，麦场上小孩子牵着马，因为是一条年轻的马，它跳着荡着尾巴跟它的小主人走上场来。小马欢喜用嘴撞一撞停在场上的“石磙”，它的前腿在平滑的地上踩打几下，接着它必然像索求什么似的叫起不很好听的声来。

王婆穿的宽袖的短袄，走上平场。她的头发毛乱而且绞卷着。朝晨的红光照着她，她的头发恰像田上成熟的玉米缨穗，红色并且蔫卷。

马儿把主人呼唤出来，它等待给它装置“石磙”，“石磙”装好的时候，小马摇着尾巴，不断地摇着尾巴，它十分驯顺和愉快。

王婆摸一摸席子潮湿一点，席子被拉在一边了；孩子跑过去，帮助她，麦穗布满平场，王婆拿着耙子站到一边。小孩欢跑着立到场子中央，马儿开始转跑。小孩在中心地点也是转着。好像画圆周时用的圆规一样，无论马儿怎样跑，孩子总在圆心的位置。因为小马发疯着，飘扬着跑，它和孩子一般地贪玩，弄得麦穗溅出场外。王婆用耙子打着马，可是走了一会它游戏够了，就和厮耍着的小狗需要休息一样，休息下来。王婆着了疯一般地又挥着耙子，马暴跳起来，它跑了两个圈子，把“石磙”带着离开铺着麦穗的平场；并且嘴里咬嚼一些麦穗。系住马勒带的孩子挨着骂：

“呵！你总偷着把它拉上场，你看这样的马能打麦子吗？死了去吧！别烦我吧！”

小孩子拉马走出平场的门；到马槽子那里，去拉那个老马。把小马束好在杆子间。老马差不多完全脱了毛，小孩子不爱它，用勒带打着它走，可是它仍和一块石头或是一棵生了根的植物那样不容搬运。老马是小马的妈妈，它停下来，用鼻头偎着小马肚皮间破裂的流着血的伤口。小孩子看见他爱的小马流血，心中惨惨的眼泪要落出来，但是他没能晓得母子之情，因为他还没能看见妈妈，他是私生子。脱着光毛的老动物，催逼着离开小马，鼻头染着一些血，走上麦场。

村前火车经过河桥，看不见火车，听见隆隆的声响。王婆注意着旋上天空的黑烟。前村的人家，驱着白菜车去进城，走过王婆的场子时，从车上抛下几个柿子来，一面说：“你们是不种柿子的，这是贱东西，不值钱的东西，麦子是发财之道呀！”驱着车子的青年结实的汉子过去了；鞭子甩响着。

老马看着墙外的马不叫一声，也不响鼻子。小孩去拿柿子吃，柿子还不十分成熟，半青色的柿子，永远被人们摘取下来。

马静静地停在那里，连尾巴也不甩摆一下。也不去用嘴触一触“石磙”；就连眼睛它也不远看一下，同是它也不怕什么工作，工作来的时候，它就安心去开始；一些绳锁束上身时，它就跟住主人的鞭子。主人的鞭子很少落到它的皮骨，有时它过分疲惫而不能支持，行走过分缓慢；主人打了它，用鞭子，或是用别的什么，但是它并不暴跳，因为一切过去的年代规定了它。

麦穗在场上渐渐不成形了！

“来呀！在这儿拉一会马呀！平儿！”

“我不愿意和老马在一起，老马整天像睡着。”

平儿囊中带着柿子走到一边去吃，王婆怨怒着：

“好孩子呀！我管不好你，你还有爹哩！”

平儿没有理谁，走出场子，向着东边种着花的地端走去。他看着红花，吃着柿子走。

灰色的老幽灵暴怒了：“我去唤你的爹爹来管教你呀！”

她像一支灰色的大鸟走出场去。

清早的叶子们！树的叶子们，花的叶子们，闪着银珠了！太阳不着边际地圆轮在高粱稞的上端，左近的家屋在预备早饭了。

老马自己在滚压麦穗，勒带在嘴下拖着，它不偷食麦粒，它不走脱了轨，转过一个圈，再转过一个圈，绳子和皮条有次序地向它光皮的身子摩擦，老动物自己无声地动在那里。

种麦的人家，麦草堆得高涨起来了！福发家的草地也涨过墙头。福发的女人吸起烟管。她是健壮而短小，烟管随意冒着烟；手中的耙子，不住地耙在平场。

侄儿打着鞭子行经在前面的林荫，静静悄悄地他唱着寂寞的歌；她为歌声感动了！耙子快要停下来，歌声仍起在林端：

“昨晨落着毛毛雨，……小姑娘，披蓑衣……小姑娘，……去打鱼。”

二、菜圃

菜圃上寂寞的大红的西红柿，红着了。小姑娘们摘取着柿子，大红大红的柿子，盛满她们的筐篮；也有的在拔青萝卜、红萝卜。

金枝听着鞭子响，听着口哨响，她猛然站起来，提好她的筐子惊惊怕怕地走出菜圃。在菜田东边，柳条墙的那个地方停下，她听一听口笛渐渐远了！鞭子的响声与她隔离着了！她忍耐着等了一会，口笛婉转地从背后的方向透过来；她又将与他接近着了！菜田上一些女人望见她，远远的呼唤：

“你不来摘柿子，干什么站到那儿？”

她摇一摇她成双的辫子，她大声摆着手说：“我要回家了！”

姑娘假装着回家，绕过人家的篱墙，躲避一切菜田上的眼睛，朝向河湾去了。筐子挂在腕上，摇摇搭搭。口笛不住地在远方催逼她，仿佛她是一块被引的铁跟住了磁石。

静静的河湾有水湿的气味，男人等在那里。

五分钟过后，姑娘仍和小鸡一般，被野兽压在那里。男人着了疯了！他的大手敌意一般地捉紧另一块肉体，想要吞食那块肉体，想要破坏那块热的肉。尽量地充涨了血管，仿佛他是在一条白的死尸上面跳动，女人赤白的圆形的腿子，不能盘结住他。于是一切音响从两个贪婪着的怪物身上创造出来。

迷迷荡荡的一些花穗颤在那里，背后的长茎草倒折了！不远的地方打柴的老人在割野草。他们受着惊扰了，发育完强的青年的汉子，带着姑娘，像猎犬带着捕捉物似的，又走下高粱地去。他的手是在姑娘的衣裳下面展开着走。

吹口哨，响着鞭子，他觉得人间是温存而愉快。他的灵魂和肉体完全充实着，婶婶远远地望见他，走近一点，婶婶说：

“你和那个姑娘又遇见吗？她真是个好姑娘。……唉……唉！”

婶婶像是烦躁一般紧紧靠住篱墙。侄儿向她说：

“婶婶你唉唉什么呢？我要娶她哩！”

“唉……唉……”

婶婶完全悲伤下去，她说：

“等你娶过来，她会变样，她不和原来一样，她的脸是青白色；你也再不把她放在心上，你会打骂她呀！男人们心上放着女人，也就是你这样的年纪吧！”

婶婶表示出她的伤感，用手按住胸膛，她防止着心脏起什么变化，她又说：

“那姑娘我想该有了孩子吧？你要娶她，就快些娶她。”

侄儿回答：“她娘还不知道哩！要寻一个做媒的人。”

牵着一头牛，福发回来。婶婶望见了，她急旋着走回院中，假意收拾柴栏。叔叔到井边给牛喝水，他又拉着牛走了！婶婶好像小鼠一般又抬起头来，又和侄儿讲话：

“成业，我对你告诉吧！年轻的时候，姑娘的时候，我也到河边去钓鱼，九月里落着毛毛雨的早晨，我披着蓑衣坐在河沿，没有想到，我也不愿意那样；我知道给男人做老婆是坏事，可是你叔叔，他从河沿把我拉到马房去，在马房里，我什么都完啦！可是我心也不害怕，我欢喜给你叔叔做老婆。这时节你看，我怕男人，男人和石块一般硬，叫我不敢触一触他。”

“你总是唱什么落着毛毛雨，披蓑衣去打鱼……我再也不愿听这曲子，年轻人什么也不可靠，你叔叔也唱这曲子哩！这时他再也不想从前了！那和死过的树一样不能再活。”

年轻的男人不愿意听婶婶的话，转走到屋里，去喝一点酒。他为着酒，大胆把一切告诉了叔叔。福发起初只是摇头，后来慢慢地问着：

“那姑娘是十七岁吗？你是二十岁。小姑娘到咱们家里，会做什么活计？”

争夺着一般的，成业说：

“她长得好看哩！她有一双亮油油的黑辫子。什么活计她也能做，很有力气呢！”

成业的一些话，叔叔觉得他是喝醉了，往下叔叔没有说什么，坐在那里沉思过一会，他笑着望着他的女人：

“啊呀……我们从前也是这样哩！你忘记吗？那些事情，你忘记了吧！……哈……哈，有趣的呢，回想年轻真有趣的哩。”

女人过去拉着福发的臂，去妩媚他。但是没有动，她感到男人的笑脸不是从前的笑脸，她心中被他无数生气的面孔充塞住，她没有动，她笑一下赶忙又把笑脸收了回去。她怕笑得时间长，会要挨骂。男人叫把酒杯拿过去，女人听了这话，听了命令一般把杯子拿给他。于是丈夫也昏沉地睡在炕上。

女人悄悄地蹑着脚走出了，停在门边，她听着纸窗在耳边鸣，她完全无力，完全灰色下去。场院前，蜻蜓们闹着向日葵的花。但这与年轻的妇人绝对隔碍着。

纸窗渐渐的发白，渐渐可以分辨出窗棂来了！进过高粱地的姑娘一边幻想着一边哭，她是那样的低声，还不如窗纸的鸣响。

她的母亲翻转过身时，哼着，有时也锉响牙齿。金枝怕要挨打，连忙在黑暗中把眼泪也拭得干净。老鼠一般地整夜好像睡在猫的尾巴下。通夜都是这样，每次母亲翻动时，像爆裂一般地，向自己的女儿的枕头的地方骂了一句：

“该死的！”

接着她便要吐痰，通夜是这样，她吐痰，可是她并不把痰吐到地上；她愿意把痰吐到女儿的脸上。这次转身她什么也没有吐，也没骂。

可是清早，当女儿梳好头辫，要走上田的时候，她疯着一般夺下她的筐子：

“你还想摘柿子吗？金枝，你不像摘柿子吧？你把筐子都丢啦！我看你好像一点心肠也没有，打柴的人幸好是朱大爷，若是别人拾去还能找出来吗？若是别人拾得了筐子，名声也不能好听哩！福发的媳妇，不就是在河沿坏的事吗？全村就连孩子们也是传说。唉！……那是怎样的人呀？以后婆家也找不出去。她有了孩子，没法做了福发的老婆，她娘为这事羞死了似的，在村子里见人，都不能抬起头来。”

母亲看着金枝的脸色马上苍白起来，脸色变成那样脆弱。母亲以为女儿可怜了，但是她没晓得女儿的手从她自己的衣裳里边偷偷地按着肚子，金枝感到自己有了孩子一般恐怖。母亲说：

“你去吧！你可再别和小姑娘们到河沿去玩，记住，不许到河边去。”

母亲在门外看着姑娘走，她没立刻转回去，她停住在门前许多时间，眼望着姑娘加入田间的人群。母亲回到屋中一边烧饭，一边叹气，她体内像染着什么病患似的。

农家每天从田间回来才能吃早饭。金枝走回来时，母亲看见她手在按着肚子：

“你肚子疼吗？”

她被惊着了，手从衣裳里边抽出来，连忙摇着头：“肚子不疼。”

“有病吗？”

“没有病。”

于是她们吃饭。金枝什么也没有吃下去，只吃过粥饭就离开饭桌了！母亲自己收拾了桌子说：

“连一片白菜叶也没吃呢！你是病了吧？”

等金枝出门时，母亲呼唤着：

“回来，再多穿一件夹袄，你一定是着了寒，才肚子疼。”

母亲加一件衣服给她，并且又说：

“你不要上地吧？我去吧！”

金枝一面摇着头走了！披在肩上的母亲的小袄没有扣钮子，被风吹飘着。

金枝家的一片柿地，和一个院宇那样大的一片。走进柿地嗅到辣的气味，刺人而说不定是什么气味。柿秧最高的有两尺高，在枝间挂着金红色的果实。每棵，每棵挂着许多，也挂着绿色或是半绿色的一些。除了另一块柿地和金枝家的柿地接连着，左近全是菜田了！八月里人们忙着扒土豆；也有的砍着白菜，装好车子进城去卖。

二里半就是种菜田的人。麻面婆来回地搬着大头菜，送到地端的车子上。罗圈腿也是来回向地端跑着，有时他抱了两棵大形的圆白菜，走起来两臂像是架着两块石头样。

麻面婆看见身旁别人家的倭瓜红了。她看一下，近处没有人，起始把靠菜地长着的四个大倭瓜都摘落下来了。两个和小西瓜一样大的，她叫孩子抱着。罗圈腿脸累得涨红，和倭瓜一般红，他不能再抱动了！两臂像要被什么压掉一般。还没能到地端，刚走过金枝身旁，他大声求救似的：

“爹呀，西……西瓜快要摔啦，快要摔碎啦！”

他着忙把倭瓜叫西瓜。菜田许多人，看见这个孩子都笑了！凤姐望着金枝说：

“你看这个孩子，把倭瓜叫成西瓜。”

金枝看了一下，用面孔无心地笑了一下。二里半走过来，踢了孩子一脚；两个大的果实坠地了！孩子没有哭，发愣地站到一边。二里半骂他：

“混蛋，狗娘养的，叫你抱白菜，谁叫你摘倭瓜啦？……”

麻面婆在后面走着，她看到儿子遇了事，她巧妙地弯下身去，把两个更大的倭瓜丢进柿秧中。谁都看见她做这种事，只是她自己感到巧妙。二里半问她：

“你干的吗？糊涂虫！错非你……”

麻面婆哆嗦了一下，口齿比平常更不清楚了：“……我没……”

孩子站在一边尖锐地嚷着："不是你摘下来叫我抱着送上车的吗？不认帐！"

麻面婆使着眼神，她急得要说出口来："我是偷的呢！该死的……别嚷叫啦，要被人抓住啦！"

平常最没有心肠看热闹的，不管田上发生了什么事，也沉埋在那里的人们，现在也来围住他们了！这里好像唱着武戏，戏台上耍着他们一家三人。二里半骂着孩子：

"他妈的混帐，不能干活，就能败坏，谁叫你摘倭瓜？"

罗圈腿那个孩子，一点也不服气地跑过去，从柿秧中把倭瓜滚弄出来了！大家都笑了，笑声超过人头。可是金枝好像患着传染病的小鸡一般，眨着眼睛蹲在柿秧下，她什么也没有理会，她逃出了眼前的世界。

二里半气愤得几乎不能呼吸，等他说出"倭瓜"是自家种的，为着留种子的时候，麻面婆站在那里才松了一口气。她以为这没有什么过错，偷摘自己的倭瓜。她仰起头来向大家表白："你们看，我不知道，实在不知道倭瓜是自家的呢！"

麻面婆不管自己说话好笑不好笑，挤过人围，结果把倭瓜抱到车子那里。于是车子走向进城的大道，弯腿的孩子拐拐歪歪跑在后面。马、车、人渐渐消失在道口了！

田间不断地讲着偷菜棵的事。关于金枝也起着流言：

"那个丫头也算完啦！"

"我早看她起了邪心，看她摘一个柿子要半天工夫；昨天把柿筐都忘在河沿！"

"河沿不是好人去的地方。"

凤姐身后，两个中年的妇人坐在那里扒胡萝卜。可是议论着，有时也说出一些淫污的话，使凤姐不大明白。

金枝的心总是悸动着，时间像蜘蛛缕着丝线那样绵长；心境坏到极点。金枝脸色脆弱朦胧得像罩着一块面纱。她听一听口哨还没有响。辽阔的可以看到福发家的围墙，可是她心中的哥儿却永不见出来。她又继续摘柿子，无论青色的柿子她也摘下。她没能注意到柿子的颜色，并且筐子也满着了！她不把柿子送回家去，一些杂色的柿子被她散乱地铺了满地。那边又有女人故意大声议论她：

“上河沿去跟男人，没羞的，男人扯开她的裤子！……”

金枝关于眼前的一切景物和声音，她忽略过去；她把肚子按得那样紧，仿佛肚子里面跳动了！忽然口哨传来了！她站起来，一个柿子被踏碎，像是被踏碎的蛤蟆一样，发出水声。她跌倒了，口哨也跟着消灭了！以后无论她怎样听，口哨也不再响了。

金枝和男人接触过三次：第一次还是在两个月以前，可是那时母亲什么也不知道，直到昨天筐子落到打柴人手里，母亲算是渺渺茫茫地猜度着一些。

金枝过于痛苦了，觉得肚子变成个可怕的怪物，觉得里面有一块硬的地方，手按得紧些，硬的地方更明显。等她确信肚子里有了孩子的时候，她的心立刻发呕一般颤栗起来，她被恐怖把握着了。奇怪的，两个蝴蝶叠落着贴落在她的膝头。金枝看着这邪恶的一对虫子而不拂去它。金枝仿佛是米田上的稻草人。

母亲来了，母亲的心远远就系在女儿的身上。可是她安静地走来，远看她的身体几乎呈出一个完整的方形，渐渐可以辨得出她尖形的脚在袋口一般的衣襟下起伏的动作。在全村的老妇人中什么是她的特征呢？她发怒和笑着一般，眼角集着愉悦的多形的纹皱。嘴角也完全愉快着，只是上唇有些差别，在她真正愉快的时候，她的上唇短了一些。在她生气的时候，上唇特别长，而且唇的中央那一小部分尖尖的，完全像鸟雀的嘴。

母亲停住了。她的嘴是显着她的特征，——全脸笑着，只是嘴和鸟雀的嘴一般。因为无数青色的柿子惹怒她了！金枝在沉想的深渊中被母亲踢打了：

“你发傻了吗？啊……你失掉了魂啦？我撕掉你的辫子……”

金枝没有挣扎，倒了下来。母亲和老虎一般捕住自己的女儿。金枝的鼻子立刻流血。

她小声骂她，大怒的时候她的脸色更畅快，笑着慢慢地掀着尖唇，眼角的线条更加多的组织起来。

“小老婆，你真能败毁。摘青柿子。昨夜我骂了你，不服气吗？”

母亲一向是这样，很爱护女儿，可是当女儿败坏了菜棵，母亲便去爱护菜棵了。农家无论是菜棵，或是一株茅草也要超过人的价值。

该睡觉的时候了！火绳从门边挂手巾的铁线上倒垂下来，屋中听不着一个蚊虫飞了！夏夜每家挂着火绳。那绳子缓慢而绵长地燃着。惯常了，那像庙堂中燃着的香火，沉沉的一切使人无所听闻，渐渐催人入睡。艾蒿的气味渐渐织入一些疲乏的梦魂去。蚊虫被艾蒿烟驱走。金枝同母亲还没有睡的时候，有人来在窗外，轻慢地咳嗽着。

母亲忙点灯火，门响开了！是二里半来了。无论怎样母亲不能把灯点着，灯心处爆着水的炸响，母亲手中举着一枝火柴，把小灯举得和眉头一般高，她说：

“一点点油也没有了呢！”

金枝到外房去倒油。这个时间，他们谈说一些突然的事情。母亲关于这事惊恐似的，坚决的，感到羞辱一般的荡着头：

“那是不行，我的女儿不能配到那家子人家。”

二里半听着姑娘在外房盖好油罐子的声音，他往下没有说什么。金枝站在门限向妈妈问："豆油没有了，装一点水吧？"

金枝把小灯装好，摆在炕沿。燃着了！可是二里半到她家来的意义是为着她，她一点不知道，二里半为着烟袋向倒悬的火绳取火。

母亲，手在按住枕头，她像是想什么，两条直眉几乎相连起来。女儿在她身边向着小灯垂下头。二里半的烟火每当他吸过了一口便红了一阵。艾蒿烟混加着烟叶的气味，使小屋变作地下的窖子一样黑重！二里半作窘一般地咳嗽了几声。金枝把流血的鼻子换上另一块棉花。因为没有言语，每个人起着微小的潜意识的动作。

就这样坐着，灯火又响了。水上的浮油烧尽的时候，小灯又要灭，二里半沉闷着走了！二里半为人说媒被拒绝，羞辱一般的走了。

中秋节过去，田间变成残败的田间；太阳的光线渐渐从高空忧郁下来，阴湿的气息在田间到处撩走。南部的高粱完全睡倒下来，接接连连的望去，黄豆秧和揉乱的头发一样蓬蓬在地面，也有的地面完全拔秃似的。

早晨和晚间都是一样，田间憔悴起来。只见车子，牛车和马车轮轮滚滚地载满高粱的穗头，和大豆的杆秧。牛们流着口涎，头愚直地挂下着，发出响动的车子前进。

福发的侄子驱着一头青色的牛，向自家的场院载拖高粱。他故意绕走一条曲道，那里是金枝的家门，她的心胀裂一般地惊慌，鞭子于是响起来了。

金枝放下手中红色的辣椒，向母亲说：

"我去一趟茅屋。"

于是老太太自己串辣椒，她串辣椒和纺织一般快。

金枝的辫子毛毛着，脸是完全充了血。但是她患着病的现象，把她变成和纸人似的，像被风飘着似的出现在房后的围墙。

你害病吗？倒是为什么呢？但是成业是乡村长大的孩子，他什么也不懂得问。他丢下鞭子，从围墙宛如飞鸟落过墙头，用腕力掳住病的姑娘；把她压在墙角的灰堆上，那样他不是想要接吻她，也不是想要热情的讲些情话，他只是被本能支使着想要动作一切。金枝打断着一般地说：

“不行啦！娘也许知道啦，怎么媒人还不见来？”

男人回答：

“嗳，李大叔不是来过吗？你一点不知道！他说你娘不愿意。明天他和我叔叔一道来。”

金枝按着肚子给他看，一面摇头：“不是呀！……不是呀！你看到这个样子啦！”

男人完全不关心，他小声响起：“管他妈的，活该愿意不愿意，反正是干啦！”

他的眼光又失常了，男人仍被本能不停地要求着。

母亲的咳嗽声，轻轻地从薄墙透出来。墙外青牛的角上挂着秋空的游丝。

母亲和女儿在吃晚饭，金枝呕吐起来，母亲问她：“你吃了苍蝇吗？”

她摇头，母亲又问：“是着了寒吧！怎么你总有病呢？你连饭都咽不下去。不是有痨病啦？！”

母亲说着去按女儿的腹部，手在夹衣上来回地摸了阵。手指四张着在肚子上思索了又思索：

“你有了痨病吧？肚子里有一块硬呢！有痨病人的肚子才是硬一块。”

女儿的眼泪要垂流一般地挂到眼毛的边缘，最后滚动着从眼毛滴下来了！就是在夜里，金枝也起来到外边去呕吐，母亲迷蒙中听着叫娘的声音。窗上的月光差不多和白昼一般明，看得清金枝的半身拖在炕下，另半身是弯在枕上。头发完全埋没着脸面。等母亲拉她手的时候，她抽扭着说起：

“娘……把女儿嫁给福发的侄子吧！我肚里不是……病，是……”

到这时节母亲更要打骂女儿了吧？可不是那样，母亲好像本身有了罪恶，听了这话，立刻麻木着了，很长的时间她像不存在一样。过了一刻母亲用她从不用过温和的声调说：

“你要嫁过去吗？二里半那天来说媒，我是顶走他的，到如今这事怎么办呢？”

母亲似乎是平息了一下，她又想说，但是泪水塞住了她的嗓子，像是女儿窒息了她的生命似的，好像女儿把她羞辱死了！

三、老马走进屠场

老马走上进城的大道，“私宰场”就在城门的东边。那里的屠刀正张着，在等待这个残老的动物。

老王婆不牵着她的马儿，在后面用一条短枝驱着它前进。

大树林子里有黄叶回旋着，那是些呼叫着的黄叶。望向林子的那端，全林的树棵，仿佛是关落下来的大伞。凄沉的阳光，晒着所有的秃树。田间望遍了远近的人家。深秋的田地好像没有感觉的光了毛的皮革，远近平铺着。夏季埋在植物里的家屋，现在明显地好像突出地面一般，好像新从地面突出。

深秋带来的黄叶，赶走了夏季的蝴蝶。一张叶子落到王婆的头上，叶子是安静地伏贴在那里。王婆驱着她的老马，头上顶着飘落的黄叶；老马，老人，配着一张老的叶子，他们走在进城的大道。

道口渐渐看见人影，渐渐看见那个人吸烟，二里半迎面来了。他长形的脸孔配起摆动的身子来，有点像一个驯顺的猿猴。他说：“哎呀！起得太早啦！进城去有事吗？怎么驱着马进城，不装车粮拉着？”

振一振袖子，把耳边的头发向后抚弄一下，王婆的手颤抖着说了：“到日子了呢！下汤锅去吧！”王婆什么心情也没有，她看着马在吃道旁的叶子，她用短枝驱着又前进了。

二里半感到非常悲痛。他痉挛着了。过了一个时刻转过身来，他赶上去说：“下汤锅是下不得的……下汤锅是下不得……”但是怎样办呢？二里半连半句语言也没有了！他扭歪着身子跨到前面，用手摸一摸马儿的鬓发。老马立刻响着鼻子了！它的眼睛哭着一般，湿润而模糊。悲伤立刻掠过王婆的心孔。哑着嗓子，王婆说：“算了吧！算了吧！不下汤锅，还不是等着饿死吗？”

深秋秃叶的树，为了惨厉的风变，脱去了灵魂一般吹啸着。马行在前面，王婆随在后面，一步一步屠场近着了；一步一步风声送着老马归去。

王婆她自己想着：一个人怎么变得这样厉害？年轻的时候，不是常常为着送老马或是老牛进过屠场吗？她颤寒起来，幻想着屠刀要像穿过自己的背脊，于是，手中的短枝脱落了！她茫然晕昏地停在道旁，头发舞着好像个鬼魂样。等她重新拾起短枝来，老马不见了！它到前面小水沟的地方喝水去了！这是它最末一次饮水吧！老马需要饮水，它也需要休息，在水沟旁倒卧下来了！它慢慢呼吸着。王婆用低音，慈和的音调呼唤着：“起来吧！走进城去吧，有什么法子呢？”马仍然仰卧着。王婆看一看日午了，还要赶回去烧午饭，但是，任她怎样拉缰绳，马仍是没有移动。

王婆恼怒着了！她用短枝打着它起来。虽是起来，老马仍然贪恋着小水沟。王婆因为苦痛的人生，使她易于暴怒，树枝在马儿的脊骨上断成半截。

又安然走在大道上了！经过一些荒凉的家屋，经过几座颓废的小庙。一个小庙前躺着个死了的小孩，那是用一捆谷草束扎着的。孩子小小的头顶露在外面，可怜的小脚从草梢直伸出来；他是谁家的孩子睡在这旷野的小庙前？

屠场近着了，城门就在眼前，王婆的心更翻着不停了。

五年前它也是一匹年轻的马，为了耕种，伤害得只有毛皮蒙遮着骨架。现在它是老了！秋末了！收割完了！没有用处了！只为一张马皮，主人忍心把它送进屠场。就是一张马皮的价值，地主又要从王婆的手里夺去。

王婆的心自己感觉得好像悬起来；好像要掉落一般，当她看见板墙上钉着一张牛皮的时候。那一条小街尽是一些要摊落的房屋；女人啦，孩子啦，散集在两旁。地面踏起的灰粉，污没着鞋子；冲上人的鼻孔。孩子们拾起土块，或是垃圾团打击着马儿，王婆骂道：

“该死的呀！你们这该死的一群。”

这是一条短短的街。就在短街的尽头，张开两张黑色的门扇。再走近一点，可以发现门扇斑斑点点的血印，为血痕所恐吓的老太婆好像自己踏在刑场了！她努力镇压着自己，不让一些年轻时所见到刑场上的回忆翻动。但是，那回忆却连续的开始织张——一个小伙子倒下来了，一个老头也倒下来了！挥刀的人又向第三个人作着式子。

仿佛是箭，又像火刺烧着王婆，她看不见那一群孩子在打马，她忘记怎样去骂那一群顽皮的孩子。走着，走着，立在院心了。四面板墙钉着无数张毛皮。靠近房檐立了两根高杆，高杆中央横着横梁；马蹄或是牛蹄折下来用麻绳把两只蹄端扎连在一起，做一个叉形挂在上面，一团一团的肠子也搅在上面；肠子因为日子久了，干成黑色不动而僵直的片状的绳索。并且那些折断的腿骨，有的从折断处涔滴着血。

在南面靠墙的地方也立着高杆，杆头晒着在蒸气的肠索。这是说，那个动物是被钉死不久哩！肠子还热着呀！

满院在蒸发腥气，在这腥味的人间，王婆快要变作一块铅了！沉重而没有感觉了！

老马——棕色的马，它孤独地站在板墙下，它借助那张钉好的毛皮在搔痒。此刻它仍是马，过一会儿它将也是一张皮了！

一个大眼睛的恶面孔跑出来，裂着胸襟。说话时，可见他胸膛在起伏：

“牵来了吗？啊！价钱好说，我好来看一下。”

王婆说：“给几个钱我就走了！不要麻烦啦。”

那个人打一打马的尾巴，用脚踢一踢马蹄；这是怎样难忍的一刻呀！

王婆得到三张票子，这可以充纳一亩地租。看着钱比较自慰些，她低着头向大门出去，她想还余下一点钱到酒店去买一点酒带回去，她已经跨出大门，后面发着响声：

“不行，不行……马走啦！”

王婆回过头来，马又走在后面；马什么也不知道，仍想回家。屠场中出来一些男人，那些恶面孔，想要把马抬回去，终于马躺在道旁了！像树根盘结在地中。无法，王婆又走回院中，马也跟回院中。她给马搔着头顶，它渐渐卧在地面了！渐渐想睡着了！忽然王婆站起来向大门奔走。在道口听见一阵关门声。

她哪有心肠买酒？她哭着回家，两只袖子完全湿透。那好像是送葬归来一般。

家中地主的使人早等在门前，地主们就连一块铜板也从不舍弃在贫农们的身上，那个使人取了钱走去。

王婆半日的痛苦没有代价了！王婆一生的痛苦也都是没有代价。

四、荒山

冬天，女人们像松树子那样容易结聚，在王婆家里满炕坐着女人。五姑姑在编麻鞋，她为着笑，弄得一根针丢在席缝里，她寻找针的时候，做出可笑的姿势来，她像一个灵活的小鸽子站起来在炕上跳着走，她说：

“谁偷了我的针？小狗偷了我的针？”

“不是呀！小姑爷偷了你的针！”

新娶来菱芝嫂嫂，总是爱说这一类的话。五姑姑走过去要打她。

“莫要打，打人将要找一个麻面的姑爷。”

王婆在厨房里这样搭起声来；王婆永久是一阵忧默，一阵欢喜，与乡村中别的老妇们不同。她的声音又从厨房打来：

“五姑姑编成几双麻鞋了？给小丈夫要多多编几双呀！”

五姑姑坐在那里做出表情来，她说：

“哪里有你这样的老太婆，快五十岁了，还说这样的话！”

王婆又庄严点说：

“你们都年轻，哪里懂什么，多多编几双吧！小丈夫才会希罕哩。”

大家哗笑着了！但五姑姑不敢笑，心里笑，垂下头去，假装在席上找针。等菱芝嫂把针还给五姑姑的时候，屋子安然下来，厨房里王婆用刀刮着鱼鳞的声响，和窗外雪擦着窗纸的声响，混杂在一起了。

王婆用冷水洗着冻冰的鱼，两只手像个胡萝卜样。她走到炕沿，在火盆边烘手。生着斑点在鼻子上的死去丈夫的妇人放下那张小破布，在一摊乱布里去寻更小的一块；她迅速地穿补。她的面孔有点像王婆，腮骨很高，眼睛和琉璃一般深嵌在好像小洞似的眼眶里，并且也和王婆一样，眉峰是突出的。那个女人不喜欢听一些妖艳的词句，她开始追问王婆：

“你的第一家那个丈夫还活着吗？”

两只在烘着的手，有点腥气；一片鱼鳞掉下去，发出小小的响声，微微上腾着烟。她用盆边的灰把烟埋住，她慢慢摇着头，没有回答那个问话。鱼鳞烧的烟有点难耐，每个人皱一下鼻头，或是用手揉一揉鼻头。生着斑点的寡妇，有点后悔，觉得不应该问这话。墙角坐着五姑姑的姐姐，她用麻绳穿着鞋底的沙音单调地起落着。

厨房的门，因为结了冰，破裂一般地鸣叫。

“呀！怎么买这些黑鱼？”

大家都知道是打鱼村的李二婶子来了。听了声音，就可以想象她梢长的身子。

“真是快过年了？真有钱买这些鱼？”

在冷空气中，音波响得很脆；刚踏进里屋，她就看见炕上坐满了人：“都在这儿聚堆呢！小老婆们！”

她生得这般瘦，腰，临风就要折断似的；她的奶子那样高，好像两个对立的小岭。斜面看她的肚子似乎有些不平起来。靠着墙给孩子吃奶的中年妇人，望察着而后问：

“二婶子，不是又有了呵？”

二婶子看一看自己的腰身说：

“像你们呢！怀里抱着，肚子里还装着……”

她故意在讲骗话，过了一会儿她坦白地告诉大家：

“那是三个月了呢！你们还看不出？”

菱芝嫂在她肚皮上摸了一下，她邪昵地浅浅地笑了：

“真没出息，整夜尽搂着男人睡吧？”

“谁说？你们新媳妇，才那样。”

“新媳妇……？哼！倒不见得！”

“像我们都老了！那不算一回事啦，你们年轻，那才了不得哪！小丈夫才会新鲜哩！”

每个人为了言辞的引诱，都在幻想着自己，每个人都有些心跳；或是每个人的脸都发烧。就连没出嫁的五姑姑都感着神秘而不安了！她羞羞迷迷地经过厨房回家去了！只留下妇人们在一起，她们言调更无边际了！王婆也加入这一群妇人的队伍，她却不说什么，只是帮着笑。

在乡村永久不晓得，永久体验不到灵魂，只有物质来充实她们。

李二婶子小声问菱芝嫂；其实小声人们听得更清！

“一夜几回呢？”菱芝嫂她毕竟是新嫁娘，她猛然羞着了！不能开口。李二婶子的奶子颤动着，用手去推动菱芝嫂：

“说呀！你们年轻，每夜要有那事吧？”

在这样的当儿，二里半的婆子进来了！二婶子推撞菱芝嫂一下：

“你快问问她！”

“你们一夜几回？”那个傻婆娘一向说话是有头无尾：

“十多回。”

全屋人都笑得流着眼泪了！孩子从母亲的怀中起来，大声地哭号。

李二婶子静默一会儿，她站起来说：

“月英要吃咸黄瓜，我还忘了，我是来拿黄瓜。”

李二婶子，拿了黄瓜走了，王婆去烧晚饭，别人也陆续回家了。王婆自己在厨房里炸鱼。为了烟，房中也不觉得寂寞。

鱼摆在桌子上，平儿也不回来，平儿的爹爹也不回来，暗色的光中王婆自己吃饭，热气伴着她。

月英是打鱼村最美丽的女人。她家也最贫穷，和李二婶子隔壁住着。她是如此温和，从不听她高声笑过，或是高声吵嚷。生就的一对多情的眼睛，每个人接触她的眼光，好比落到绵绒中那样愉快和温暖。

可是现在那完全消失了！每夜李二婶子听到隔壁惨厉的哭声；十二月严寒的夜，隔壁的哼声愈见沉重了！

山上的雪被风吹着像要埋蔽这傍山的小房似的。大树号叫，风雪向小房遮蒙下来。山边一株斜歪着的大树，倒折下来。寒月怕被一切声音扑碎似的，退缩到天边去了！这时候隔壁透出来的声音，更哀楚。

“你……你给我一点水吧！我渴死了！”

声音弱得柔惨欲断似的：

“嘴干死了！……把水碗给我呀！”

一个短时间内仍没有回应，于是那孱若哀楚的小响不再作了！啜泣着，哼着，隔壁像是听到她流泪一般，滴滴点点的。

日间孩子们集聚在山坡，攀缘着树枝爬上去，顺着结冰的小道滑下来，他们有各样不同的姿势：倒滚着下来，两腿分张着下来。也有冒险的孩子，把头向下，脚伸向空中溜下来。常常他们要跌破流血回家。冬天，对于村中的孩子们，和对于花果同样暴虐。他们每人的耳朵春天要脓胀起来，手或是脚都裂开条口，乡村的母亲们对于孩子们永远和对敌人一般。当孩子把爹爹的棉帽偷着戴起跑出去的时候，妈妈追在后面打骂着夺回来，妈妈们摧残孩子永久疯狂着。

王婆约会五姑姑来探望月英。正走过山坡，平儿在那里。平儿偷穿着爹爹的大毡靴子；他从山坡奔逃了！靴子好像两只大熊掌样挂在那个孩子的脚上，平儿蹒跚着！从上坡滚落着了！可怜的孩子带着那样黑大不相称的脚，球一般滚转下来，跌在山根的大树干上。王婆宛如一阵风落到平儿的身上；那样好像山间的野兽要猎食小兽一般凶暴。终于王婆提了靴子，平儿赤着脚回家，使平儿走在雪上，好像使他走在火上一般不能停留。任孩子走得怎样远，王婆仍是说着：

“一双靴子要穿过三冬，踏破了哪里有钱买？你爹进城去都没穿哩！”

月英看见王婆还不及说话，她先哑了嗓子。王婆把靴子放在炕下，手在抹擦鼻涕：

“你好了一点？脸孔有一点血色了！”

月英把被子推动一下，但被子仍然伏盖在肩上，她说：

“我算完了，你看我连被子都拿不动了！”

月英坐在炕的当心。那幽黑的屋子好像佛龛，月英好像佛龛中坐着的女佛。用枕头四面围住她，就这样过了一年。一年月英没能倒下睡过。她患着瘫病，起初她的丈夫替她请神，烧香，也跑到土地庙前索药。后来就连城里的庙也去烧香，但是奇怪的是月英的病并不为这些香火和神鬼所治好。以后做丈夫的觉得责任尽到了，并且月英一个月比一个月加病，做丈夫的感着伤心！他嘴里骂：

“娶了你这样的老婆，真算不走运气！好像娶个小祖宗来家，供奉着你吧！”

起初因为她和他分辩，他还打她。现在不然了，绝望了！晚间他从城里卖完青柴回来，烧饭自己吃，吃完便睡下，一夜睡到天明，坐在一边那个受罪的女人一夜呼唤到天明。宛如一个人和一个鬼安放在一起，彼此不相关联。

月英说话只有舌尖在转动。王婆靠近她，同时那一种难忍的气味更强烈了！更强烈的从那一堆污浊的东西发散出来。月英指点身后说：

“你们看看，这是那死鬼给我弄来的砖，他说我快死了！用不着被子了！用砖依住我，我全身一点肉都瘦空。那个没有天良的，他想法折磨我呀！”

五姑姑觉得男人太残忍，把砖块完全抛下炕去。月英的声音欲断一般又说：

“我不行啦！我怎么能行，我快死啦！”

她的眼睛，白眼珠完全变绿，整齐的一排前齿也完全变绿，她的头发烧焦了似的，紧贴住头皮。她像一只患病的猫儿，孤独而无望。

王婆给月英围好一张被子在腰间，月英说：

“看看我的身下，脏污死啦！”

王婆下地用条枝拢了盆火，火盆腾着烟放在月英身后。王婆打开她的被子时，看见那一些排泄物淹浸了那座小小的骨盆。五姑姑扶住月英的腰，但是她仍然使人心楚地在呼唤！

“哎呦，我的娘！……哎呦疼呀！”

她的腿像一双白色的竹竿平行着伸在前面。她的骨架在炕上正确的做成一个直角，这完全用线条组成的人形，只有头阔大些，头在身子上仿佛是一个灯笼挂在杆头。

王婆用麦草揩着她的身子，最后用一块湿布为她擦着。五姑姑在背后把她抱起来，当擦臀部下时，王婆觉得有小小白色的东西落到手上，会蠕行似的。借着火盆边的火光去细看，知道那是一些小蛆虫，她知道月英的臀下是腐了，小虫在那里活跃。月英的身体将变成小虫们的洞穴！王婆问月英：

“你的腿觉得有点痛没有？”

月英摇头。王婆用凉水洗她的腿骨，但她没有感觉，整个下体在那个瘫人像是外接的，是另外的一件物体。当给她一杯水喝的时候，王婆问：

“牙怎么绿了？”

终于五姑姑到隔壁借一面镜子来，同时她看了镜子，悲痛沁人心魂的她大哭起来。但面孔上不见一点泪珠，仿佛是猫忽然被斩轧，她难忍的声音，没有温情的声音，开始低哑。

她说：“我是个鬼啦！快些死吧！活埋了我吧！”

她用手来撕头发，脊骨摇扭着，一段长久的时间她忙乱不停。现在停下了，她是那样无力。头是歪斜地横在肩上；她又那样微微睡去。

王婆提了靴子走出这个傍山的小房。荒寂的山上有行人走在天边，她昏旋了！为着强的光线，为着瘫人的气味，为着生、老、病、死的烦恼，她的思路被一些烦恼的波所遮拦。

五姑姑当走进大门时向王婆打了个招呼。留下一段更长的路途，给那个经验过多样人生的老太婆去走吧！

王婆束紧头上的蓝布巾，加快了速度，雪在脚下也相伴而狂速地呼叫。

三天以后，月英的棺材抬着横过荒山而奔着去埋葬，葬在荒山下。

死人死了！活人计算着怎么活下去。冬天女人们预备夏季的衣裳；男人们计虑着怎样开始明年的耕种。

那天赵三进城回来，他披着两张羊皮回家。王婆问他：

“哪里来的羊皮？——你买的吗？……哪来的钱呢？……”

赵三有什么事在心中似的，他什么也没言语。摇闪着经过炉灶，通红的火光立刻鲜明着，他走出去了。

夜深的时候他还没有回来。王婆命令平儿去找他。平儿的脚已是难于行动，于是王婆就到二里半家去。他不在二里半家，他到打鱼村去了。赵三阔大的喉咙从李青山家的窗纸透出，王婆知道他又是喝过了酒。当她推门的时候她就说：

“什么时候了？还不回家去睡？”

这样立刻全屋别的男人也把嘴角合起来。王婆感到不能意料了。青山的女人也没在家，孩子也不见。赵三说：

“你来干吗？回家睡吧！我就去……去……”

王婆看一看赵三的脸神，看一看周围也没有可坐的地方，她转身出来，她的心徘徊着：

——青山的媳妇怎么不在家呢？这些人是在做什么？

又是一个晚间。赵三穿好新制成的羊皮小袄出去。夜半才回来。披着月亮敲门。王婆知道他又是喝过了酒，但他睡的时候，王婆一点酒味也没嗅到。那么出去做些什么呢？总是愤怒地归来。

李二婶子拖了她的孩子来了，她问：

“是地租加了价吗？”

王婆说：“我还没听说。”

李二婶子做出一个确定的表情：

“是的呀！你还不知道吗？三哥天天到我家去和他爹商量这事。我看这种情形非出事不可，他们天天夜晚计算着，就连我，他们也躲着。昨夜我站在窗外才听到他们说哩：‘打死他吧！那是一块恶祸。’你想他们是要打死谁呢？这不是要出人命吗？”

李二婶子抚着孩子的头顶，有一点哀怜的样子：

“你要劝说三哥，他们若是出了事，像我们怎样活？孩子还都小着哩！”

五姑姑和别的村妇带着她们的小包袱，约会着来的，踏进来的时候，她们是满脸盈笑。可是立刻她们转变了，当她们看见李二婶子和王婆默无言语的时候。

也把事件告诉了她们，她们也立刻忧郁起来，一点闲情也没有！一点笑声也没有，每个人痴呆地想了想，惊恐地探问了几句。五姑姑的姐姐，她是第一个扭着大圆的肚子走出去，就这样一个连着一个寂寞的走去。她们好像群聚的鱼似的，忽然有钓竿投下来，她们四下分行去了！

李二婶子仍没有走，她为的是嘱告王婆怎样破坏这件险事。

赵三这几天常常不在家吃饭；李二婶子一天来过三四次：

“三哥还没回来？他爹爹也没回来。”

一直到第二天下午赵三回来了，当进门的时候，他打了平儿，因为平儿的脚病着，一群孩子集到家来玩。在院心放了一点米，一块长板用短条棍架着，条棍上系着长绳，绳子从门限拉进去，雀子们去啄食谷粮，孩子们蹲在门限守望，什么时候雀子满集成堆时，那时候，孩子们就抽动绳索。许多饥饿的麻雀丧亡在长板下。厨房里充满了雀毛的气味，孩子们在灶堂里烧食过许多雀子。

赵三焦烦着，他看见一只鸡被孩子们打住。他把板子给踢翻了！他坐在炕沿上燃着小烟袋，王婆把早饭从锅里摆出来。他说：

"我吃过了！"

于是平儿来吃这些残饭。

"你们的事情预备得怎样了？能下手便下手。"

他惊疑。怎么会走漏消息呢？王婆又说：

"我知道的，我还能弄支枪来。"

他无从想象自己的老婆有这样的胆量。王婆真的找来一支老洋炮。可是赵三还从没用过枪。晚上平儿睡了以后王婆教他怎样装火药，怎样上炮子。

赵三对于他的女人慢慢感着可以敬重！但是更秘密一点的事情总不向她说。

忽然从牛棚里发现五个新镰刀。王婆意度这事情是不远了！

李二婶子和别的村妇挤上门来打听消息的时候，王婆的头沉埋一下，她说：

"没有这回事，他们想到一百里路外去打围，弄得几张兽皮大家分用。"

是在过年的前夜，事情终于发生了！北地端鲜红的血染着雪地；但事情做错了！赵三近些日子有些失常，一根梨木杆打折了小偷的腿骨。他去呼唤二里半，想要把那小偷丢在土坑去，用雪埋起来。二里半说：

"不行，开春时节，土坑发现死尸，传出风声，那是人命哩！"

村中人听着极痛的呼叫，四面出来寻找。赵三拖着独腿人转着弯跑，但他不能把他掩藏起来。在赵三惶恐的心情下，他愿意寻到一个井把他放下去。赵三弄了满手血。

惊动了全村的人，村长进城去报告警所。

于是赵三去坐监狱，李青山他们的“镰刀会”少了赵三也就衰弱了！消灭了！

正月末赵三受了主人的帮忙，把他从监狱里提放出来。那时他头发很长，脸也灰白了些，他有点苍老。

为着给那个折腿的小偷做赔偿，他牵了那条仅有的牛上市去卖；小羊皮袄也许是卖了？再也不见他穿了！

晚间李青山他们来的时候，赵三忏悔一般地说：

“我做错了！也许是我该招的灾祸：那是一个天将黑的时候，我正喝酒，听着平儿大喊有人偷柴。刘二爷前些日子来说要加地租，我不答应，我说我们联合起来不给他加，于是他走了！过了几天他又来，说非加不可。再不然叫你们滚蛋！我说好啊！等着你吧！那个管事的，他说：你还要造反？不滚蛋，你们的草堆，就要着火！我只当是那个小子来点着我的柴堆呢！拿着杆子跑出去就把腿给打断了！打断了也甘心，谁想那是一个小偷？哈哈！小偷倒霉了！就是治好，那也是跛子了！”

关于“镰刀会”的事情他像忘记了一般。李青山问他：

“我们应该怎样铲除刘二爷那恶棍？”

是赵三说的话：

“打死他吧！那个恶祸。”

还是从前他说的话，现在他又不那样说了：

“除他又能怎样？我招灾祸，刘二爷也向东家（地主）说了不少好话。从前我是错了！也许现在是受了责罚！”

他说话时不像从前那样英气了！脸是有点带着忏悔的意味，羞惭和不安了。王婆坐在一边，听了这话她后脑上的小发卷也像生着气："我没见过这样的汉子，起初看来还像一块铁，后来越看越是一堆泥了！"

赵三笑了："人不能没有良心！"

于是好良心的赵三天天进城，弄一点白菜担着给东家送去，弄一点土豆也给东家送去。为了送这一类菜，王婆同他激烈地吵打，但他绝对保持着他的良心。

有一天少东家出来，站在门阶上像训诲着他一般：

"好险！若不为你说一句话，三年大狱你可怎么蹲呢？那个小偷他算没走好运吧！你看我来着手给你办，用不着给他接腿，让他死了就完啦。你把卖牛的钱也好省下，我们是'地东''地户'哪有看着过去的……"

说话的中间，间断了一会儿，少东家把话尾落到别处：

"不过今年地租是得加。左近地邻不都是加了价吗？地东、地户年头多了，不过得……少加一点。"

过不了几天小偷从医院抬出来，可真的死了就完了！把赵三的牛钱归还一半，另一半少东家说是用作杂费了。

二月了。山上的积雪现出毁灭的色调。但荒山上有行人来往。渐渐有送粪的人担着担子行过荒凉的山岭。农民们蛰伏的虫子样又醒过来。渐渐送粪的车子忙着了！只有赵三的车子没有牛挽，平儿冒着汗和爹爹并架着车辕。

地租就这样加成了！

五、羊群

平儿被雇做了牧羊童。他追打群羊跑遍山坡。山顶像是开着小花一般，绿了！而变红了！山顶拾野菜的孩子，平儿不断地戏弄她们，他单独赶着一只羊去吃她们筐子里拾得的野菜。有时他选一只大身体的羊，像骑马一样骑着来了！小的女孩们吓得哭着，她们看他像个猴子坐在羊背上。平儿从牧羊时起，他的本领渐渐得以发展。他把羊赶到荒凉的地方去，召集村中所有的孩子练习骑羊。每天那些羊和不喜欢行动的猪一样散遍在旷野。

行在归途上，前面白茫茫的一片，他在最后的一只羊背上，仿佛是大将统治着兵卒一般。他手耍着鞭子，觉得十分得意。

“你吃饱了吗？午饭。”

赵三对儿子温和了许多。从遇事以后他好像是温顺了。

那天平儿正戏耍在羊背上，在进大门的时候，羊疯狂地跑着，使他不能从羊背跳下，那样他像耍着的羊背上张狂的猴子。一个下雨的天气，在羊背上进大门的时候，他把小孩撞倒，主人用拾柴的耙子把他打下羊背来，仍是不停，像打着一块死肉一般。

夜里，平儿不能睡，辗翻着不能睡。爹爹动着他庞大的手掌拍抚他：

“跑了一天！还不困倦，快快睡吧！早早起来好上工！”

平儿在爹爹温顺的手下，感到委屈了！

“我挨打了！屁股疼。”

爹爹起来，在一个纸包里取出一点红色的药粉给他涂擦破口的地方。

爹爹是老了！孩子还那样小，赵三感到人活着没有什么意趣了。第二天平儿去上工被辞退回来，赵三坐在厨房用谷草正织鸡笼，他说：

“好啊！明天跟爹爹去卖鸡笼吧！”

天将明，他叫着孩子：

“起来吧，跟爹爹去卖鸡笼。”

王婆用手把米饭打成坚实的团子，进城的父子装进衣袋去，算作午餐。

第一天卖出去的鸡笼很少，晚间又都背着回来。王婆弄着米缸响：

“我说多留些米吃，你偏要卖出去……又吃什么呢？……又吃什么呢？”

老头子把怀中的铜板给她，她说：

“不是今天没有吃的，是明天呀？”

赵三说：“明天，那好说，明天多卖出几个笼子就有了！”

一个上午，十个鸡笼卖出去了！只剩下三个大些的，堆在那里。爹爹手心上数着票子，平儿在吃饭团。

“一百枚还多着，我们该去喝碗豆腐脑来！”

他们就到不远的那个布棚下，蹲在担子旁吃着冒气的食品。是平儿先吃，爹爹的那碗才正在上面倒醋。平儿对于这食品是怎样新鲜呀！一碗豆腐脑是怎样舒畅着平儿的小肠子呀！他的眼睛圆圆的，把一碗豆腐脑吞食完了！

那个叫卖人说：“孩子再来一碗吧！”

爹爹惊奇着：“吃完了？”

那个叫卖人把勺子放下锅去说：“再来一碗算半碗的钱吧！”

平儿的眼睛溜着爹爹把碗递过去。他喝豆腐脑做出大大的抽响来。赵三却不那样，他把眼光放在鸡笼的地方，慢慢吃，慢慢吃终于也吃完了！他说：

“平儿，你吃不下吧？倒给我碗点。”

平儿倒给爹爹很少很少。给过钱，爹爹去看守鸡笼。平儿仍在那里，孩子贪恋着一点点最末的汤水，头仰向天，把碗扣在脸上一般。

菜市上买菜的人经过，若注意一下鸡笼，赵三就说：

“买吧！仅是十个铜板。”

终于三个鸡笼没有人买，两个分给爹爹，留下的一个，在平儿的背上突起着。经过牛马市，平儿指嚷着：

“爹爹，咱们的青牛在那儿。”

大鸡笼在背上荡动着，孩子去看青牛。赵三笑了，向那个卖牛人说：

“又出卖吗？”

说着这话，赵三无缘地感到酸心。到家他向王婆说：

“方才看见那条青牛在市上。”

“人家的了，就别提了。”王婆整天地不耐烦。

卖鸡笼，渐渐地赵三会说价了；慢慢地坐在墙根他会招呼了，也常常给平儿买一两块红绿的糖球吃。后来连饭团也不用带。

他弄些铜板每天交给王婆，可是她总不喜欢，就像无意之中把钱放起来。

二里半又给说妥一家，叫平儿去做小伙计。孩子听了这话，就生气。

“我不去，我不能去，他们好打我呀！”平儿为了卖鸡笼所迷恋：“我还是跟爹爹进城。”

王婆绝对主张孩子去做小伙计。她说：

“你爹爹卖鸡笼，你跟着做什么？”

赵三说：“算了吧，不去就不去吧。”

铜板兴奋着赵三，半夜他也是织鸡笼，他向王婆说：

“你就不好也来学学，一种营生呢！还好多织几个。”

但是王婆仍是去睡，就像对于他织鸡笼，怀着不满似的，就像反对他织鸡笼似的。

平儿同情着父亲，他愿意背鸡笼，多背一个。爹爹说：

“不要背了！够了！”

他又背一个，临出门时他又找个小一点的提在手里。爹爹问：

“你能拿动吗？送回两个去吧，卖不完啊！”

有一次从城里割一斤肉回来，吃了一顿像样的晚餐。

村中妇人羡慕王婆：

“三哥真能干哩！把一头牛卖掉，不能再种粮食，可是这比种粮食更好，更能得钱。”

经过二里半门前，平儿把罗圈腿也领进城去。平儿向爹爹要了铜板给小朋友买两片油煎馒头。又走到敲锣搭着小棚的地方去挤撞，每人花一个铜板看一看“西洋景”（街头影戏）。那是从一个嵌着小玻璃镜，只容一只眼睛的地方看进去，里面有一张放大的画片活动着。打仗的，拿着枪的，很快又换上一张别样的。耍画片的人一面唱一面讲：

“这又是一片洋人打仗。你看‘老毛子’夺城，那真是哗啦啦！打死的不知多少……”

罗圈腿嚷着看不清，平儿告诉他：“你把眼睛闭起一个来！”

可是不久这就完了！从热闹的、孩子热爱的城里把他们又赶出来，平儿又被装进这睡着一般的乡村。原因，小鸡初生卵的时节已经过去。家家把鸡笼全预备好了。

平儿不愿跟着，赵三自己进城，减价出卖。后来折本卖。最后，他也不去了。厨房里鸡笼靠高墙摆起来。这些东西从前会使赵三欢喜，现在会使他生气。

平儿又骑在羊背上去牧羊。但是赵三是受了挫伤！

六、刑罚的日子

房后的草堆上，温暖在那里蒸腾起了。全个农村跳跃着泛滥的阳光。小风开始荡漾田禾，夏天又来到人间，叶子上树了！假使树会开花，那么花也上树了！

房后草堆上，狗在那里生产。大狗四肢在颤动，全身抖擞着。经过一个长时间，小狗生出来。

暖和的季节，全村忙着生产。大猪带着成群的小猪喳喳地跑过，也有的母猪肚子那样大，走路时快要接触着地面，它多数的乳房有什么在充实起来。

那是黄昏时候，五姑姑的姐姐她不能再延迟，她到婆婆屋中去说：

“找个老太太来吧！觉得不好。”

回到房中放下窗帘和幔帐。她开始不能坐稳，她把席子卷起来，就在草上爬行。收生婆来时，她乍望见这房中，她就把头扭着。她说：

“我没见过，像你们这样大户人家，把孩子还要生养到草上。‘压柴，压柴，不能发财。’”

家中的婆婆把席下的柴草又都卷起来，土炕上扬起灰尘。光着身子的女人，和一条鱼似的，她趴在那里。

黄昏以后，屋中起着烛光。那女人是快生产了，她小声叫号了一阵，收生婆和一个邻居的老太婆架扶着她，让她坐起来，在炕上微微地移动。可是罪恶的孩子，总不能生产，闹着夜半过去，外面鸡叫的时候，女人忽然苦痛得脸色灰白，脸色转黄，全家人不能安定。为她开始预备葬衣，在恐怖的烛光里四下翻寻衣裳，全家为了死的黑影所骚动。

赤身的女人，她一点不能爬动，她不能为生死再挣扎最后的一刻。天渐亮了。恐怖仿佛是僵尸，直伸在家屋。

五姑姑知道姐姐的消息，来了，正在探询：

“不喝一口水吗？她从什么时候起？”

一个男人撞进来，看形象是一个酒疯子。他的半面脸红而肿起，走到幔帐的地方，他吼叫：“快给我的靴子！”

女人没有应声，他用手撕扯幔帐，动着他厚肿的嘴唇：

“装死吗？我看看你还装不装死！”

说着他拿起身边的长烟袋来投向那个死尸。母亲过来把他拖出去。每年是这样，一看见妻子生产他便反对。

日间苦痛减轻了些，使她清明了！她流着大汗坐在幔帐中，忽然那个红脸鬼，又撞进来，什么也不讲，只见他怕人的手中举起大水盆向着帐子抛来。最后人们拖他出去。

大肚子的女人，仍涨着肚皮，带着满身冷水无言地坐在那里。她几乎一动不敢动，她仿佛是在父权下的孩子一般怕着她的男人。

她又不能再坐住，她受着折磨，产婆给换下她着水的上衣。门响了她又慌张了，要有神经病似的。一点声音不许她哼叫，受罪的女人，身边若有洞，她将跳进去！身边若有毒药，她将吞下去。她仇视着一切，窗台要被她踢翻。她愿意把自己的腿弄断，宛如进了蒸笼，全身将被热力所撕碎一般呀！

产婆用手推她的肚子：

"你再刚强一点，站起来走走，孩子马上就会下来的，到了时候啦！"

走过一段时间，她的腿颤颤得可怜，患着病的马一般，倒了下来。产婆有些失神，她说："媳妇子怕要闹事，再去找一个老太太来吧！"

五姑姑回家去找妈妈。

这边孩子落产了，孩子当时就死去！用人拖着产妇站起来，立刻孩子掉在炕上，像投一块什么东西在炕上响着。女人横在血光中，用肉体来浸着血。

窗外，阳光洒满窗子，屋内妇人为了生产疲乏着。

田庄上绿色的世界里，人们洒着汗滴。

四月里，鸟雀们也孵雏了！常常看见黄嘴的小雀飞下来，在檐下跳跃着啄食。小猪的队伍逐渐肥起来，只有女人在乡村夏季更贫瘦，和耕种的马一般。

刑罚，眼看降临到金枝的身上，使她短的身材，配着那样大的肚子，十分不相称。金枝还不像个妇人，仍和一个小女孩一般。但是肚子膨胀起来了！很快做妈妈了，妇人们的刑罚快擒着她。

并且她出嫁还不到四个月，就渐渐会诅咒丈夫，渐渐感到男人是严凉的人类！那正和别的村妇一样。

坐在河边沙滩上，金枝在洗衣服。红日斜照着河水，对岸林子的倒影，随逐着红波模糊下去！

成业在后边，站在远远的地方：

“天黑了呀！你洗衣裳，懒老婆，白天你做什么来？”

天还不明，金枝就摸索着穿起衣裳。在厨房，这大肚子的小女人开始弄得厨房蒸着气。太阳出来，铲地的工人掮着锄头回来。堂屋挤满着黑黑的人头，吞饭、吞汤的声音，无纪律地在响。

中午又烧饭；晚间烧饭，金枝过于疲乏了！腿子痛得折断一般。天黑下来卧倒休息一刻。她在迷茫中坐起来，知道成业回来了！努力掀起在睡的眼睛，她问：

“才回来？”

过了几分钟，她没有得到答话。只看男人解脱衣裳，她知道又要挨骂了！正相反，没有骂，金枝感到背后温热一些，男人努力低音向她说话：

“……”

金枝被男人朦胧着了！

立刻，那和灾难一般，跟着快乐而痛苦追来了。金枝不能烧饭。村中的产婆来了！她在炕角苦痛着脸色，她在那里受着刑罚，王婆来帮助她把孩子生下来。王婆摇着她多经验的头颅：“危险，昨夜你们必定是不安着的。年轻什么也不晓得，肚子大了，是不许那样的。容易丧掉性命！”

十几天后金枝又行动在院中了！小金枝在屋中哭唤她。

牛或是马在不知觉中忙着栽培自己的痛苦。夜间乘凉的时候，可以听见马或是牛棚发出异样的声音来。牛也许是为了自己的妻子而角斗，从牛棚撞出来了。木杆被撞掉，狂张着，成业去拾了耙子猛打疯牛，于是又安然被赶回棚里。

在乡村，人和动物一起忙着生，忙着死……

二里半的婆子和李二婶子在地端相遇。

“啊呀！你还能弯下腰去？”

“你怎么样？”

“我可不行了呢？”

“你什么时候的日子？”

“就是这几天。”

外面落着毛毛雨。忽然二里半的家屋吵叫起来！傻婆娘一向生孩子是闹惯了的，她大声哭，她怨恨男人：

“我说再不要孩子啦！没有心肝的，这不都是你的吗？我算死在你身上！”

惹得老王婆扭着身子闭住嘴笑。过了一会儿傻婆娘又滚转着高声嚷叫：

“肚子疼死了，拿刀快把我肚子给割开吧！”

吵叫声中看得见孩子的圆头顶。

在这时候，五姑姑变青脸色，走进门来，她似乎不会说话，两手不住地扭绞：

“没有气了！小产了，李二婶子快死了呀！”

王婆就这样丢下麻面婆赶向打鱼村去。另一个产婆来时，麻面婆的孩子已在土炕上哭着。产婆洗着刚会哭的小孩。

等王婆回来时，窗外墙根下，不知谁家的猪也正在生小猪。

七、罪恶的五月节

五月节来临，催逼着两件事情发生：王婆服毒，小金枝惨死。

弯月如同弯刀刺上林端。王婆散开头发，她走向房后柴栏，在那儿她轻开篱门。柴栏外是墨沉沉的静谧的，微风不敢惊动这黑色的夜面；黄瓜爬上架了！玉米响着雄宽的叶子，没有蛙鸣，也少虫声。

王婆披着散发，幽魂一般地跪在柴草上，手中的杯子放到嘴边。一切涌上心头，一切诱惑她。她平身向草堆倒卧过去。被悲哀汹淘着大哭了。

赵三从睡床了起来，他什么都不清楚，柴栏里，他带点愤怒对待王婆：

“为什么？在发疯！”

他以为她是闷着刺到柴栏去哭。

赵三撞到草中的杯子了，使他立刻停止一切思维。他跑到屋中，灯光下，发现黑色浓重的液体东西在杯底。他先用手拭一拭，再用舌头拭一拭，那是苦味。

“王婆服毒了！”

次晨村中嚷着这样的新闻。村人凄静地断续地来看她。

赵三不在家，他跑出去，乱坟岗子上，给她寻个位置。

乱坟岗子上活人为死人掘着坑子了，坑子深了些，二里半先跳下去。下层的湿土，翻到坑子旁边，坑子更深了！大了！几个人都跳下去，铲子不住地翻着，坑子埋过人腰。外面的土堆涨过人头。

坟场是死的城廓，没有花香，没有虫鸣，即使有花，即使有虫，那都是唱奏着别离歌，陪伴着说不尽的死者永久的寂寞。

乱坟岗子是地主施舍给贫苦农民们死后的住宅。但活着的农民，常常被地主们驱逐，使他们提着包袱，提着小孩，从破房子再走进更破的房子去。

有时被逐着在马棚里借宿。孩子们哭闹着马棚里的妈妈。

赵三去进城，突然的事情打击着他，使他怎样柔弱呵！遇见了打鱼村进城卖菜的车子，那个驱车人麻麻烦烦地讲一些：“菜价低了，钱帖毛荒。粮食也不值钱。”

那个车夫打着鞭子，他又说：

“只有布匹贵，盐贵。慢慢一家子连咸盐都吃不起啦！地租是增加，还叫老庄活不活呢？”

赵三跳上车，低了头坐在车尾的辕边。两条衰乏的腿子，凄凉地挂下，并且摇荡。车轮在辙道上哐啷地牵响。

城里，大街上拥挤着了！菜市过量的纷攘。围着肉铺，人们吵架一般。忙乱的叫卖童，手中花色的葫芦，随着空气而跳荡，他们为了“五月节”而癫狂。

赵三他什么也没看见，好像街上的人都没有了！好像街是空街。但是一个小孩跟在后面：

“过节了，买回家去，给小孩玩吧！”

赵三听见这话，那个卖葫芦的孩子，好像自己不是孩子，自己是大人了一般，他追逐：

“过节了，买回家去，给小孩玩吧！”

柳条枝上各色花样的葫芦好像一些被系住的蝴蝶，跟住赵三在后面跑。

一家棺材铺，红色的，白色的，门口摆了多多少少，他停在那里。孩子也停止追逐。

一切都准备好！棺材停在门前，掘坑的铲子停止翻扬了！

窗子打开，使死者见一见最后的阳光。王婆跳突着胸口，微微尚有一点呼吸，明亮的光线照拂着她素静的打扮。已经为她换上一件黑色棉裤和一件浅色短单衫。除了脸是紫色，临死她没有什么怪异的现象，人们吵嚷说：

“抬吧！抬她吧！”

她微微尚有一点呼吸，嘴里吐出一点点白沫，这时候她已经被抬起来了。外面平儿急叫：

“冯丫头来了！冯丫头！”

母女相逢太迟了！母女永远永远不会再相逢了！那个孩子手中提了小包袱，慢慢慢慢走到妈妈面前。她细看一看，她的脸孔快要接触到妈妈脸孔的时候，一阵清脆的爆裂的声浪嘶叫开来，她的小包袱滚滚着落地。

四围的人，眼睛和鼻子感到酸楚和湿浸。谁能止住被这小女孩唤起的难忍的酸痛而不哭呢？不相关联的人混同着女孩哭她的母亲。

其中新死去丈夫的寡妇哭得最利害，也最哀伤。她几乎完全哭着自己的丈夫，她完全幻想是坐在她丈夫的坟前。

男人们嚷叫：“抬呀！该抬了。收拾妥当再哭！”

那个小女孩感到不是自己家，身边没有一个亲人，她不哭了。

服毒的母亲眼睛始终是张着，但她不认识女儿，她什么也不认识了！停在厨房板块上，口吐白沫，她心坎尚有一点微微跳动。

赵三坐在炕沿，点上烟袋。女人们找一条白布给女孩包在头上，平儿把白带束在腰间。

赵三不在屋的时候，女人们便开始问那个女孩：

“你姓冯的那个爹爹多咱死的？”

“死两年多。”

“你亲爹呢？”

“早回山东了！”

“为什么不带你们回去？”

“他打娘，娘领着哥哥和我到了冯叔叔家。”

女人们探问王婆旧日的生活，她们为王婆感动。那个寡妇又说：

“你哥怎不来？回家去找他来看看娘吧！”

包白头的女孩，把头转向墙壁，小脸孔又爬着眼泪了！她努力咬住嘴唇，小嘴唇偏张开，她又张着嘴哭了！接受女人们的温情使她大胆一点，走到娘的近边，紧紧捏住娘的冰寒手指，又用手给妈妈抹擦唇上的泡沫。小心恐怕为母亲所惊扰，她带来的包袱踏在脚下。女人们又说：

“家去找哥哥来看看你娘吧！”

一听说哥哥，她就要大哭，又勉强止住。那个寡妇又问：

“你哥哥不在家吗？”

她终于用白色的包头布拢络住脸孔大哭起来了。借了哭势，她才敢说哥哥：

“哥哥前天死了呀，官项捉去枪毙的。”

包头布从头上扯掉。孤独的孩子癫痫着一般用头摇着母亲的心窝哭：

“娘呀……娘呀……”

她再什么也不会哭诉，她还小呢！

女人们彼此说：“哥哥多咱死的？怎么都没听…”

赵三的烟袋出现在门口，他听清楚她们议论王婆的儿子。赵三晓得那小子是个“红胡子”。怎样死的，王婆服毒不是听说儿子枪毙才自杀的吗？这只有赵三晓得。他不愿意叫别人知道，老婆自杀还关联着某个匪案，他觉得当土匪无论如何有些不光明。

摇起他的烟袋老，他僵直的空的声音响起，用烟袋催着女孩：

“你走好啦！她已死啦！没有什么看的，你快走回你家去！”

小女孩被爹爹抛弃，哥哥又被枪毙了，带来包袱和妈妈同住，妈妈又死了，妈妈不在，让她和谁生活呢？

她昏迷地忘掉包袱，只顶了一块白布，离开妈妈的门槛，离开妈妈的门庭，那有点像丢开她的心让她远走一般。

赵三因为他年老。他心中裁判着年轻人：

“私姘妇人，有钱可以，无钱怎么也去姘？没见过。到过节，那个淫妇无法过节，使他去抢，年轻人就这样丧掉性命。”

当他看到也要丧命的自己的老婆的时候，他非常仇恨那个枪毙的小子。当他想起去年冬天，王婆借来老洋炮的那回事。他又佩服人了：

“久当胡子哩！不受欺侮哩！”

妇人们燃柴，锅渐渐冒气。赵三燃着烟袋他来回踱走。

过一会他看看王婆仍多多少少有一点气息，气息仍不断绝。他好像为了她的死等待得不耐烦似的，他困倦了，依着墙瞌睡。

长时间死的恐怖，人们不感到恐怖！人们集聚着吃饭，喝酒，这时候王婆在地下做出声音，看起来，她紫色的脸变成淡紫。人们放下杯子，说她又要活了吧？

不是那样，忽然从她的嘴角流出一些黑血，并且她的嘴唇有点像是起动，终于她大吼两声，人们瞪住眼睛说她就要断气了吧！

许多条视线围着她的时候，她活动着想要起来了！人们惊慌了！女人跑在窗外去了！男人跑去拿挑水的扁担。说她是死尸还魂。

喝过酒的赵三勇猛着：

“若让她起来，她会抱住小孩死去，或是抱住树，就是大人她也有力量抱住。”

赵三用他的大红手贪婪着把扁担压过去。扎实的刀一般地切在王婆的腰间。她的肚子和胸膛突然增涨，像是鱼泡似的。她立刻眼睛圆起来，像发着电光。她的黑嘴角也动了起来，好像说话，可是没有说话，血从口腔直喷，射了赵三的满单衫。赵三命令那个人：

“快轻一点压吧！弄得满身血。”

王婆就算连一点气息也没有了！她被装进待在门口的棺材里。

后村的庙前，两个村中无家可归的老头，一个打着红灯笼，一个手提水壶，领着平儿去报庙。绕庙走了三周，他们顺着毛毛的行人小道回来，老人念一套成谱调的话，红灯笼伴了孩子头上的白布，他们回家去。平儿一点儿也不哭，他只记得住那年妈妈死的时候不也是这样报庙吗？

王婆的女儿却没能回来。

王婆的死信传遍全存，女人们坐在棺材边大大的哭起！扭着鼻涕，号啕着：哭孩子的，哭丈夫的，哭自己命苦的，总之，无管有什么冤屈都到这里来送了！村中一有年岁大的人死，她们，女人之群们，就这样做。

将送棺材上坟场！要钉棺材盖了！

王婆终于没有死，她感到寒凉，感到口渴，她轻轻说：

“我要喝水！”

但她不知道，她是睡在什么地方。

五月节了，家家门上挂起葫芦。二里半那个傻婆子屋里有孩子哭着，她却蹲在门口拿刷马的铁耙子给羊刷毛。

二里半跛着脚。过节，带给他的感觉非常愉快。他在白菜地里看见白菜被虫子吃倒几棵。若在平日他会用短句咒骂虫子，或是生气把白菜用脚踢着。但是现在过节了，他一切愉快着，他觉得自己是应该愉快。走在地边他看一看柿子还没红，他想摘几个柿子给孩子吃吧！过节了！

全村表示着过节，菜田和麦地，无管什么地方都是静静的，甜美的。虫子们也仿佛比平日会唱了些。

过节渲染着整个二里半的灵魂。他经过家门没有进去，把柿子扔给孩子又走了！他要趁着这样愉快的日子会一会朋友。

左近邻居的门上都了纸葫芦，他经过王婆家，那个门上摆荡着的是绿的葫芦。再走，就是金枝家。金枝家，门外没有葫芦，门里没有人了！二里半张望好久：孩子的尿布在锅灶旁被风吹着，飘飘地在浮游。

小金枝来到人家才够一个月，就被爹爹摔死了。婴儿为什么来到这样的人间？使她带了怨悒回去！仅仅是这样短促呀！仅仅是几天的小生命！

小小的孩子睡在许多死人中，他不觉得害怕吗？妈妈走远了！妈妈啜泣声不见了！

天黑了！月亮也不来为孩子做伴。

五月节的前些日子，成业总是进城跑来跑去。家来和妻子吵打。他说："米价落了！三月里买的米现在卖出去折本一小半。卖了还债也不足，不卖又怎能过节？"

并且他渐渐不爱小金枝，当孩子夜里把他吵醒的时候，他说："拼命吧！闹死吧！"

过节的前一天，他家什么也没预备，连一斤面粉也没买。烧饭的时候豆油罐子什么也倒流不出。

成业带着怒气回家，看一看还没有烧菜。他厉声嚷叫：

"啊！像我……该饿死啦，连饭也没得吃……我进城……我进城。"

孩子在金枝怀中吃奶。他又说：

"我还有好的日子吗？你们累得我，是我做强盗都没有机会。"

金枝垂了头把饭摆好，孩子在旁边哭。

成业看着桌上的咸菜和粥饭，他想了一刻又不住地说起：

"哭吧！败家鬼，我卖掉你去还债！"

孩子仍哭着，妈妈在厨房里，不知是扫地；还是收拾柴堆。爹爹发火了：

“把你们都一块卖掉，要你们这些吵家鬼有什么用……”

厨房里的妈妈和火柴一般被燃着：

“你像个什么？回来吵打，我不是你的冤家，你会卖掉，看你卖吧！”

爹爹飞着饭碗！妈妈暴跳起来。

“我卖，我摔死她吧！……我卖什么！”

就这样小生命被截止了！

王婆听说金枝的孩子死，她要来看看，可是她只扶了杖子立起来又倒卧下来。她的腿骨被毒质所侵还不能行走。

年轻的妈妈过了三天她到乱岗子去看孩子。但那能看到什么呢？被狗扯得什么也没有。

成业他看到一堆草染了血，他幻想是捆小金枝的草吧！他俩背向着流过眼泪。

乱坟岗子不知晒干多少悲惨的眼泪？永年悲惨的地带，连个乌鸦也不落下。

成业又看见一个坟窟，头骨在那里重见天日。

走出坟场，一些棺材，坟堆，死寂死寂的印象催迫着他们加快着步子。

八、蚊虫繁忙着

她的女儿来了！王婆的女儿来了！

王婆能够拿着鱼竿坐在河沿钓鱼了！她脸上的纹褶没有什么增多或减少，这证明她依然没有什么变动，她还必须活下去。

晚间河边蛙声震耳。蚊子从河边的草丛出发，嗡声喧闹的队伍，迷漫着每个家庭。日间太阳也炎热起来！太阳烧上人们的皮肤，夏天、田庄上人们怨恨太阳和怨恨一个恶毒的暴力者一般。全个田间，一个大火球在那里滚转。

但是王婆永久欢迎夏天。因为夏天有肥绿的叶子，肥的园林，更有夏夜会唤起王婆诗意的心田，她该开始向着夏夜述说故事。今夏她什么也不说了！她偎在窗下和睡了似的，对向幽邃的天空。

蛙鸣震碎人人的寂寞；蚊虫骚扰着不能停息。

这相同平常的六月，这又是去年割麦的时节。王婆家今年没种田。她更忧伤而消默了！当举着钓竿经过作浪的麦田时，她把竿头的绳线绕起来，她仰了头，望着高空，就这样睬也不睬地经过麦田。

王婆的性情更恶劣了！她又酗酒起来。她每天钓鱼。全家人的衣服她不补洗，她只每夜烧鱼，吃酒，吃得醉疯疯地，满院，满屋她旋走；她渐渐要到树林里去旋走。

有时在酒杯中她想起从前的丈夫；她痛心看见来在身边孤独的女儿，总之在喝酒以后她更爱烦想。

现在她近于可笑，和石块一般沉在院心，夜里她习惯于在院中睡觉。

在院中睡觉被蚊虫围绕着，正像蚂蚁群拖着已腐的苍蝇。她是再也没有心情了吧！再也没有心情生活！

王婆被蚊虫所食，满脸起着云片，皮肤肿起来。

王婆在酒杯中也回想着女儿初来的那天，女儿横在王婆怀中：

“妈呀！我想你是死了！你的嘴吐着白沫，你的手指都凉了呀！……哥哥死了，妈妈也死了，让我到哪里去讨饭吃呀！……他们把我赶出时，带来的包袱都忘了啦，我哭……哭昏啦……妈妈，他们坏心肠，他们不叫我多看你一刻……”

后来孩子从妈妈怀中站起来时，她说出更有意义的话：

“我恨死他们了！若是哥哥活着，我一定告诉哥哥把他打死。”

最后那个女孩，拭干眼泪说：

“我必定要像哥哥……”

说完她咬一下嘴唇。

王婆思想着女孩怎么会这样烈性呢？或者是个中用的孩子？

王婆忽然停止酗酒，她每夜，开始在林中教训女儿，在静的林里，她严峻地说：

“要报仇。要为哥哥报仇，谁杀死你的哥哥？”

女孩子想：“官项杀死哥哥的。”她又听妈妈说：“谁杀死哥哥，你要杀死谁……”

女孩子想过十几天以后，她向妈妈踌躇着：

“是谁杀死哥哥？妈妈明天领我去进城，找到那个仇人，等后来什么时候遇见他我好杀死他。”

孩子说了孩子话，使妈妈笑了！使妈妈心痛。

王婆同赵三吵架的那天晚上，南河的河水涨出了河床。南河沿嚷着：

“涨大水啦！涨大水啦！”

人们来往在河边，赵三在家里也嚷着：

“你快叫她走，她不是我家的孩子，你的崽子我不招留。快——”

第二天家家的麦子送上麦场。第一场割麦，人们要吃一顿酒来庆祝。赵三第一年不种麦，他家是静悄悄的。有人来请他，他坐到别人欢说的酒桌前，看见别人欢说，看见别人收麦，他红色的大手在人前窘迫着了！不住的胡乱的扭搅，可是没有人注意他，种麦人和种麦人彼此谈话。

河水落了却带来众多的蚊虫。夜里蛤蟆的叫声，好像被蚊子的嗡嗡压住似的。日间蚊群也是忙着飞。只有赵三非常哑默。

九、传染病

乱岗子，死尸狼藉在那里。无人掩埋，野狗活跃在尸群里。太阳血一般昏红；从朝至暮蚊虫混同着蒙雾充塞天空。高粱，玉米和一切菜类被人丢弃在田圃，每个家庭是病的家庭。是将绝灭的家庭。全村静悄了。植物也没有风摇动它们。一切沉浸在雾中。赵三坐在南地端出卖五把新镰刀。那是组织“镰刀会”时剩下的。他正看着那伤心的遗留物，村中的老太太来问他：

“我说……天象，这是什么天象？要天崩地陷了。老天爷叫人全死吗？嗳……”

老太婆离去赵三，曲背立即消失在雾中，她的语声也像隔远了似的：

“天要灭人呀！…老天早该灭人啦！人世尽是强盗、打仗、杀害，这是人自己招的罪……”

渐渐远了！远处听见一个驴子在号叫，驴子号叫在山坡吗？驴子号叫在河沟吗？

什么也看不见，只能听闻：那是，二里半的女人作嘎的不愉悦的声音来近赵三。赵三为着镰刀所烦恼，他坐在雾中，他用烦恼的心思在忌恨镰刀。他想：

“青牛是卖掉了！麦田没能种起来。”

那个婆子向他说话，但他没有注意到。那个婆子被脚下的土块跌倒，她起来慌张着，在雾层中看不清她怎样张惶。她的音波织起了网状的波纹，和老大的蚊音一般：

“三哥，还坐在这里！家怕是有‘鬼子’来了，就连小孩子，‘鬼子’也要给打针。你看我把孩子抱出来，就是孩子病死也甘心，打针可不甘心。”

麻面婆离开赵三去了！抱着她未死的、连哭也不会哭的孩子沉没在雾中。

太阳变成暗红色的放大而无光的圆轮，当在人头。昏茫的村庄埋着天然灾难的种子，渐渐种子在滋生。

传染病和放大的太阳一般勃发起来，茂盛起来！

赵三踏着死蛤蟆走路；人们抬着棺材在他身边暂时现露而滑过去！一个歪斜面孔的小脚女人跟在后面，她小小的声音哭着。又听到驴子叫，不一会驴子闪过去，背上驮着一个重病的老人。

西洋人，人们叫他“洋鬼子”，身穿白外套，第二天雾退时，白衣女人来到赵三的窗外，她嘴上挂着白囊，说起难懂的中国话：

“你的，病人的有？我的治病好，来。快快的。”

那个老的胖一些的，动一动胡子，眼睛胖得和猪一般，把头探着窗子望。

赵三着慌说没有病人，可是终于给平儿打针了！

“老鬼子”向那个“小鬼子”说话，嘴上的白囊一动一动的。管子，药瓶和亮刀从提包倾出，赵三去井边提一壶冷水。那个“鬼子”开始擦他通孔的玻璃管。

平儿被停在窗前的一块板上，用白布给他蒙住眼睛。隔院的人们都来看着，因为要晓得“鬼子”怎样治病，“鬼子”治病究竟怎样可怕。

玻璃管从肚脐一寸的地方插下，五寸长的玻璃管只有半段在肚皮外闪光。于是人们捉紧孩子，使他仰卧不得摇动。“鬼子”开始一个人提起冷水壶，另一个对准那个长长的橡皮管顶端的漏水器。看起来“鬼子”像修理一架机器。四面围观的人好像有叹气的，好像大家一起在缩肩膀。孩子只是做出“呀！呀”的短叫，很快一壶水灌完了！最后在滚涨的肚子上擦一点黄色药水，用小剪子剪一块白绵贴在破口。就这样白衣“鬼子”提了包轻便的走了！又到别人家去。

又是一天晴朗的日子，传染病患到绝顶的时候！女人们抱着半死的小孩子，女人们始终惧怕打针，惧怕白衣的“鬼子”用水壶向小孩子肚里灌水。她们不忍看那肿涨起来奇怪的肚子。

恶劣的传闻布遍着。

“李家的全家死了！”“城里派人来检查，有病象的都用车子拉进城去，老太婆也拉，孩子也拉，拉去打药针。”

人死了听不见哭声，静悄地抬着草捆或是棺材向着乱坟岗子走去，接接连连的，不断……

过午二里半的婆子把小孩送到乱坟岗子去！她看到别的几个小孩有的头发蒙住白脸，有的被野狗拖断了四肢，也有几个好好的睡在那里。

野狗在远的地方安然地嚼着碎骨发响。狗感到满足，狗不再为着追求食物而疯狂，也不再猎取活人。

平儿整夜呕着黄色的水，绿色的水，白眼珠满织着红色的丝纹。赵三喃喃着走出家门，虽然全村的人死了不少，虽然庄稼在那里衰败，镰刀他却总想出卖，镰刀放在家里永久刺着他的心。

十、十年

十年前村中的山，山下的小河，而今依旧似十年前，河水静静的在流，山坡随着季节而更换衣裳；大片的村庄生死轮回着和十年前一样。

屋顶的麻雀仍是那样繁多。太阳也照样暖和。山下有牧童在唱童谣，那是十年前的旧调：“秋夜长，秋风凉，谁家的孩儿没有娘，谁家的孩儿没有娘，……月亮满西窗。”

什么都和十年前一样，王婆也似没有改变，只是平儿长大了！平儿和罗圈腿都是大人了！

王婆被凉风飞着头发，在离墙外远听从山坡传来的童谣。

十一、年轮转动了

雪天里，村人们永没见过的旗子飘扬起，升上天空！

全村寂静下去，只有日本旗子在山岗临时军营前，振荡地响着。

村人们在想：这是什么年月？中华国改了国号吗？

十二、黑色的舌头

宣传“王道”的旗子来了！带着尘烟和骚闹来的。

宽宏的树夹道；汽车闹嚣着了！

田间无际限的浅苗湛着青色。但这不再是静穆的村庄，人们已经失去了心的平衡。草地上汽车突起着飞尘跑过，一些红色绿色的纸片播着种子一般落下来。小茅房屋顶有花色的纸片在起落。附近大道旁的枝头挂住纸片，在飞舞嘶鸣。从城里出发的汽车又追踪着驰来。车上站着威风飘扬的日本人、高丽人，也站着扬威的中国人。车轮突飞的时候，车上每人手中的旗子摆摆有声，车上的人好像生了翅膀齐飞过去。那一些举着日本旗子做出媚笑杂样的人，消失在道口。

那一些“王道”的书篇飞到山腰去，河边去……

王婆立在门前，二里半的山羊垂下它的胡子。老羊轻轻走过正在繁茂的树下。山羊不再寻什么实物，它困倦了！它过于老，全身变成土一般的毛色。它的眼神模糊好像垂泪似的。山羊完全幽默和可怜起来；拂摆着长胡子走向洼地。

对着前面的洼地，对着山羊，王婆追踪过去痛苦的日子。她想把那些日子捉回，因为今日的日子还不如昨日。洼地没人种，上岗那些往日的麦田荒乱在那里。她在伤心的追想。

日本飞机拖起狂大的嗡鸣飞过，接着天空翻飞着纸片。一张纸片落在王婆头顶的树枝，她取下看了看丢在脚下。飞机又过去时留下更多的纸片。她不再理睬一下那些纸片，丢在脚下来复的乱踏。

过了一会，金枝的母亲经过王婆，她手中捉住两只公鸡，她问王婆说：

“日子算是没法过了！可怎么过？就剩两只鸡，还得快快去卖掉！”

王婆问她：“你进城去卖吗？”

“不进城谁家肯买？全村也没有几只鸡了！”

她向王婆耳语了一阵：

“日本子恶得很！村子里的姑娘都跑空了！年轻的媳妇也是一样。我听说王家屯一个十三岁的小丫头叫日本子弄去了！半夜三更弄走的。”

“歇一歇再走吧！”王婆说。

她俩坐在树下。大地上的虫子并不鸣叫，只是她俩惨淡而忧伤的谈着。

公鸡在手下不时振动着膀子。太阳有点正中了！树影做成圆形。

村中添设出异样的风光，日本旗子，日本兵。人们开始讲究这一些；“王道”啦！日“满”亲善啦！快有“真龙天子”啦！

在“王道”之下，村中的废田多起来，人们在广场上忧郁着徘徊。

那老婆说到最后：“我这些年来，都是养鸡，如今连个鸡毛也不能留，连个‘啼明’的公鸡也不让留下。这是什么年头……”

她震动一下袖子，有点癫狂似的，她立起来，踏过前面一块不耕的废田，废田患着病似的，短草在那婆婆的脚下不愉快的没有弹力的被踏过。

走得很远，仍可辨出两只公鸡是用那个挂下的手提着，另外一只手在面部不住的抹擦。

王婆睡下的时候，她听见远处好像有女人尖叫。打开窗子听一听……

再听一会警笛嚣叫起来，枪鸣起来，远处的人家闯入什么魔鬼了吗？

“你家有人没有？”

当夜日本兵，中国警察搜遍全村。这是搜到王婆家。她回答：

“有什么人？没有。”

他们掩住鼻子在屋中转了一个弯出去了。手电灯发青的光线乱闪着，临走出门栏，一个日本兵在铜帽子下面说中国话：

“也带走她。”

“怎么也带女人吗？”她想，“女人也要捉去枪毙吗？”

“谁稀罕她，一个老婆子！”那个中国警察说。

中国人都笑了！日本人也瞎笑。可是他们不晓得着话是什么意思，别人笑，他们也笑。

真的，不知他们牵了谁家的女人，曲背和猪一般被他们牵走。在稀薄乱动的手电灯绿色的光线里面，分辨不出这女人是谁！

还没走出栏门，他们就调笑那个女人。并且由王婆看见那个日本“铜帽子”的手在女人的屁股上急忙的爬了一下。

十三、你要死灭吗？

王婆以为又是假装搜查到村中捉女人，于是她不想到什么恶劣的事情上去，安然的睡了！赵三那老头子也非常老了！他回来没有惊动谁也睡了！

过了夜，日本宪兵在门外轻轻敲门，走进来的，看样像个中国人，他的长靴染了湿淋的露水，从口袋取出手巾，摆出泰然的样子坐在炕沿慢慢擦他的靴子，访问就在这时开始：

“你家昨夜没有人来过？不要紧。你要说实话。”

赵三刚起来，意识有点不清，不晓得这是什么事情发生。于是那个宪兵把手中的帽子用力抖了一下，不是柔和而不在意的态度了：“混蛋！你怎么不知道？等带去你就知道了！”

说了这样话并没带他去。王婆一面在扣衣钮一面抢说：

“问的是什么人？昨夜来过几个‘老总’，搜查没有什么就走了！”

那个军官样的把态度完全是对着王婆，用一种亲昵的声音问：

“老太太请告诉吧！有赏哩！”

王婆的样子仍是没有改变。那人又说：

“我们是捉胡子，有胡子乡民也是同样受害，你没见着昨天汽车来到村子宣传‘王道’吗？‘王道’叫人诚实。老太太说了吧！有赏呢？”

王婆面对着窗子照上来的红日影，她说：

“我不知道这回事。”

那个军官又想大叫，可是停住了，他的嘴唇困难的又动几下：

“‘满洲国’要把害民的胡子扫清，知道胡子不去报告，查出来枪毙！”这时那个长靴人用斜眼神侮辱赵三一下。接着他再不说什么，等待答复，终于他什么也没得到答复。

还不到中午，乱坟岗子多了三个死尸，其中一个是女尸。

人们都知道那个女尸，就是北村一个寡妇家搜出的那个“女学生”。

赵三听得别人说“女学生”是什么“党”。但是他不晓得什么“党”做什么解释。当夜在喝酒以后把这一切告诉了王婆，他也不知道那“女学生”倒有什么密事，到底为什么才死？他只感到不许传说的事情神秘，他也必定要说。

王婆她十分不愿意听，因为这件事发生，她担心她的女儿，她怕是女儿的命运和那个“女学生”一般样。

赵三的胡子白了！也更稀疏，喝过酒，脸更是发红，他任意把自己摊散在炕角。

平儿担了大捆的绿草回来，晒干可以成柴，在院心他把绿草铺平。进屋他不立刻吃饭，透汗的短衫脱在身边，他好像愤怒似的，用力来抬响他多肉的肩头，嘴里长长地吐着呼吸。过了长时间爹爹说：

“你们年轻人应该有些胆量。这不是叫人死吗？亡国了！麦地不能种了，鸡犬也要死净。”

老头子说话像吵架一般。王婆给平儿缝汗衫上的大口，她感动了，想到亡国，把汗衫缝错了！她把两个袖口完全缝住。

赵三和一个老牛般样，年轻时的气力全都消灭，只回想“镰刀会”，又告诉平儿：

“那时候你还小着哩！我和李青山他们弄了个‘镰刀会’。勇得很！可是我受了打击，那一次使我碰壁了，你娘去借只洋炮来，谁知道没有用洋炮，就是一条棍子出了人命，从那时起就倒霉了！一年不如一年活到如今。”

“狗，到底不是狼，你爹从出事以后，对‘镰刀会’就没趣了！青牛就是那年卖的。”

她这样戗白着，使赵三感到羞耻和愤恨。同时自己为什么当时就那样卑小？心脏发燃了一刻，他说着使自己满意的话。

“这下子东家也不东家了！有日本子，东家也不好干什么！”

他为轻松充血的身子，他向树林那面去散步，那儿有树林，林梢在青色的天边图出美调的和舒卷着的云一般的弧线。青的天幕在前面直垂下来，曲卷的树梢花边般地嵌上天幕。田间往日的蝶儿在飞，一切野花还不曾开。小草房一座一座的摊落着，有的留下残墙在晒阳光，有的也许是被炸弹带走了屋盖。房身整整齐齐地摆在那里。

赵三阔大开胸膛，他呼吸田间透明的空气。他不愿意走了，停脚在一片荒芜的、过去的麦地旁。就这样不多一时，他又感到烦恼，因为他想起往日自己的麦田而今丧尽在炮火下，在日本兵的足下必定不能够再长起来，他带着麦田的忧伤又走过一片瓜田，瓜田也不见了种瓜的人，瓜田尽被一些蒿草充塞。去年看守瓜地小房，依然存在；赵三倒在小房下的短草梢头。他欲睡了！朦胧中看见一些“高丽”人从大树林穿过。视线从地平面直发过去，那一些“高丽”人仿佛是走在天边。

假如没有乱插在地面的家屋，那么赵三觉得自己是躺在天边了！

阳光迷住他的眼睛，使他不能再远看了！听得见村狗在远方无聊地吠叫。

如此荒凉的旷野，野狗也不到这里巡行。独有酒烧胸膛的赵三到这里巡行，但是他无有目的，任意足尖踏到什么地点，走过无数秃田，他觉得过于可惜，点一点头，摆一摆手，不住地叹着气走回家去。

村中的寡妇多起来，前面是三个寡妇，其中的一个尚拉着她的孩子走。

红脸的老赵三走近家门又转弯了！他是那样信步而无主地走！忧伤在前面招示他，忽然间一个大凹洞，踏下脚去。他未曾注意这个，好像他一心要完成长途似的，继续前进。那里更有炸弹的洞穴，但不能阻碍他的去路，因为喝酒，壮年的血气鼓动他。

在一间房子里，一只母猫正在哺乳一群小猫。他不愿看这些，他还走，没有一个熟人与他遇见。直到天西烧红着云彩，他滴血的心，垂泪的眼睛竟来到死去的年轻时伙伴们的坟上，不带酒祭奠他们，只是无话坐在朋友们之前。

亡国后的老赵三，蓦然念起那些死去的英勇的伙伴！留下活着的老的，只有悲愤而不能走险了，老赵三不能走险了！

那是个繁星的夜，李青山发着疯了！他的哑喉咙，使他讲话带着神秘而紧张的声色。这是一次他们大型的集会。在赵三家里，他们像在举行什么盛大的典礼，庄严与静肃。人们感到缺乏空气一般，人们连鼻子也没有一个作响。屋子不燃灯，人们的眼睛和夜里的猫眼一般，闪闪有粼光而发绿。

王婆的尖脚，不住的踏在窗外，她安静的手下提了一只破洋灯罩，她时时准备着把玻璃灯罩摔碎。她是个守夜的老鼠，时时防备猫来。她到篱笆外绕走一趟，站在篱笆外听一听他们的谈论高低，有没有危险性？手中的灯罩她时刻不能忘记。

屋中李青山固执而且浊重的声音继续下去：

“在这半月里，我才真知道人民革命军真是不行，要干人民革命军那就必得倒霉，他们尽是些‘洋学生’，上马还得用人抬上去。他们嘴里就会狂喊‘退却’。二十八日那夜外面下小雨，我们十个同志正吃饭，饭碗被炸碎了哩！派两个出去寻炸弹的来路。大家来想一想，两个‘洋学生’跑出去，唉！丧气，被敌人追着连帽子都跑丢了，‘学生’们常常给敌人打死。……”

罗圈腿插嘴了：“革命军还不如红胡子有用？”

月光照进窗来太暗了！当时没有人能发见罗圈腿发问时是个什么奇怪的神情。

李青山又在开始：

“革命军纪律可真厉害，你们懂吗？什么叫纪律？那就是规矩。规矩大紧，我们也受不了。比方吧：屯子里年轻轻的姑娘望着不准去……哈哈！我吃了一回苦，同志打了我十下枪柄哩！”

他说到这里，自己停下笑起来，但是没敢大声。他继续下去。

二里半对于这些事情始终是缺乏兴致，他在一边瞌睡，老赵三用他的烟袋撞一下在睡的缺乏政治思想的二里半，并且赵三大不满意起来：

“听着呀！听着，这是什么年头还睡觉？”

王婆的尖脚乱踏着地面作响一阵，人们听一听，没听到灯罩的响声，知道日本兵没有来，同时人民感到严重的气氛。李青山的计划庄重着发表。

李青山是个农人，尚分不清该怎样把事弄起来，只说着：

“屯子里的小伙子招集，起来救国吧！革命军那一群‘学生’是不行。只有红胡子才有胆量。”

老赵三他的烟袋没有燃着，丢在炕上，急快地拍一下手他说：

“对！招集小伙子们，起名也叫革命军。”

其实赵三完全不能明白，因为他还不曾听说什么叫作革命军，他无由得到安慰，他的大手掌快乐的不停的搔着胡子。对于赵三这完全和十年前组织“镰刀会”同样兴致，也是暗室，也是静悄悄的讲话。

老赵三快乐得终夜不能睡觉，大手掌翻了个终夜。

同时站在二里半的墙外可以数清他鼾声的拍子。

乡间，日本人的毒手努力毒化农民，就说要恢复“大清国”，要做“忠臣”“孝子”“节妇”；可是另一方面，正相反的势力也增长着。

天一黑下来就有人越墙藏在王婆家中，那个黑胡子的人每夜来，成为王婆的熟人。在王婆家吃夜饭，那人向她说：

“你的女儿能干得很，背着步枪爬山爬得快呢！可是……已经……”

平儿蹲在炕下，他吸爹爹的烟袋。轻微的一点妒嫉横过心面。他有意弄响烟袋在门扇上，他走出去了。外面是阴沉全黑的夜，他在黑色中消灭了自己。等他忧悒着转回来时，王婆已是在垂泪的境况。

那夜老赵三回来得很晚，那是因为他逢人便讲亡国，救国，义勇军，革命军……这一些出奇的字眼，所以弄得回来这样晚。快鸡叫的时候了！赵三的家没有鸡，全村听不见往日的鸡鸣。只有褪色的月光在窗上，“三星”不见了，知道天快明了。

他把儿子从梦中唤醒，他告诉他得意的宣传工作：东村那个寡妇怎样把孩子送回娘家预备去投义勇军。小伙子们怎样准备集合。老头子好像已在衙门里做了官员一样，摇摇摆摆着他讲话时的姿势，摇摇摆摆着他自己的心情，他整个的灵魂在阔步！

稍微沉静一刻，他问平儿：

“那个人来了没有？那个黑胡子的人？”

平儿仍回到睡中，爹爹正鼓动着生力，他却睡了！爹爹的话在他耳边，像蚊虫嗡叫一般的无意义。赵三立刻动怒起来，他觉得他光荣的事业，不能有人承受下去，感到养了这样的儿子没用，他失望。

王婆一点声息也不作出，像是在睡般地。

明朝，黑胡子的人忽然走来，王婆又问他：

“那孩子死的时候，你到底是亲眼看见她没有？”

他弄着骗术一般：

“老太太你怎么还不明白？不是老早对你讲么？死了就死了吧！革命就不怕死，那是露脸的死啊……比当日本狗的奴隶活着强得多哪！”

王婆常常听他们这一类人说“死”说“活”……她也想死是应该，于是安静下去，用她昨夜为着泪水所侵蚀的眼睛观察那熟人急转的面孔。终于她接受了！那人从囊中取出来的所有小本子，和像黑点一般的小字充满在上面的零散的纸张，她全接受了！另外还有发亮的小枪一只也递给王婆。那个人急忙着要走，这时王婆又不自禁问：

“她也是枪打死的吗？”

那人开门急走出去了！因为急走，那人没有注意到王婆。

王婆往日里，她不知恐怖，常常把那一些别人带来的小本子放在厨房里。

有时她竟丢在席子下面。今天她却减少了胆量，她想那些东西若被搜查着，日本兵的刺刀会刺通了自己。她好像觉着自己的遭遇要和女儿一样似的，尤其是手掌里的小枪。她被恫吓着慢慢颤栗起来。女儿也一定被同样的枪杀死。她终止了想，她知道当前的事开始紧急。

赵三仓惶着脸回来，王婆没有理他走向后面柴堆那儿。柴草不似每年，那是燃空了！在一片平地上稀疏的生着马蛇菜。她开始掘地洞；听村狗在狂咬，她有些心慌意乱，把镰刀头插进土去无力拔出。她好像要倒落一般，全身受着什么压迫要把肉体解散了一般。过了一刻难忍昏迷的时间，她跑去呼唤她的老同伴。可是当走到房门又急转回来，她想起别人的训告：

——重要的事情谁也不能告诉，两口子也不能告诉。

那个黑胡子的人，向她说过的话也使回想了一遍：

——你不要叫赵三知道，那老头子说不定和孩子似的。

等她埋好之后，日本兵继续来过十几遍。多半只戴了铜帽，连长靴都没穿就来了。

人们知道他们又是在弄女人。

王婆什么观察力也失去了！不自觉地退缩在赵三的背后，就连那永久带着笑脸，常来王婆家搜查的日本官长，她也不认识了。临走时那人向王婆说“再见”，她直直迟疑着而不回答一声。

“拔”——“拔”，就是出发的意思，老婆们给男人在搜集衣裳或是鞋袜。

李青山派人到每家去寻个公鸡，没得寻到，有人提议把二里半的老山羊杀了吧！山羊正走在李青山的门前，或者是歇凉，或者是它走不动了！它的一只独角塞进篱墙的缝隙，小伙子们去抬它，但是无法把独角弄出。

二里半从门口经过，山羊就跟在后面回家去了！二里半说：

“你们要杀就杀吧！早晚还不是给日本子留着吗！”

李二婶子在一边说："日本子可不要它，老得不成样。"

二里半说："日本子可不要它，老也老死了！"

人们宣誓的日子到了！没有寻到公鸡，决定拿老山羊来代替。小伙子们把山羊抬着，在杆上四脚倒挂下去，山羊不住哀叫。二里半可笑的悲哀的形色跟着山羊走来，他的跛脚仿佛是一步一步把地面踏陷。波浪状的行走，愈走愈快！他的老婆疯狂的想把他拖回去，然而不能做到，二里半惶惶的走了一路。山羊被抬过一个山腰的小曲道。山羊被升上院心铺好红布的方桌。

东村的寡妇也来了！她在桌前跪下祷告一阵，又到桌前点着两只红蜡烛，蜡烛一点着，二里半知道快要杀羊了。

院心除了老赵三，那尽是一些年轻小伙子在走、转。他们袒胸露背，强壮而且凶横。

赵三总是向那个东村的寡妇说，他一看见她便宣传她。他一遇见事情，就不像往日那样贪婪吸他的烟袋。说话表示出庄严，连胡子也动荡一下：

"救国的日子就要来到。有血气的人不肯当亡国奴，甘愿做日本刺刀下的屈死鬼。"

赵三只知道自己是中国人。无论别人对他讲解了多少遍，他总不能明白他在中国人中是站在怎样的阶级。虽然这样，老赵三也是非常进步，他可以代表整个村人在进步着，那就是他从前不晓得什么叫国家，从前也许忘掉了自己是那国的国民！

他不开言了！静站在院心，等待宏壮悲愤的典礼来临。

来到三十多人，带来重压的大会，可真的触到赵三了！使他的胡子也感到非常重要而不可搓碰一下。

四月里晴朗的天空从山脊流照下来，房周的大树群在正午垂曲的立在太阳下。畅明的天光与人们共同宣誓。

寡妇们和亡家的独身汉在李青山喊过口号之后，完全用膝头曲倒在天光之下。羊的脊背流过天光，桌前的大红蜡烛在沉默的人头前面燃烧。李青山的大个子直立在桌前："弟兄们！今天是什么日子！知道吗？今天……我们去敢死……决定了……就是把我们的脑袋挂满了整个村子所有的树梢也情愿，是不是啊？……是不是……？弟兄们……？"

回声先从寡妇们传出："是呀！千刀万剐也愿意！"

哭声刺心一般痛，哭声方锥一般落进每个人的胸膛。一阵强烈的悲酸掠过低垂的人头，苍苍然蓝天却坠了！

老赵三立到桌子前面，他不发声，先流泪：

"国……国亡了！我……我也……老了！你们还年轻，你们去救国吧！我这许老骨头再……再也不中用了！我是个老亡国奴，我不会眼见你们把日本的旗撕碎，等着我埋在坟里……也要把中国旗子插在坟头，我是中国人……我要中国旗子，我不要当亡国奴，生是中国人，死是中国鬼……不……不是亡……亡国奴……"

浓重不可分解的悲酸，使树叶垂头。赵三在红蜡烛前用力鼓了桌子两下，人们一起哭向苍天了！人们一起向苍天哭泣。大群的人起着号啕！

就这样把一只匣枪装好子弹摆在众人前面。每人走到那枪口就跪倒下去"盟誓"：

"若是心不诚，天杀我，枪杀我，枪子是有灵有圣有眼睛的啊！"

寡妇们也是盟誓。也是把枪口对准心窝说话。只有二里半在人们宣誓之后快要杀羊时他才回来。从什么地方他捉一只公鸡来！只有他没曾宣誓，对于国亡，他似乎没有什么伤心，他领着山羊，就回家去。别人的眼睛，尤其是老赵三的眼睛在骂他：

"你个老跛脚的东西，你，你不想活吗？……"

十四、到都市里去

临行的前夜，金枝在水缸沿上磨剪刀，而后用剪刀撕破死孩子的尿布。年轻的寡妇是住在妈妈家里。

“你明天一定走吗？”

睡在身边的妈妈被灯光照醒，带着无限怜惜，在已决定的命运中求得安慰似的。

“我不走，过两天再走。”金枝答她。

又过了不多时候老太太醒来，她再不能睡，当她看见女儿不在身边而在地心洗涤什么的时候，她坐起来问着：

“你是明天走吗？再住三两天不能够吧！”

金枝在夜里收拾东西，母亲知道她是要走。金枝说：

“娘，我走两天，就回来，娘……不要着急！”

老太太像在摸索什么，不再发声音。

太阳很高很高了，金枝尚偎在病母亲的身边，母亲说：

“要走吗？金枝！走就走吧！去赚些钱吧！娘不阻碍你。”母亲的声音有些惨然：

“可是要学好，不许跟别人学，不许和男人打交道。”

女人们再也不怨恨丈夫。她向娘哭着：

“这不都是小日本子吗？挨千刀的小日本子！不走等死吗？”

金枝听老人讲，女人独行路要扮个老相，或丑相，束上一条腰带，她把油罐子挂在身边，盛米的小桶也挂在腰带上，包着针线和一些碎布的小包袱塞进米桶去，装做讨饭的老婆，用灰尘把脸涂得很脏并有条纹。

临走时妈妈把自己耳上的银环摘下，并且说：

“你把这个带去吧！放在包袱里，别叫人给你抢去，娘一个钱也没有，若肚饿时，你就去卖掉，买个干粮吃吧！”

走出门去还听母亲说：“遇见日本子，你快伏在蒿子下。”

金枝走得很远，走下斜坡，但是娘的话仍是那样在耳边反复：“买个干粮吃。”她心中乱乱的幻想，她不知走了多远，她像从家向外逃跑一般，速步而不回头。小道也尽生着短草，即便是短草也障碍金枝赶路的脚。

日本兵坐着马车，口里吸烟，从大道跑过。金枝有点颤抖了！她想起母亲的话，很快躺在道旁的蒿子里。日本兵走过，她心跳着站起，她四面惶惶在望：母亲在哪里？家乡离开她很远，前面又来到一个生疏的村子，使她感觉到走过无数人间。

红日快要落过天边去，人影横倒地面杆子一般瘦长。踏过去一条小河桥，再没有多少路途了！

哈尔滨城渺茫中有工厂的烟囱插入云天。

金枝在河边喝水，她回头望向家乡，家乡遥远而不可见。只是高高的山头，山下分辨不清是烟是树，母亲就在烟树荫中。

她对于家乡的山是那般难舍，心脏在胸中飞起了！金枝感到自己的心已被摘掉不知抛向何处！她不愿走了，强行走过河桥又转入小道。前面哈尔滨城在招示她，背后家山向她送别。

小道不声蒿草，日本兵来时，让她躲身到地缝中去吗？她四面寻找，为了心脏不能平衡，脸面过量的流汗，她终于被日本兵寻到。

“你的……站住。”

金枝好比中了枪弹，滚下小沟去，日本兵走近，看一看她脏汗的样子。他们和肥鸭一般，嘴里发响动着身子，没有理他走过去了！他们走了许久许久，她仍没起来，以后她哭着，木桶扬翻在那里，小包袱从木桶滚出。她重新走起时，身影在地面越瘦越长起来，和细线似的。

金枝在夜的哈尔滨，睡在一条小街阴沟板上。那条街是小工人和洋车夫们的街道。有小饭馆，有最下等的妓女，妓女们的大红裤时时在小土房的门前出现。闲散的人，做出特别姿态，慢慢和大红裤们说笑，后来走进小房去，过一会又走出来。但没有一个人理会破乱的金枝，她好像一个垃圾桶，好像一个病狗似的堆偎在那里。

这条街连警察也没有，讨饭的老婆和小饭馆的伙计吵架。

满天星火，但那都疏远了！那是与金枝绝缘的物体。半夜过后金枝身边来了一条小狗，也许小狗是个受难的小狗？这流浪的狗钻进木桶去睡。金枝醒来仍没出太阳，天空许多星充塞着。

许多街头流浪人，尚挤在饭馆门前，等候着最后的施舍。

金枝腿骨断了一般酸痛，不敢站起。最后她也挤进要饭人堆去，等了好久，伙计不见送饭出来，四月里露天睡觉打着透心的寒颤。别人看她的时候，她觉得这个样子难看，忍了饿又来在原处。

夜的街头，这是怎样的人间？金枝小声喊着娘，身体在阴沟板上不住的抽拍。绝望着，哭着，但是她和木桶里在睡的小狗一般同样不被人注意，人间好像没有他们存在。天明，她不觉得饿，只是空虚，她的头脑空空尽尽了！在街树下，一个缝补的婆子，她遇见对面去问：

“我是新来了，新从乡下来的……”

看她作窘的样子那个缝婆没理她，面色在清凉的早晨发着淡白走去。

卷尾的小狗偎依着木桶好像偎依妈妈一般，早晨小狗大约感到太寒。

小饭馆渐渐有人来往。一堆白热的馒头从窗口堆出。

“老婶娘，我新从乡下来，……我跟你去，去赚几个钱吧！”

第二次，金枝成功了，那个婆子领她走，一些搅扰的街道，发出浊气的街道，她们走过，金枝好像才明白，这里不是乡间了，这里只是生疏、隔膜、无情感。一路除了饭馆门前的鸡、鱼、和香味，其余她都没有看见似的，都没有听闻似的。

“你就这样把袜子缝起来。”

在一个挂金牌的“鸦片专卖所”的门前，金枝打开小包，用剪刀剪了块布角，缝补不认识的男人的破袜。那婆子又在教她：

“你要快缝，不管好坏，缝住，就算。”

金枝一点力量也没有，好像愿意赶快死似的，无论怎样努力眼睛也不能张开。一部汽车擦着她的身边驶过，跟着警察来了，指挥她说：

“到那边去！这里也是你们缝穷的地方？”

金枝忙仰头说：“老总，我刚从乡下，还不懂得规矩。”

在乡下叫惯了老总，她叫警察也是老总，因为她看警察也是庄严的样子，也是腰间佩枪。别人都笑她，那个警察也笑了。老缝婆又教说她：

“不要理他，也不必说话，他说你，你躲后一步就完。”

她，金枝立刻觉得自己发羞，看一看自己的衣裳也不和别人同样，她立刻讨厌从乡下带来的破罐子，用脚踢了罐子一下。

袜子补完，肚子空虚的滋味不见终止，假若得法，她要到无论什么地方去偷一点东西吃，很长时间她停住针，细看那个立在街头吃饼干的孩子，一直到孩子把饼干的最末一块送进嘴去，她仍在看。

“你快缝，缝完吃午饭，……可是你吃了早饭没有？”

金枝感到过于亲热，好像要哭出来似的，她想说：“从昨天就没吃一点东西，连水也没喝过。”

中午来到，她们和从“鸦片馆”出来游魂似的人们同行着。女工店有一种特别不流通的气息，使金枝想到这又不是乡村，但是那一些停滞的眼睛，黄色脸，知道吃过饭，大家用水盆洗脸时她才注意到，全屋五丈多长，没有隔壁，墙的四周涂满了臭虫血，满墙拖长着黑色紫色的血点。一些污秽发酵的包袱围墙堆集着。这些多样的女人，好像每个患着病似的，就在包袱上枕了头讲话。

“我那家的太太，待我不错，吃饭都是一样吃，哪怕吃包子我也一样吃包子。”

别人跟住声音去羡慕她。过了一阵又是谁说她被公馆里的听差扭一下嘴巴。她说她气病了一场，接着还是不断地乱说。这一些烦烦乱乱的话金枝尚不能听明白，她正在细想什么叫公馆呢？什么是太太？她用遍了思想而后问一个身边在吸烟的剪发的妇人：

“‘太太’不就是老太太吗？”

那个妇人没答她，丢下烟袋就去呕吐。她说吃饭吃了苍蝇。可是全屋通长的板炕，那一些城市的女人她们笑得使金枝生厌，她们是前仆后折的笑。她们为笑着这个乡下女人彼此兴奋得拍响着肩膀，笑得甚的竟流起眼泪来。金枝却静静坐在一边。等夜晚睡觉时，她向初识那个老太太说：

“我看哈尔滨倒不如乡下好，乡下姐妹很和气，你看午间她们笑我拍着掌哩！”

说着她卷紧一点包袱，因为包袱里面藏着赚得的两角钱纸票，金枝枕了包袱，在都市里的臭虫堆中开始睡觉。

金枝赚钱赚得很多了！在裤腰间缝了一个小口袋，把两元钱的票子放进去，而后缝住袋口。女工店向她收费用时她同那人说：

“晚几天给不行吗？我还没赚到钱。”她无法又说：“晚上给吧！我是新从乡下来的。”

终于那个人不走，她用手摆在金枝眼下。女人们也越集越多，把金枝围起来。她好像在耍把戏一般招来这许多观众，其中有一个三十多岁的胖子，头发完全脱掉，粉红色闪光的头皮，独超出人前，她的脖子装好颤丝一般，使闪光的头颅轻便而随意的在转，在颤，她就向金枝说：

“你快给人家！怎么你没有钱？你把钱放在什么地方我都知道。”

金枝生气，当着大众把口袋撕开，她的票子四分之三觉得是损失了！被人夺走了！她只剩五角钱。她想：

“五角钱怎样送给妈妈？两元要多少日子再赚得？”

她到街上去上工很晚。晚间一些臭虫被打破，发出袭人的臭味，金枝坐起来全身搔痒，直到搔出血来为止。

楼上她听着两个女人骂架，后来又听见女人哭，孩子也哭。

母亲病好了没有？母亲自己拾柴烧吗？下雨房子流水吗？渐渐想得恶化起来：她若死了不就是自己死在炕上无人知道吗？

金枝正在走路，脚踏车响着铃子驶过她，立刻心脏膨胀起来，好像汽车要轧上身体，她终止一切幻想了。

金枝知道怎样赚钱，她去过几次独身汉的房舍，她替人缝被，男人们问她：

“你丈夫多大岁数咧？”

“死啦！”

“你多大岁数？”

“二十七。”

一个男人拖着拖鞋，散着裤口，用他奇怪的眼睛向金枝扫了一下，奇怪的嘴唇跳动着：

“年轻轻的小寡妇哩！”

她不懂不在意这个，缝完，带了钱走了。有一次走出门时有人喊她：

“你回来……你回来。”

给人以奇怪感觉的急切的呼叫，金枝也懂得应该快走，不该回头。晚间睡下时，她向身边的周大娘说：

“为什么缝完，拿钱走时他们叫我？”

周大娘说：“你拿人家多少钱？”

“缝一个被子，给我五角钱。”

“怪不得他们叫你！不然为什么给你那么多钱？普通一张被两角。”

周大娘在倦乏之中只告诉她一句。

“缝穷婆谁也逃不了他们的手。”

那个全秃的亮头皮的妇人在对面的长炕上类似尖巧的呼叫，她一面走到金枝头顶，好像要去抽拔金枝的头发。弄着她的胖手指：

“哎呀！我说小寡妇，你的好运气来了！那是又来财又开心。”

别人被吵醒开始骂那个秃头：

“你该死的，有本领的野兽，一百个男人也不怕，一百个男人你也不够。”

女人骂着，彼此在交谈，有人在大笑，不知谁在一边重复了好几遍：

“还怕！一百个男人还不够哩！”

好像闹着的蜂群静了下去，女人们一点嗡声也停住了，她们全体到梦中去。

“还怕！一百个男人还不够哩！”不知道，她的声音没有人接受，空洞地在屋中走了一周，最后声音消灭在白月的窗纸上。

金枝站在一家俄国点心铺的纱窗外。里面格子上各式各样的油黄色的点心、肠子、猪腿、小鸡，这些吃的东西，在那里发出油亮。最后她发现一个整个的肥胖小猪，竖起耳朵伏在一个长盘里。小猪四周摆了一些小白菜和红辣椒。她要立刻上去连盘子都抱住，抱回家去快给母亲看。不能那样做，她又恨小日本子，若不是小日本子搅闹乡村，自家的母猪不是早生了小猪吗？

“布包”在肘间渐渐脱落，她不自觉的在铺门前站不安定，行人道上人多起来，她碰撞着行人。一个漂亮的俄国女人从点心铺出来，金枝连忙注意到她透孔的鞋子下面染红的脚趾甲；女人走得很快，比男人还快，使她不能再看。

人行道上：口克——口克——的大响，大队的人经过，金枝一看见铜帽子就知道日本兵，日本兵使她离开点心铺快快跑走。

她遇到周大娘向她说：

“一点活计也没有，我穿这一件短衫，再没有替换的，连买几尺布钱也攒不下，十天一交费用，那就是一块五角。又老，眼睛又花，缝的也慢，从没人领我到家里去缝。一个月的饭钱还是欠着，我住得年头多了！若是新来，那就非被赶出去不可。”她走一条横道又说：“新来的一个张婆，她有病都被赶走了。”

经过肉铺，金枝对肉铺也很留恋，她想买一斤肉回家也满足。母亲半年多没尝过肉味。

松花江，江水不住的流，早晨还没有游人，舟子在江沿无聊地彼此骂笑。

周大娘坐在江边。怅然了一刻，接着擦着她的眼睛，眼泪是为着她末日的命运在流。江水轻轻拍着江岸。

金枝没感动，因为她刚来到都市，她还不晓得都市。

金枝为着钱，为着生活，她小心的跟了一个独身汉去到他的房舍。刚踏进门，金枝看见那张床，就害怕，她不坐在床沿，坐在椅子上先缝被褥。那个男人开始慢慢和他说话，每一句话使她心跳。可是没有什么，金枝觉得那人很同情她。接着就缝一件夹衣的袖口，夹衣是从那个人身上立刻脱下的，等到袖口缝完时，那男人从腰带间一个小口袋取出一元钱给她，那男人一面把钱送过去，一面用他短胡子的嘴向金枝扭了一下，他说：

“寡妇有谁可怜你？”

金枝是乡下女人，她还看不清那人是假意同情，她轻轻受了“可怜”字眼的感动，她心有些波荡，停在门口，想说一句感谢的话，但是她不懂说什么，终于走了！她听道旁大水壶的笛子在耳边叫，面包作坊门前取面包的车子停在道边，俄国老太太花红的头巾驰过她。

“嗳！回来……你来，还有衣裳要缝。”

那个男人涨红了脖子追在后面。等来到房中，没有事可做，那个男人像猿猴一般，袒露出多毛的胸膛，去用厚手掌闩门去了！而后他开始解他的裤子，最后他叫金枝：

“快来呀……小宝贝。”他看一看金枝吓住了，没动：“我叫你是缝裤子，你怕什么？”

缝完了，那人给她一元票，可是不把票子放到她的手里，把票子摔到床底，让她弯腰去取，又当她取得票子时夺过来让她再取一次。

金枝完全摆在男人怀中，她不是正音嘶叫：

“对不起娘呀！……对不起娘……”

她无助的嘶狂着，圆眼睛望一望锁住的门不能自开，她不能逃走，事情必然要发生。

女工店吃过晚饭，金枝好像踏着泪痕行走，她的头过份的迷昏，心脏落进污水沟中似的，她的腿骨软了，松懈了，爬上炕取她的旧鞋，和一条手巾，她要回乡，马上躺到娘身上去哭。炕尾一个病婆，垂死时被店主赶走，她们停下那件事不去议论，金枝把她们的趣味都集中来。

“什么勾当？这样着急？”第一个是周大娘问她。

“她一定进财！”第二个是秃顶胖子猜说。

周大娘也一定知道金枝赚到钱了，因为每个新来的第一次“赚钱”都是过份的羞恨。羞恨摧毁她，忽然患着传染病一般。

“惯了就好了！那怕什么！弄钱是真的，我连金耳环都赚到手里。”

秃胖子用好心劝她，并且手在扯着耳朵。别人骂她：

“不要脸，一天就是你不要脸！”

旁边那些怒容看见金枝的痛苦，就是自己的痛苦，人们慢慢四散，去睡觉了，对于这件事情并不表示新奇和注意。

金枝勇敢的走进都市，羞恨又把她赶回了乡村，在村头的大树上发现人头。一种感觉通过骨髓麻寒她全身的皮肤，那是怎样可怕，血浸的人头！

母亲拿着金枝的一元票子，她的牙齿在嘴里埋没不住，完全外露。她一面细看票子上的花纹，一面快乐有点不能自制的说：

“来家住一夜明日就走吧！”

金枝在炕沿捶打酸痛的腿骨；母亲不注意女儿为什么不欢喜，她只跟了一张票子想到另一张，在她想许多票子不都可以到手吗？她必须鼓励女儿。

“你应该洗洗衣裳收拾一下，明天一早必得要行路的，在村子里是没有出头露面之日。”

为了心切她好像责备着女儿一般，简直对于女儿没热情。

一扇窗子立刻打开，拿着枪的黑脸孔的人竟跳进来，踏了金枝的左腿一下。那个黑人向棚顶望了望，他熟习的爬向棚顶去，王婆也跟着走来，她多日不见金枝而没说一句话，宛如她什么也看不见似的。一直爬上棚顶去。金枝和母亲什么也不晓得，只是爬上去。直到黄昏恶消息仍没传来，他们和爬虫样才从棚顶爬下。王婆说：“哈尔滨一定比乡下好，你再去就在那里不要回来，村子里日本子越来越恶，他们捉大肚女人，破开肚子去破‘红枪会’（义勇军的一种），活鲜鲜的小孩子从肚皮流出来。为这事，李青山把两个日本子的脑袋割下挂到树上。”

金枝鼻子做出哼声：

“从前恨男人，现在恨小日本子。”最后她转到伤心的路上去：“我恨中国人呢？除外我什么也不恨。”

王婆的学识有点不如金枝了！

十五、失败的黄色药包

开拔的队伍在南山道转弯时，孩子在母亲怀中向父亲送别。行过大树道，人们滑过河边。他们的衣装和步伐看起来不像一个队伍，但衣服下藏着猛壮的心。这些心把他们带走，他们的心铜一般凝结着出发。最末一刻大山坡还未曾遮没最后的一个人，一个抱在妈妈怀中的小孩他呼叫“爹爹”。孩子的呼叫什么也没得到，父亲连手臂也没摇动一下，孩子好像把声响撞到了岩石。

女人们一进家屋，屋子好像空了；房屋好像修造在天空，素白的阳光在窗上，却不带来一点意义。她们不需要男人回来，只需要好消息。消息来时，是五天过后，老赵三赤着他显露筋骨的脚奔向李二婶子去告诉：

“听说青山他们被打散啦！”显然赵三是手足无措，他的胡子也震惊起来，似乎忙着要从他的嘴巴跳下。

“真的有人回来了吗？”

李二婶的喉咙变作细长的管道，使声音出来做出多角形。

“真的平儿回来啦。”赵三说。

严重的夜，从天上走下。日本兵团剿打鱼村，白旗屯和三家子……

平儿正在王寡妇家，他休息在情妇的心怀中。外面狗叫，听到日本人说话，平儿越墙逃走；他埋进一片蒿草中，蛤蟆在脚间跳。

“非拿住这小子不可，怕是他们和义勇军接连。”

在蒿草中他听清这是谁们在说：“走狗们。”

平儿他听清他的情妇被拷打：

“男人哪里去啦？——快说，再不说枪毙！”

他们不住骂：“你们这些母狗，猪养的。”

平儿完全赤身，他走了很远。他去扯衣襟拭汗，衣襟没有了，在腿上扒了一下，于是才发现自己的身影落在地面和光身的孩子一般。

二里半的麻婆子被杀，罗圈腿被杀，死了两个人，村中安息两天。第三天又是要死人的日子。日本兵满村窜走，平儿到金枝家棚顶去过夜。金枝说：

“不行呀！棚顶方才也来小鬼子翻过。”

平儿于是在田间跑着，枪弹不住向他放射，平儿的眼睛不会转弯，他听有人近处叫：“拿活的，拿活的……”

他错觉的听到了一切，他遇见一扇门推进去，一个老头在烧饭，平儿快流眼泪了：

“老伯伯，救命，把我藏起来吧！快救命吧！”

老头子说：“什么事？”

“日本子捉我。”

平儿鼻子流血，好像他说到日本子才流血。他向全屋四面张望，就像连一条缝也没寻到似的，他转身要跑，老人捉住，出了后门，盛粪的长形的笼子在门旁，掀起粪笼老人说：

“你就爬进去，轻轻喘气。”

老人用粥饭涂上纸条把后门封起来，他到锅边吃饭。粪笼下的平儿听见来人和老人讲话，接着他便听到有人在弄门闩，门就要开了，自己就要被捉了！他想要从笼子跳出来。但，很快那些人，哪些魔鬼去了！

平儿从安全的粪笼出来，满脸粪屑，白脸染着红血条，鼻子仍然流血，他的样子已经很可怜。

李青山这次他信任“革命军”有用，逃回村来，他不同别人一样带回衰丧的样子，他在王婆家说：

“革命军所好是他不混乱干事，他们有纪律，这回我算相信，红胡子算完蛋，自己纷争，乱撞胡撞。”

这次听众很少，人们不相信青山。村人天生容易失望，每个人容易失望。每个人觉得完了！只有老赵三，他不失望，他说：

“那么再组织起来去当革命军吧！”

王婆觉得赵三说话和孩子一般可笑。但是她没笑他。她对身边坐着戴男人帽子的当过胡子救国的女英雄说：

“死的就丢下，那么受伤的怎么样了？”

“受微伤的不都回来了吗！受重伤那就管不了，死就是啦！”

正这时北村一个老婆婆疯了似的哭着跑来和李青山拼命。她捧住头，像捧住一块石头般地投向墙壁，嘴中发出短句：

“李青山。……仇人……我的儿子让你领走去丧命。”

人们拉开她，她奋力挣扎，比一头疯牛更有力：

“就这样不行，你把我给小日本子送去吧！我要死，……到应死的时候了……！”

她就这样不住的捉她的头发，慢慢她倒下来，她换不上气来，她轻轻拍着王婆的膝盖：

“老姐姐，你也许知道我的心，十九岁守寡，守了几十年，守这个儿子；……我那些挨饿的日子呀！我跟孩子到山坡去割毛草，大雨来了，雨从山坡把娘儿两个拍滚下来，我的头，在我想是碎了，谁知道？还没死……早死早完事。”

她的眼泪一阵湿热湿透王婆的膝盖。她开始轻轻哭：

“你说我还守什么？…我死了吧！有日本子等着，菱花那丫头也长不大，死了吧！”

果然死了，房梁上吊死的。三岁孩子菱花小脖颈和祖母并排悬着，高挂起正像两条瘦鱼。

死亡率在村中又在开始快速，但是人们不怎样觉察，患着传染病一般地全村又在昏迷中挣扎。

“爱国军”从三家子经过，张着黄色旗，旗上有红字“爱国军”。人们有的跟着去了！他们不知道怎么爱国，爱国又有什么用处，只是他们没有饭吃啊！

李青山不去，他说那也是胡子编成的。老赵三为着“爱国军”和儿子吵架：

“我看你是应该去，在家里若是传出风声去有人捉拿你。跟无混混，到最末就是杀死一个日本鬼子也上算，也出出气。年轻气壮，出一口气也是好的。”

老赵三一点见识也没有，他这样盲动的说话使儿子不佩服，平儿同爹爹讲话总是把眼睛绕着圈子斜视一下，或是不调协的抖一两下肩头，这样对待他，他非常不愿意接受，有时老赵三自己想：

“老赵三怎不是个小赵三呢！”

十六、尼姑

金枝要做尼姑去。尼姑庵红砖房子就在山尾那端。她去开门没能开，成群的麻雀在院心啄食，石阶生满绿色的苔藓，她问一个邻妇，邻妇说：

“尼姑在事变以后，就不见，听说跟造房子的木匠跑走的。”

从铁门栏看进去，房子还未上好窗子，一些长短的木块尚在院心，显然可以看见正房里，凄凉的小泥佛正坐着。

金枝看见那个女人肚子大起来，金枝告诉她说：

“这样大的肚子你还敢出来？你没听说小日本子把大肚女人弄去破‘红枪会’吗？日本子把大肚子割开，去带着上阵，他们说红枪会什么也不怕，就怕女人；日本子叫‘红枪会’做‘铁孩子’呢！”

那个女人立刻哭起来。

“我说不嫁出去，妈妈不许，她说日本子就要姑娘，看看，这回怎么办？孩子的爹爹走就没见回来，他是去当‘义勇军’。”

有人从庙后爬出来，金枝她们吓着跑。

“你们见了鬼吗？我是鬼吗？……”

往日美丽的年轻的小伙子，和死蛇一般爬回来。五姑姑出来看自己的男人，她想到往日受伤的马，五姑姑问他：“‘义勇军’全散了吗？”

“全散啦！全死啦！就连我也死啦！”他用一只胳膊打着草梢轮回：

“养汉老婆，我弄得这样子，你就一句亲热的话也没有吗？”

五姑姑垂下头，和睡了的向日葵花一般。大肚子的女人回家去了！金枝又走向哪里去？她想出家庙庵早已空了！

十七、不健全的腿

“‘人民革命军’在哪里？”二里半突然问起赵三说。这使赵三想：“二里半当了走狗吧？”他没对他告诉。二里半又去问青山。青山说：

“你不要问，再等几天跟着我走好了！”

二里半急迫着好像他就要跑到革命军去。青山长声告诉他：

“革命军在磐石，你去得了吗？我看你一点胆量也没有，杀一只羊都不能够。”接着他故意羞辱他似的：

“你的山羊还好啊？”

二里半为着生气，他的白眼球立刻多过黑眼球，他的热情立刻在心里结成冰。

李青山不与他再多说一句，望向窗外天边的树，小声摇着头，他唱起小调来。二里半临出门，青山的女人流汗在厨房向他说：

“李大叔，吃了饭了吧。”

青山看到二里半可怜的样子，他笑说：

“回家做什么，老婆也没有了，吃了饭再说吧！”

他自己没有了家庭，他贪恋别人的家庭。当他拾起筷子时，很快一碗麦饭吃下去了，接连他又吃两大碗，别人还不吃完，他已经在抽烟了！他一点汤也没喝，只吃了饭就去抽烟。

“喝些汤，白菜汤很好。”

“不喝，老婆死了三天，三天没吃干饭哩！”二里半摇着头。

青山忙问：“你的山羊吃了干饭没有？”

二里半吃饱饭，好像一切都有希望。他没生气，照例自己笑起来。他感到满意离开青山家，在小道不断的抽他的烟火，天色茫茫的并不引起他悲哀，蛤蟆在小河道一声声地哇叫。河边的小树随了风在骚闹，他踏着往日自己的菜田，他振动着往日的心波。菜田连棵菜也不生长。

那边的人家老太太和小孩们载起暮色来在田上匍匐。他们相遇在地端，二里半说：

“你们在掘地吗？地下可有宝物？若有我也蹲下掘吧！”

一个很小的孩子发出脆声：“拾麦穗呀！”孩子似乎是快乐，老祖母在那边已叹息了：

“有宝物？……我的老天爷？孩子饿得乱叫，领他们来拾几粒麦穗，回家给他们做干粮吃。”二里半把烟袋给老太太吸，她拿过烟袋，连擦都没有擦，就放进嘴里去。显然她是熟习吸烟，并且十分需要。她把肩膀抬得高高，她紧合了眼睛，浓烟不住从嘴冒出，从鼻孔冒出。那样很危险，好像她的鼻子快要着火。

“一个月也多了，没得到摸到烟袋。”

她像仍不愿意舍弃烟袋，理智勉强了她。二里半接过去把烟袋在地面敲着。

人间已是那般寂寞了，天边的红霞没有鸟儿翻飞，人家的篱墙没有狗儿吠叫。

老太太从腰间慢慢取出一个纸团，纸团慢慢在手下舒展开，而后折平。

“你回家去看看吧！老婆、孩子都死了！谁能救你，你回家去看看吧！看看就明白啦！”

她指点那张纸，好似指点符咒似的。

天更黑了！黑得和帐幕紧逼住人脸。最小的孩子，走几步，就抱住祖母的大腿，他不住的嚷着：

“奶奶，我的筐满了，我提不动呀！”

祖母为他提筐，拉着他。那几个大一些的孩子卫队似的跑在前面。到家，祖母点灯看时，满筐蒿草，蒿草从筐沿要流出来，而没有麦穗。祖母打着孩子的头笑了：

“这都是你拾的麦穗吗？”祖母把笑脸转换哀伤的脸，她想：“孩子还不能认识麦穗，难为了孩子！”

五月节，虽然是夏天，却像吹起秋风来。二里半熄了灯，雄壮着从屋檐出现，他提起切菜刀，在墙角，在羊棚，就是院外扬树下，他也搜遍。他要使自己无牵去挂，好像非立刻杀死老羊不可。

这是二里半临行的前夜。

老羊鸣叫着回来，胡子间挂了野草，在栏棚处擦得栏栅响。二里半手中的刀，举得比头还高，他朝向栏杆走去。

菜刀飞出去，喳啦地砍倒了小树。

老羊走过来，在他的腿间搔痒。二里半许久许久地摸抚羊头，他十分羞愧，好像耶稣教徒一般向羊祷告。

清早他像对羊说话，在羊棚喃喃了一阵，关好羊栏，羊在栏中吃草。

五月节，晴明的蓝空。老赵三看这不像个五月节样：麦子没长起来，嗅不到麦香，家家门前没挂纸葫芦。他想这一切是变了！变得这样速！去年的五月节，清清明明的，就在眼前似的，孩子们不是捕蝴蝶吗？他不是喝酒吗？

他坐在门前一棵倒折的树干上，凭吊这已失去的一切。

李青山的身子经过他，他扮成“小工”模样，赤足卷起裤口，他说给赵三：

“我走了！城里有人候着，我就要去……”

青山没提到五月节。

二里半远远跛脚奔来，他青色马一样的脸孔，好像带着笑容。他说：

“你在这里坐着，我看你快要朽在这根木头上……”

二里半回头看时，被关在栏中的老羊，居然随在身后，立刻他的脸更拖长起来：

“这只老羊……替我养着吧！赵三哥！你活一天替我养一天吧！……”

二里半的手，在羊毛上惜别，他流泪的手，最后一刻摸着羊毛。

他快走，跟上前面李青山去。身后老羊不住哀叫，羊的胡子慢慢在摆动……

二里半不健全的腿颠跛着颠跛着，远了！模糊了！山岗和树林，渐去渐遥。羊声在遥远处伴着老赵三茫然嘶鸣。

后记·关于萧红

生平：颠沛流离，一生都在路上 |

萧红，原名张秀环，后由其祖父改名为张乃莹。除了为人所熟知的“萧红”外，她还曾用过悄吟、玲玲、田娣等笔名，她是我国近现代女作家，被誉为“二十世纪三十年代的文学洛神”。

这位“洛神”的人生，就如一叶浮萍。尽管她向往安定，向往幸福，但在她短暂的 31 年里，几乎有一半的时间都在漂泊，伴随着她的只有无尽的灾难和颠沛流离，从一个旅馆到另一个旅馆，直到在旅馆中走向生命的尽头。她用生命在浇灌苦难，而这苦难又滋养了她的文学素养，最终在这根茎上开出了一朵最美的“文学之花”。

1911 年，萧红出生于黑龙江省呼兰县。幼年丧母的她自小就生活在家庭的高压下，父亲续弦后，也不再管她，只有她的祖父给了她一丝丝温暖。1920 年，萧红开启了她短暂的求学生涯，进入呼兰城南乙种农业小学读书，1924 年转到北关初高两级小学校女生部。

当时，萧红所在的县城没有中学，要想继续读书，就必须去省城哈尔滨。1927 年，她考入了哈尔滨东省特别区区立第一女子中学读初中。在这期间，萧红参加了当地的爱国学生运动，并对文学产生了兴趣。就在萧红准备去省城继续深造的时候，她的父亲打碎了她的求学梦。其父是传统的封建家长，认为女孩子没有必要读书，只认得几个字就可以了。在萧红初中毕业后，其父就命她嫁给一个她从来没有见过的人——一个军阀的儿子汪恩甲。

本就因为继续读书的事与父亲矛盾重重，天降“婚约”让萧红更加愤怒。最终，在与父亲争辩无果的情况下，一心想继续求学的萧红逃跑了。为了不让家人找到，她没有去省城哈尔滨，而是去了北平，在北平女师大附中继续学业。自此，萧红开始了自己颠沛流离的一生。

与家庭断绝关系后，萧红的生活并不顺遂。没有家庭做后盾，她的生活费等一应断绝，只得趁 1931 年的寒假返回家中，希望与父亲和解，得到一些资助。但事与愿违，她的父亲要求她尽快结婚，并将她囚禁在家里。被关了一月有余后，萧红再次逃回北平。就在她快要生活不下去的时候，她的“订婚对象”汪恩甲出现了。

见到汪恩甲的时候，萧红是带着一丝警惕的，她以为这位“订婚对象”要把她绑回去结婚。但在随后的聊天过程中，汪恩甲表现得风度翩翩，且表示自己愿意支持她继续读书。这一下点亮了萧红的希望之光，没钱没着落的她选择了投靠汪恩甲，靠着他的周济勉强维持在北平的日常开支。两人在北平生活了一段时间后，汪恩甲以两人在北平没有收入来源为由，提出回哈尔滨。此时的萧红别无选择，只得妥协，与汪恩甲返回哈尔滨。

这种生活没有持续多久，汪恩甲的大哥汪大澄对萧红上学这件事持反对意见，在没有征求弟弟同意的情况下，解除了与萧红的婚约，随即也断了对汪恩甲的资助。为了生活，也为了保全哥哥的颜面，汪恩甲选择向家人妥协，宣布与萧红解除婚约。

解除婚约后，汪恩甲却与萧红私奔了。不被家族承认，两个可怜的青年只得租住在一个叫东兴顺的旅馆里。汪恩甲是个没有大志向的人，离开家庭并没有让他产生独立起来的想法。花完仅有的一点积蓄后，1931 年 10 月，汪恩甲从萧红的世界消失了，他逃走了。

此时萧红已经怀孕，汪恩甲的出逃让她糊不起口的同时也交不起旅馆房租，还被扣在旅馆里当人质。显然旅馆老板的耐心也是有限的，当看到萧红这个人质无法要挟到钱，已成累赘的时候，便扬言要把她卖到妓院换钱，并命令旅馆的伙计看紧她，不要让她偷偷跑掉。

小伙计是个有良知的人，他把这个消息告诉了萧红，并让她准备好赶紧逃跑。但可怜的萧红已经接近临产，哪有力气离开呢？为了摆脱危机，她便向《国际协报》写信求救。

她的信很快引起了报社编辑的重视，问讯后立即去旅馆看她，希望能帮助她摆脱困境，萧军是同去的编辑之一。在斥责了旅馆老板的恶行之后，富有同情心的萧军对萧红产生怜悯之心的同时还对她产生了好感。但这份好感并不能让他拯救这个怀孕的弱女子于水火之中——他也是个穷困的小编辑，根本支付不起萧红所欠的六百余元的费用。为了防止萧红再受到老板的威胁，从这以后，萧军便经常来看望她，两人感情迅速升温。

之后，天降暴雨，松花江大堤溃决，洪水冲到了哈尔滨市区。旅馆里几乎没有人了，只有萧红还被老板软禁着。萧军便找了一个机会，租了一条小船去把萧红从旅馆里带了出来。逃出来之后，她便正式与萧军住在了一起。

在《国际协报》主编裴馨园家住了不久，萧红便去医院生产。当时贫困潦倒的萧红显然不可能再负担一个孩子的生活，只得狠下心便将孩子送了人。萧红身体恢复后，便同萧军一起搬进了道里新城大街的欧罗巴旅馆。

萧军做小编辑时，本就勉强糊口，有了萧红以后，二人生活更加拮据。萧军只得放弃报社编辑的工作，找了份家庭教师的工作。但仍然无法维持生计，还需要四处借钱。除此之外，他还经常写稿子投给报社，赚点稿费补贴家用。1932 年底，在友人的帮助下，二人从旅馆里搬了出来，搬到了道里商市街。就是在这种情况下，加上萧军的鼓励，萧红开始了自己的创作生涯，写出了首篇短篇小说《王阿嫂的死》，同时还为《国际协报》《大同报》等报社供稿。

当时的东北已经沦陷，萧红积极参与了各种左翼文艺活动，支持抗日。1933 年 7 月，萧红、萧军与白朗等人加入了“星星剧团”，演出了支持抗日的剧目。这引起了日伪特务的注意，话剧并未等到公演。1933 年 10 月，她同萧军合作出版了小说、诗歌、散文合集《跋涉》，在东北文坛产生了很大的影响。后来这本书因揭露了日伪在东北统治的暴行，很快遭禁。二萧无法继续在东北立足，决定离开“满洲国”。

1934 年 6 月，在舒群夫妇的帮助下，萧红与萧军终于逃出哈尔滨，在青岛暂时避难。这期间，萧军出任《青岛晨报》主编，萧红也有了空闲时间，撰写了中篇小说《生死场》。两人还一直同鲁迅有书信往来，在得到鲁迅先生的指点后，决定去上海。

1934 年年底，两人终于到达上海，第一时间去拜访了鲁迅。对于他们的到来，鲁迅很是欢迎，并将“二萧”介绍给了当时在上海的一些左翼作家，如茅盾、聂绀弩等人。在鲁迅的支持下，萧红等人成立了“奴隶社”。二人的文稿得以发表，萧红的《生死场》也很快由上海容光书局出版，鲁迅亲自为其作序。此书出版后，大受好评，引起了强烈的反响，萧红也在上海的文坛立住了脚。

温饱得到了解决后，萧红与萧军的感情却产生了裂痕，为了治疗情感上的伤痛，萧红选择只身前往日本。1936 年，听闻鲁迅逝世的消息，萧红即刻回国，前去祭奠鲁迅，并写下了哀悼鲁迅的诗歌。她与萧军的关系此时也得到了缓和，二人开始共同整理鲁迅的文集，编辑了《鲁迅先生纪念文集》。

抗战全面爆发后，萧红被迫同萧军撤往武汉。战时房屋紧张，二人根本不可能有自己独立的房子，这时跟他们一同居住的有青年诗人蒋锡金和同样来自东北的青年作家端木蕻良。在如此恶劣的条件下，他们仍积极创作抗战文艺作品，并自发组成了一个颇有影响力的东北籍作家群体，为后方的抗战宣传发挥了一定的积极作用。

1938 年，在李公朴的邀请下，萧红、萧军等人踏上了前往山西的路途，于山西临汾民族大学任教。一开始，这群作家只在后方进行创作，但是前线浓厚的抗战氛围给了萧军很大的震撼，他开始动摇了，萧红却不支持他上前线的想法，认为作家就应该在后方用笔杆子来“战斗”，而不应该去战场上白白送死。至此，“二萧”彻底分道扬镳，两人于当年 4 月分手。

这以后，萧红注意到了身边一直对她倾慕有加的端木蕻良，在他的安慰下，萧红逐渐走出了与萧军分手的阴影，并与端木蕻良一起回到了武汉，两人于 5 月份结婚。颇为戏剧的是，这时的萧红已经有了萧军的孩子。战火蔓延到武汉，辗转到重庆。大后方当时挤满了撤退的人，二人只能在白朗等人的接济下，暂时住在江津。就在这个时候，萧红生下了第二个孩子。但是据她说，这个孩子在出生第四天后抽风死去了。

1938 年到 1939 年底，萧红在重庆得到了片刻的安宁，有了端木蕻良做后盾，自己也应一些杂志社的邀约写了纪念鲁迅的文章，如《纪念我们的导师》《记忆中的鲁迅先生》等。1940 年初，复旦大学教务长孙寒冰建议他们去香港参与大时代文艺丛书的编辑工作，于是萧红便追随端木蕻良去了香港。

香港的文艺工作者很欢迎这位内地著名的女作家，来港的几个月里，萧红不仅参加了各种纪念会、座谈会，她写的默剧《民族魂》也得以在港演出。但命运给她开了个巨大的玩笑，就在她以为自己可以在香港安心写作时，却病倒了。在朋友的建议下，她去医院做全面体检，却检查出已得了肺结核。

1941 年底，萧红的身体状况急转直下，只能住院治疗。当时的香港医疗资源紧张，端木蕻良背着孱弱的萧红四处碰壁，备受冷遇，只能返回九龙的家中静养。1942 年 1 月初，香港被日军占领，而萧红的病情也更加严重，最后住进了跑马地养和医院。在医生的建议下萧红接受了手术，但医生错动了萧红的喉管，导致她的身体更加虚弱。巨大的医药开销压垮了端木，也摧毁了他们之间的感情。端木蕻良最终抛弃了她，自己独自逃难，留下一身伤病的萧红在香港缠绵病榻。虽然有青年作家骆宾基陪伴左右，照顾起居，但长期漂泊的萧红再也消耗不起她仅剩的健康了。1942 年，在她人生的最后一年中，她完成了《马伯乐》《小城三月》等小说。最后，正如她自己所言：

“我将与蓝天碧水永处，留下那半部《红楼》给别人写了！半生尽遭白眼冷遇……身先死，不甘，不甘！”

萧红带着这样的遗憾与苦涩离开了人世，这位一生多难的北国女子永远长眠在了南方。1987 年，端木蕻良去广州为她扫墓的时候写下了“天涯海角非远，银河夜夜相望”这样的悼词，这也是萧红与她日思夜想的呼兰河最真实的写照。

创作：苦难荆棘上开出的花朵

萧红拿起笔是个偶然，但就是这个偶然促成了她将自己的经历、他人的经历如实地记录下来。她的作品，无论是散文还是小说，多源于她经历过的最真实的人生，看到的最残酷的生活。她的作品源于苦难的生活，其成就却高于这些苦难。苦难没有将她击垮，她以笔为篱，在文学的土地上栽培出了属于自己的荆棘之花。

一位资深的萧红研究学者称她是“接近文学本质的作家”。虽然受左翼联盟的影响，但显然她并未局限于这一方水池中。除开她作品中展现出的广阔视角和精神，她作品的风格也相当独特，并未遵循普通文学作品的风格，一本小说从头至尾讲一个完整的故事，也没有什么戏剧化的冲突。她就是那么简简单单地把平常的故事片段多元化地呈现在读者的面前，其细腻的文笔让读者能感受到扑面而来的绝望和生活的凄苦感。

她的小说与其说是小说，不如说是散文。萧红的这种写作手法将小说散文化，没有用过多的写作技巧来搭建她的故事框架，只有从最真实的生活体验中总结出来的情节。用林贤治先生的话来说即是：“她让写作回归本原，让心灵和生活面对呼吸、对话、吟唱。”

若论萧红作品思想的形成，其苦难的生活经历无疑是本源，而为其作品提供广阔空间的则是她接触到的“新文学”。这种文学是顺应当时时代潮流出现的、较为开放的一种形式，它不限制人的创作，也少了很多保守条框。这给了萧红很大程度上的创作自由，她肆意地把自己的思想糅合到一起，在文学的世界里打开了属于自己的一扇窗户。

艺术成就：人性挣扎和社会底层的另一种表达

萧红最为大众所熟知的作品是《呼兰河传》，她用一种特别平静的语言描述着发生在呼兰城的点点滴滴，看似是很普通的童年回忆，却触目惊心地露出了当时封建社会残酷的一角和关于祖父仅有的一点温存。这便是萧红作品的基调，苦而不哀，平静又有几分讽刺。

读萧红的作品，总有一种细水长流的悲苦感，仿佛一杯咖啡，初品微苦，后味酸涩，在口中久久不能散去。这味道与她漂泊的人生密切相关：她虽生于地主阶层，却为求学几乎一生都在品尝底层女性生活的艰辛。尽管如此，她仍积极追求女性的独立平等，反对社会对女性的歧视和压迫。当然，萧红的文学不止有贫苦的女性，还有贫苦的广大劳动人民。她写出了上层对这群劳动人民从精神到身体的压迫，对穷人流露出无限的同情。这样，萧红的生活构成了她文学作品的蓝本和背景，她文章里的男男女女皆顶着化名，过着她的生活，嘴里喊着她的诉求。

如果把《欧罗巴旅馆》《黑“列巴”和白盐》《搬家》《同命运的小鱼》等几篇短文连起来看，能描摹出这位作家在离家以后围绕“钱”转的艰辛生活——简单的家居，“桌子上除了一块洁白的桌布，干净得连灰尘都不存在”，穷到连铺盖都租不起的地步。结婚纪念日只有黑“列巴”和白盐度过，她甚至要当掉自己仅有的夹衣，只为一口热乎饭。而在《弃儿》这篇文中，女主人公芹在医院生子，却没有抚养她的经济能力，最后只得把孩子送人，而自己的爱人还要为着住院费而不得不到处奔波。萧红用了很多直接心理描写以及侧面的景色描写，淋漓尽致地展现了一个贫苦的母亲在生死的边缘挣扎的艰难处境。

由己推人，萧红的作品又不止步于自怨自艾的个人境遇，她还写乡村中的各种女子形象。她们或有名姓，或连名姓都没有，性格或柔弱或敢于反抗，奋起独立，林林总总，构成了一个社会底层女子的悲惨群像。她们是那个年代女子生活最真实的反映。同时，萧红还把对女性解放的诉求隐藏在了里面。她写《生死场》，终日被丈夫打骂的二里半的妻子，为着生计被迫卖老马的王婆……其中最惨的莫过于被当作“物品”的月英和金枝。一个是瘫痪以后便被认为是无用的“赔钱货”，被认为是“不走运”，男人时常打骂她，甚至任由她活活病死。一个是“未婚先孕”，得不到母亲承认的孤苦少女。在描写她生产的过程时，萧红几近残忍，金枝像牲畜产崽一样，连喘息的过程也没有，还要被人打骂，最后虽有微弱反抗，却沦落至连尼姑都做不得的境地。

除却挣扎在底层的柔弱女性，萧红还描写贫苦的劳动人民，即挣扎在生死边缘的穷人们。在《家族以外的人》中，她把记忆中的一位远方二伯拉了出来。这位二伯带着底层人民的淳朴与穷酸气息出现在了她的作品里，二伯有情有义，但也小偷小摸，虽然是住在主人公家里的远方亲戚，却处处被主人公的父母歧视，悲惨的身世使他不能像正常的孩子那样长大，更不会被家族的人善待，过着连一般长工也不如的生活，处处被人打趣。最后，萧红借主人公天真的口吻引出了二伯略无奈的回答：“这儿不是你二伯的家，你二伯别处也没有家。”道出了一位“家族以外的穷人”艰难的生活处境。

在创作思想层面上，她又不局限于对穷苦人民现状的描写，而是发散到对人的复杂情感和精神生活的探讨上来，充满了人本主义的色彩。于是有了《马伯乐》这篇文章，故事中的马伯乐虽然是个在“五四”环境下成长起来的“新青年”，却没有任何谋生手段，他一生唯一会做的事情就是逃跑：从青岛逃到上海，再从上海逃到重庆。生活已经十分潦倒，虽然受尽家人和朋友的歧视，但他还能用家世在穷朋友面前摆一摆阔气，引得他们一阵艳羡，虽未考上大学，却在比自己还无知的朋友面前夸耀自己的“博学”，用“阿Q”式的胜利法来排遣自己的怨气。将中国人的复杂性展现得淋漓尽致。

需知，要理解萧红的作品，那最好放下对她私生活的品鉴，方可好好了解她笔下弱势群体的鲜明性格和保有的人道主义和文学自由。

张逸尘

2020 年 5 月